TEA

BOOKS

Naslov originala
Jennifer Bohnet
Villa of Sun and Secrets

Za izdavača
Tea Jovanović
Nenad Mladenović

Glavni i odgovorni urednik
Tea Jovanović

Lektura / Korektura
Agencija Tekstogradnja / Agencija TEA BOOKS

Prelom
Agencija TEA BOOKS

Dizajn korica / Crteži za korice
Lexi Sims / Shutterstock

Izdavač
TEA BOOKS d.o.o.
Por. Spasića i Mašere 94
11134 Beograd
Tel. 069 4001965
info@teabooks.rs
www.teabooks.rs

ISBN 978-86-6142-171-6

DŽENIFER BONET

VILA SUNCA
I TAJNI

Sa engleskog prevela
Ana Čkrkić

Ričardu, s ljubavlju.

PRVI DEO

1.

Karlu nije iznenadilo to što tant Žozet nije došla na sahranu. Stigao je bezličan venac – belo cveće na njemu već je venulo. Reči *Počivaj u miru, Amelija. S ljubavlju, tvoja sestra Žozet* bile su ispisane na prigodnoj karti crnih ivica nečijom nepoznatom rukom u cvećari.

Manje od desetoro ljudi okupilo se na misi. Karla je znala da bi njena majka Amelija, koja je uvek bila teška osoba, bila iznenađena čak i tim brojem ljudi. Tu su bili vlasnici doma za stara lica, koji su bili u obavezi da prisustvuju, dvoje suseda iz Amelijine ulice, Karla, Dejvid i Medi, koji su predstavljali porodicu. Edvard je prethodne nedelje otputovao u Južnoafričku Republiku, i bilo mu je nemoguće da se vrati tako brzo. Doduše, venac koji je poslao za baku bio je divan.

Stojeći u krematorijumu i gledajući kako kovčeg njene majke nestaje iza zavesa, Karla je osetila prve nalete tuge, i besa. Tugu za majkom kojoj nikada nije bila dovoljno dobra i bes zbog činjenice da su se Amelija i tant Žozet odrodile pre više od četrdeset godina. Pisala je Žozet kada je Amelija otišla u dom, najpre kako bi joj javila šta se dešava s njenom sestrom bliznakinjom, ali mali delić Karle se nadao da će Žozet doći u posetu i da će se dve sestre pomiriti posle svih tih decenija razdora. Nije bilo suđeno.

Žozet je odgovorila rekavši da joj je žao zbog Amelijinog lošeg stanja, ali da neće doći u Englesku da je vidi poslednji put: *Deluje mi besmisleno, kao što kažeš, Amelijin um se isključio, i ona me neće ni poznati. Bilo bi podjednako besmisleno i da je ona pri sebi, jer tada ne bi želela da me vidi.*

Ljutita Karla je čeznula da odgovori: *Dođi zbog mene, kako bih mogla da verujem da vam je nekada bilo stalo jednoj do druge. Da je negde u mutnoj i dalekoj prošlosti postojala porodica puna ljubavi i podrške pre nego što je postala prototip jedne savremene disfunkcionalne.* Ali naslutila je istinitost iza Žozetinih reči i uzdahnula pre nego što je bacila pismo u smeće.

Žozet je sedela obasjana suncem u svom omiljenom kafiću na keju u Monaku, s kafom koja se hladila na stolu ispred nje, mislima izgubljena u prošlosti. Ona i Amelija su često hvatale voz iz Antiba i provodile dan lutajući po kneževini u nadi da će ugledati neke poznate ličnosti. Doduše, danas joj je u mislima bilo sećanje na davnu posetu koja je promenila sve u njihovom životu. Danas, prvi put posle nekoliko godina, uhvatila je voz za Monako kako bi se oprostila od svoje sestre u kneževini u kojoj je decenijama ranije čula vesti koje će pokrenuti lanac događaja koji će neumitno promeniti pravac njenog života.

Bilo je to u vreme Filmskog festivala u Kanu, i Amelija i Žozet su sedele u drugom jednom kafiću, *Pariskom kafeu,* nadajući se da će ugledati nekog slavnog kako izlazi iz hotela *Pariz*, koji se nalazio prekoputa. Ili čak kako se penje uza stepenice kazina radi ruleta.

Žozet je uzviknula: – Brzo, pogledaj tamo. Sigurna sam da je to Saša Distel. – Okrenula se prema Ameliji kako bi se uverila da gleda u pravom smeru, kada je, zaprepašćena, videla Ameliju kako sedi a suze joj liju niz obraze. – *Que se passe-t-il?*[1]

– Trudna sam.

Žozet je zurila u svoju bliznakinju, šokirana. – Je li mornar Robert? – konačno je upitala. Amelija joj je pre nekoliko nedelja rekla za člana posade s jedne od skupih jahti. S dvadeset tri godine, provodio je leto nakon završnih ispita radeći na jednom od prestižnih brodova, pre nego što se vrati kući i započne karijeru u bankarstvu.

Amelija je klimnula glavom.

– Tata će vas oboje ubiti – rekla je Žozet. Na trenutak je ćutala.

– Šta Robert kaže na to?

---

[1] Fr.: Šta ti je? (Prim. prev.)

– *Je ne lui ai pas encore dit.*[2] Tebi sam prvoj rekla – šapnula je Amelija. – Nadala sam se da ćeš mi pomoći da odlučim šta da uradim.

– Kada očekuješ da ćeš ponovo videti Roberta?

– Jahta treba da se vrati u luku sutra popodne, dakle verovatno uveče na našem uobičajenom mestu.

– Moraš da mu kažeš. Kada to uradiš i kada budemo znale kako je reagovao, moći ćemo da odlučimo šta da radiš. – Žozet je pogledala svoju sestru. – Voliš li ga? Želiš li da zadržiš bebu? Želiš li da se udaš za njega?

– Da. Ne. Da. Ne znam šta želim osim da ne želim da budem trudna.

– Ali jesi – rekla je Žozet, kad ju je pogodila ta iznenadna misao. – Nisi otišla kod doktora Lefebrea, zar ne? – Stari porodični lekar odmah bi rekao njihovom ocu, bila je sigurna u to.

Amelija je odmahnula glavom. – *Je ne suis pas si bete.*[3] Otišla sam kod jednog u Kanu.

Žozet je uhvatila sestru za ruku. – Ako je Robert muškarac kakav smatram da jeste, oženiće se tobom.

– Ali njegov život će biti u Engleskoj. Ne želim da napustim ovo mesto i živim tamo. Neću znati nikoga i njegova porodica će me verovatno mrzeti i...

– Prestani. Niko ne bi mogao da te mrzi. I nakon što se udaš za Roberta i preseliš se tamo, redovno ću te posećivati. Tant Žozet! Zamisli! – Žozet je pogledala sestru i stisnula joj ruku. – Probaj da se ne brineš. Šta god se desi, na tvojoj sam strani.

Sledeće večeri, šokirani Robert je odmah rekao da će se venčati kada mu je Amelija saopštila da je trudna. Čak je i hrabro izdržao bes njenog oca kada su mu zajedno saopštili vesti, čvrsto je držeći za ruku.

Sada, godinama kasnije, Žozet je shvatala da su Amelijine reči tog dana postavile temelj razdora koji će njihovu porodicu rasturiti za manje od pet godina. Da Amelija nikada nije upoznala Roberta,

---

[2] Fr.: Nisam mu još rekla. (Prim. prev.)
[3] Fr.: Nisam toliko glupa. (Prim. prev.)

toliko života bi bilo drugačije – ona, Žozet, ne bi bila otuđena od ljudi koje najviše voli, imala bi stabilan život umesto što se seljaka s jednog mesta na drugo, udala bi se i imala porodicu sa...

– Još jedna kafa, madam?

Žozet se vratila u sadašnjost. Odmahnula je glavom. – *Non, merci.*[4] Platila je nepopijenu hladnu kafu pre nego što je ustala i uputila se prema starom gradu i katedrali.

Penjući se uza stepenice i šetajući kroz vrtove do palate, Žozet se nije žurila, zastala je jednom ili dvaput kako bi se divila pogledu na grad i luku. Posle nekog vremena, prošla je ispod luka, zaobišla skulpturu zloglasnog monaha i osnivača kraljevske porodice Monaka s plaštom, Fransoe Grimaldija, koju je lično uvek smatrala zastrašujućom, i uputila se prema zoni palate.

Veliko javno predvorje ispred palate bilo je, kao i uvek, prepuno turista i Žozet ga je prešla dijagonalno, uputivši se ka uličici koja je vodila do katedrale. Pre nego što je stigla do stepeništa koje je vodilo ka ulazu, izvukla je maramu iz tašne i stavila je na glavu, bacivši pogled na sat dok je to radila. Savršen tajming. Engleska sahrana je počela.

Unutra je vladala tišina i katedrala je odisala strahopoštovanjem. Žozet je pažljivo zapalila sveću i stavila je na postolje, šapnuvši tiho: – Počivaj u miru Amelija. *Je t'oublierai jamais, ma soeur cherie.*[5] – Na trenutak je stajala tu, zatvorenih očiju, u sebi se opraštajući poslednji put od sestre, koja ju je, iz i dalje nepoznatog razloga, izbacila iz svog života pre mnogo godina.

Otkad je čula vest o Amelijinoj smrti, Žozet je čekala da je obuzme tuga. Sada, dok je stajala ispred titrajućih sveća, suze su joj navrle na oči, zajedno sa svešću da je bilo kakva mogućnost pomirenja umrla zajedno sa Amelijom. Nesvesna pogleda drugih posetilaca katedrale, čak i nežnog, nepoznatog dodira nečije ruke punog saosećanja, Žozet je stajala čekajući da se suze povuku i da joj se um vrati na njeno decenijama unazad zadato pravilo: „to je prošlost, pusti to".

---

[4] Fr.: Ne, hvala. (Prim. prev.)
[5] Fr.: Nikada te neću zaboraviti, moja draga sestro. (Prim. prev.)

Prošlo je deset minuta pre nego što se osetila dovoljno jakom da se pridruži masi ljudi koja se kretala oko katedrale, pored poslednjeg počivališta princeze Grejs i njenog princa, pre nego što se uputila ka izlazu.

Trepćući dok su joj se oči privikavale na jaku sunčevu svetlost, Žozet je razmišljala o budućnosti. Imala je slobodu da radi, da kaže, šta god želi. Potreba da čuva svoju tajnu umrla je zajedno sa Amelijom. Zar ne? Ona je bila poslednji član porodice koji je znao istinu. Kada bi htela, mogla bi da je saopšti celom svetu. Sada nije bilo nikoga da joj protivreči. Ali, da li je vredno uznemiriti još jednu generaciju ljudi istinom?

U ponedeljak nakon sahrane, Karla je preuzela pepeo iz krematorijuma pre nego što se odvezla u kuću svoje pokojne majke kako bi počela da je raščišćava i pretresa stvari u njoj.

Tokom tri meseca koja je Amelija provela u staračkom domu, Karla je svraćala u praznu kuću jednom nedeljno kako bi je obišla i zalila cveće. Dejvid, njen muž, ohrabrivao ju je da započne čišćenje i pražnjenje kuće.

– Svi znamo da se Amelija nikad neće vratiti u nju, pa ima smisla početi s pripremanjem kuće za prodaju.

Karla je odmahnula glavom. – Možda ima smisla, ali žao mi je, ja to ne mogu. – Pokušala je da objasni Dejvidu da se, koliko god to nije imalo logike, osećala kao da narušava majčinu privatnost, iako ona ne bi imala pojma šta Karla radi. Biće lakše kada Amelija umre. Ali, zapravo, nikad neće biti lako.

Ubacivši ključ u bravu broja 29 i ušavši unutra, shvatila je da je u kući vladala još veća tišina nego tokom poslednjih nekoliko nedelja. Kao da je kuća znala da je Amelija mrtva i da se ugasila. Karla je otresla tu misao.

Stavivši urnu na kamin u dnevnoj sobi, Karla je otišla u kuhinju da sebi skuva kafu. Čekajući da voda provri, otvorila je zadnja vrata i izašla u malo popločano dvorište koje je njen otac napravio pre mnogo godina. Gledajući preko u baštu, uzdahnula je. Amelija, koja

13

nikad nije bila strastveni baštovan, zapostavila je baštu one godine kada je Robert umro. Od tada je bio Karlin zadatak, ili Dejvidov kad bi uspela da ga ubedi, da leti gura starinsku cilindričnu kosilicu po velikom komadu trave na svakih nekoliko nedelja. Cvetne leje su se u poslednjih deset godina stopile sa zelenim zakorovljenim obodom. Karla je shvatila da će uskoro morati ponovo da izvuče kosilicu.

Mislima joj je proletelo sećanje na baštu u vreme kada je ona njenom ocu predstavljala utočište od posla – i njene majke. Setila se Božića kada je postavio lampice na gole grane kvrgavog drveta jabuke, koje se nalazilo u krajnjem uglu. Amelija je to proglasila nepotrebnim rasipanjem, i čim je prošao Božić zahtevala je da se svetla skinu. Nikada ih više nisu videli.

Ponovo u kući, sa spremnom kafom, Karla je sela za kuhinjski sto i počela da piše spisak svih stvari koje je morala da organizuje. Pražnjenje i pripremanje kuće za prodaju biće joj prioritet. Odeća i knjige – humanitarna radnja; nameštaj – *iBej* ili lokalna prodavnica polovnog nameštaja. Možda bi učlanjivanje u lokalnu grupu za kupovinu i prodaju na *Fejsbuku* bilo najlakši izbor. Ne, bilo bi bolje pozvati firmu za čišćenje kuća da dođe i sve pokupi.

Morala bi da proveri s Medi šta da radi s belom tehnikom – možda joj se frižider dopadne za njen novi stan. Kada kuća bude prazna i čista, kontaktiraće agente za nekretnine i staviće je na tržište. Tri ili četiri kutije pune papira i fotografija, za koje zna da su u ormariću na spratu, staviće u kola i poneti kući. Pregledaće ih kod svoje kuće, i odlučiti šta treba zadržati, a šta baciti. Onda ostaje pitanje gde rasuti Amelijin pepeo.

Karla je zastala i pogledala kroz vrata u urnu koja je stajala na kaminu – svakome bi delovalo da tu stoji oduvek, ali jasno je da tu nije mogla ostati. Još jedno sećanje joj je prošlo kroz glavu. Kada joj je otac umro, Karla je pitala Ameliju može li da bude s njom kada bude prosipala njegov pepeo, kako bi se oprostila.

Amelija je slegnula ramenima. – Prekasno je. Obavila sam to onog dana kada sam ga dobila. Bacila sam ga u reku.

Karla nikada nije mrzela majku više nego u tom trenutku. Ne zato što je prosula ostatke njenog tate u reku (ozloјeđeni mornar u njemu uvek je voleo da bude kraj reke), već zato što je krila to što je uradila i uskratila Karli priliku da se oprosti. Ne smatrajući to dovoljno važnim da bi pozvala Karlu da pođe s njom. Ali gde prosuti Amelijin pepeo? Njoj se ne bi dopala reka. Možda će Medi imati neku ideju. Nije bilo žurbe. Proći će još dosta vremena pre nego što sve završi.

Zazvonio joj je mobilni. Zvala ju je menadžerka humanitarne radnje u kojoj Karla volontira tri puta nedeljno.

– Zdravo, je li sve u redu?

– Karla, žao mi je što moram da pitam, i razumem ako ne možeš da pomogneš, ali da li si možda slobodna danas popodne? – pitala je Mejvis. – Fali mi jedna osoba, a ima puno stvari koje treba rasporediti pozadi u radnji.

– Je li dva popodne u redu? Moram da porazgovaram s tobom i o nekim maminim stvarima – rekla je Karla.

– Super. Vidimo se onda. Hvala, draga – reče Mejvis.

Karla je vratila telefon u tašnu. Gledajući sivi dan kroz prozor u kuhinji, odjednom je poželela da bude negde drugde. Da živi život drugačiji od ovog zbog koga se budi svakog dana. Dejvid nikada nije želeo da ona radi, insititirao je da je njen posao porodica, što je bilo istina kada su blizanci, Ed i Medi, bili mali. Život joj se vrteo oko njihovih potreba, njen društveni život oko organizacija prikupljanja novca za udruženje roditelja i nastavnika, kolačića, izviđača, baleta, fudbala. Navedite udruženje, verovatno je ispekla kolače za njega. Ali u zadnje vreme toga više nije bilo. Budući da su se blizanci odselili, a Dejvid je bio sve zauzetiji poslom, mnogo je vremena provodila sama.

Kada je stavila tašnu preko ramena i uzela ključeve, spremna za odlazak, Karla je donela odluku. Kad sav posao u vezi s njenom majkom bude gotov promeniće svoj život i početi ponovo da uživa u njemu. I dalje je morala da odluči kako će to postići, ali jedna stvar je bila sigurna, insistiraće da ona i Dejvid provode više vremena zajedno.

* * *

Dani su postajali duži i prolećni pupoljci u prednjoj bašti počeli su da cvetaju pre nego što je kuća pod brojem 29 konačno bila čista i prazna. Karla je naredila pristiglim lokalnim agentima za nekretnine da kuću izmere i fotografišu, spremna da ona izađe na tržište kada bude okončana ostavinska rasprava.

Jedne večeri početkom marta, Karla je sedela za svojim kuhinjskim stolom s poslednjom kutijom papira i fotografija njene majke koju je trebalo pretrebiti. Poslednjih pet kutija nije je inspirisalo, ali ova je sadržala više fotografija nego papirologije, i Karla ju je namerno sačuvala za kraj. Tajno se nadala da će joj te fotografije pružiti tihi uvid u uglavnom nepoznatu istoriju njene francuske porodice s majčine strane.

Izbledele crno-bele slike misteriozne i nepoznate rodbine koja stoji čvrsto zagrljena na nekoj planini; festival u Provansi; deca širom otvorenih očiju u kolicima za bebe. Dve devojčice koje se smeju i drže za ruke u polju sena – *Amelija i Žozet, jun 1950* bledo ispisano na poleđini. Dve starije devojčice koje šljapkaju po plaži držeći suknje visoko iznad kolena – *Amelija i Žozet, jul 1962.* Dokaz da su bliznakinje nekada bile bliske.

Fotografija s venčanja iz septembra 1964. godine na stepeništu zadivljujuće gradske većnice prikazuje njenu majku i oca kako se smeškaju u ukočenoj, odrasloj svadbenoj pozi. Žozet stoji s jedne strane i izgleda srećno. Kakva je to svađa godinama kasnije mogla biti toliko ozbiljna da ih razdvoji zauvek?

Karla je poskočila kad se Dejvid stvorio pored nje sa čašom vina.

– Ima li nečega vrednog čuvanja među svim ovim? Ili da sve spalimo? – upitao je, gurajući neke od fotografija jedne od drugih.

– Ne mogu tek tako da spalim stvari – protivila se Karla. – To je istorija moje porodice. Moram da ih pregledam, možda da prepoznam koga mogu, a onda kutija može ići u ormarić u gostinskoj sobi. Medi voli rodoslove, možda će jednog dana želeti da napravi porodično stablo.

Dejvid je podigao neotvorenu kovertu na kojoj je pisalo: *Žozet. Privatno i poverljivo.*

– Pitam se šta je ovo. Da li da je otvorim?

Karla mu je uzela kovertu i radoznalo je pogledala. – Koliko god primamljivo bilo, mislim da ne treba da je otvaramo. Skloniću je i poslati poštom Žozet sledeći put kada budem išla u poštu. Doduše, pretpostavljam da ne sadrži ništa od ogromnog značaja za nju.

– Uvek možeš da odeš da je posetiš. Isporučiš je lično – rekao je Dejvid. – Koristio bi ti odmor nakon poslednjih nekoliko meseci.

Karla ga je pogledala. – To je istina. Ali ti bi bio sâm sada kada nijedno od dece ne živi ovde.

– Zaboga, Karla. Savršeno sam sposoban da se brinem o sebi. Ti ionako nisi bila ovde da se brineš o meni u poslednje vreme.

– Nisam imala izbora. Trebalo je srediti maminu kuću. Žao mi je što se osećaš zapostavljeno, ali i ti si bio zauzet. Retke su bile večeri kada si uopšte bio kod kuće na večeri. – Nije dodala: *I očigledno si bio previše zauzet čak i da se ponudiš da mi pomogneš.*

– Nije imalo svrhe dolaziti kući kad ti nisi tu. Bilo je lakše raditi do kasno i jesti u klubu pre povratka kući.

Dejvidov pogled ju je izazivao na raspravu, ali nije mogla da smogne snage, pa je to ignorisala.

– Ne brini se za mene. Odmor bi ti dobro došao – reče Dejvid. – Makar razmisli o tome.

– Iskreno, nisam sigurna u vezi s posetom tant Žozet. Nije kao da me je ikad pozvala. – Karla je pogledala Dejvida. – Jesi li zauzet na poslu sledećih nekoliko nedelja? Mogli bismo da odemo zajedno?

– Nema šanse – odvrati Dejvid. – Ne moraš da ostaješ kod Žozet. Samo joj daj kovertu, i ukoliko ne bude želela da razgovara, ti si svoje završila. Pronađi hotel i odmori se nekoliko dana.

Karla je odmahnula glavom. – Ne želim da idem sama. Bolje je poslati kovertu poštom. Završiću pregledanje svega ovde u slučaju da postoji još nešto upućeno njoj.

Dejvid je slegnuo ramenima. – Kako god.

Sledećeg dana, kutija sa slikama je bila spremna da pređe u ormarić u gostinskoj sobi. Dok ju je gurala na najnižu policu, Karla je naišla na otpor i spustila se na kolena kako bi videla šta joj preči prolaz. Stara kutija za cipele nekako se zaglavila pozadi, i kada ju je Karla izvukla, poklopac se pomerio i ugledala je kutiju za nakit od crnog somota.

Božić je bio pre nekoliko meseci i bilo je isuviše rano za njen rođendan. Da li je Dejvid planirao da je iznenadi? Da joj nečim olakša bol od prethodnih nekoliko meseci? Pažljivo je izvadila dijamantsku ogrlicu iz kutije i prislonila je uz vrat. Prelepo. Dok je to radila, iz poklopca je izletelo parče papira i palo na pod.

Dragoj Lisi, s ljubavlju, Dejvid.

Karla je osetila pravi ubod bola dok je čitala te reči, i suze joj potekoše niz obraze. Posle sveg stresa poslednjih nekoliko meseci, nije znala može li da se nosi s još jednom Dejvidovom preljubom. Prsti su joj se tresli dok je vraćala ogrlicu nazad u kutiju. Toliko puta je obećao da je svaki put poslednji; da je Karla ta koju zaista voli i molio je za oproštaj. Znala je da bi uradio isto kada bi se suočila s njim u vezi s Lisom. Dok je ustajala držeći kutiju od satena, u sebi se isprsila. Ovoga puta nije bila raspoložena za oproštaj.

Dvadeset četiri sata kasnije, ne rekavši nikome ni reč, Karla je otišla u Francusku kod tant Žozet.

2.

Sat na gradskoj većnici je otkucavao kad je taksista izvukao Karlin kofer iz prtljažnika i pokazao prstom: – *Vingt mètres à gauche.*[6] Nije se ni potrudio da je pita da li će moći sama, samo je uzeo novac i odvezao se.

Karla je vukla svoj kofer dvadeset metara u pravcu u kom joj je rekao i pogledala oko sebe. Kuća u kojoj Žozet živi skrivena je u starom delu grada Antiba, niz usku ulicu u koju se retko koji automobil usudi da zađe. More se nalazilo trideset metara daleko galebovim letom, a za sve ostale je udaljeno tri minuta hoda preko bedema.

Stari border koli, koji je spavao na ulazu u oronulu zgradu, otvorio je jedno oko i zaključio da ona nije dovoljno zanimljiva da bi zbog nje prekinuo san, i ponovo ga zatvorio.

Visoke srednjovekovne kuće stajale su jedne prekoputa drugih na kaldrmisanoj ulici. Dve od njih, blizu malog trga s prastarom glicinijom i još starijom fontanom, bile su povezane lukom s prozorom koji gleda na usku ulicu, s geranijumom u saksijama koje su visile sa otvorenih šalona. Skele su bile prislonjene uz jednu od kuća, radnici na daskama su zviždućući punili pukotine i rupe sivim malterom.

Kada je Karla stala ispred nje, Žozetina kuća je izgledala podjednako zapušteno kao i susedne kuće, ali ulazna vrata su bila obojena prkosnom crvenom bojom. Nije bilo ni zvona ni kucala, pa je Karla skupljenom šakom zalupala na vrata.

Iznad njene glave otvorio se prozor.

– Ako si to ti, Gordone, vrata su otključana. Samo ih gurni. Ako je bilo ko drugi u pitanju, sačekajte ispred. Sići ću brzo. – Prozor se zalupio.

---

[6] Fr.: Dvadeset metara nalevo. (Prim. prev.)

Karla je ostala gde je bila. Unutra je proletela senka preko malog prozora sa desne strane. Nekoliko sekundi kasnije, vrata su se otvorila.

– *Bonjour*, tant Žozet – rekla je Karla. – Mogu li, molim te, da uđem? Stvarna je potreba. Može se reći – dodala je.

Žozet je svojim plavim očima zurila u nju kao da pokušava da odmeri ozbiljnost te stvarne potrebe, pre nego što je slegnula ramenima i okrenula se. – Ne vidim zašto ne bi. Imam flašu rozea u frižideru.

Karla je prešla preko praga, zatvorila ulazna vrata za sobom i pratila Žozet do otvorene sobe s gredama i ugašenom peći na drva.

Francuska vrata vodila su iz kuhinje u dvorište puno saksija lavande i geranijuma živih boja, gde su se jasmin i orlovi nokti isprepletali, prekrivajući zid. Dva goluba su se mazila u udubljenju u uglu, poletevši razbarušenog perja kada je Žozet viknula na njih.

U uglu se nalazio zeleni sto od kovanog gvožđa u kompletu sa stolicama, čija je udobnost bila upotpunjena jastucima neizbežnih plavih i žutih materijala poznatih u Provansi. Veliki četvrtasti beli suncobran pružao je zaklon od sunca.

Žozet je sipala dve izdašne čaše vina i jednu pružila Karli. – *Santé.*[7]

Kucnule su se čašama pre nego što je Žozet upitala: – Zašto si ovde?

– Rekla sam ti. Imala sam hitan slučaj. – Karla je oklevala pre nego što je izgovorila: – Nisi došla na sahranu. Mislila sam da možda hoćeš.

– Poslala sam venac. Jesi li došla da me grdiš?

– Ne. Ima više razloga što sam došla. Jedan od njih je kako bih saznala više o francuskom delu porodice. Mama mi nikada nije puno toga pričala – ti si poslednja osoba koja bi mogla to da mi ispriča. Takođe sam želela da provedem malo vremena s tobom – malo zbližavanja između tetke i sestričine, ako hoćeš to tako da nazoveš. Poslednji razlog je – Karla je zastala i ispila čašu. – Poslednji razlog može da sačeka. Ima li još vina u toj flaši?

* * *

---

[7] Fr.: Uzdravlje. (Prim. prev.)

Žozet je pozvala Gordona kada je bila sigurna da Karla namešta krevet u gostinskoj sobi.

– Moraćemo da zaboravimo na naš izlet na ostrvo na neko vreme – reče ona. – Sestričina mi je došla u posetu.

– Možda će želeti da pođe s nama – predložio je Gordon.

– *Peut-être*,[8] ali ne ove nedelje. Neke stvari je muče.

– Da li ću moći da upoznam tu tvoju sestričinu?

– Možda ću te pozvati na večeru krajem nedelje. Ako ostane toliko dugo.

Nakon što je spustila telefon, Žozet je stavila još jednu flašu vina u frižider pre nego što se vratila u dvorište i sela za sto, zatvorivši oči i razmišljajući o onome što je Karla rekla.

Merde.[9] Nije bila psihički spremna za ovaj susret.

Zbližavanje tetke i sestričine. Saznanja o francuskom delu porodice. Oba izgovora su bila besmislena. Bilo je suviše kasno za površno prepričavanje porodične istorije. Žozet se molila da Karla ne pretera s potragom za informacijama o porodici. Istina sada nikome ne bi poslužila. Možda pre trideset, dvadeset, čak i deset godina kada je... Žozet je odmahnula glavom. Odlučila je u katedrali onog jutra kad je bila sahrana da je najbolje da istina bude pokopana zajedno s njom kada umre. Neće ostaviti nijedno od onih pisama tipa „ispričajte svima kada me više ne bude".

– Donela sam neke fotografije – rekla je Karla, pridruživši joj se za stolom, držeći dve velike koverte.

Žozet je otvorila oči i uz trzaj se vratila u sadašnjost. Karla se presvukla u dugačku haljinu cvetnog dezena, stopala su joj bila bosa i kosa neuredno podignuta. Sestričina joj je, u poslednjih trideset godina koliko je nije videla, odrasla u lepu ženu.

– Ne mogu da verujem da ove godine puniš pedeset. Zasigurno imaš dobre gene.

– Nisi jedina koja u to ne može da poveruje – reče Karla. – Nalazim da je to zastrašujuće, pogotovo sada.

Žozet ju je gledala i čekala, ali Karla je odmahnula glavom.

---

[8] Fr.: možda. (Prim. prev.)
[9] Fr.: sranje. (Prim. prev.)

– Kasnije – otvorila je jednu od koverti i počela da pruža stvari Žozet.

– Slike Medi i Edvarda – rekla je, predajući slike Žozet.

Žozet je uzela slike. Blizanci, kao ona i Amelija. Sestrini unuci koje nikada nije upoznala. Znala je samo osnovne informacije o njima i njihovom životu. – Čime se oni sada bave?

– Edvard je veterinar na zameni u Južnoafričkoj Republici. Medi upravo otvara svoju firmu za odnose s javnošću. Evo njihove fotografije od prošlog Božića.

Žozet je gledala slike sestrinih unuka, žaleći u sebi za godinama prinudne rastavljenosti.

– Ovo je jedna od poslednjih maminih fotografija – reče Karla tiho, pružajući joj još jednu fotografiju.

Žozet je zurila u fotografiju Amelije, svoje pokojne sestre. Porodična sličnost s njihovom majkom samo se pojačala s godinama. Obe su imale tanke usne koje su se smežurale u čvrste linije kako su starile, i na njima se videla ogorčenost.

– Teško je poverovati u to da ste bile bliznakinje – reče Karla. – Mama se toliko menjala kako je starila. Dok si mi ti – slegnula je ramenima – u retkim prilikama kada sam te videla uvek izgledala isto.

– Jel' bilo mnogo teško s njom pri kraju? – Žozet je upitala, ignorišući prethodni komentar.

– Ne više nego uobičajeno – rekla je Karla. – Doduše, kada joj je um zakazao, postala je agresivnija, pogotovo prema meni. Ništa što sam radila nije bilo dobro.

Žozet je zamišljeno klimnula glavom i ćutala nekoliko sekundi pre nego što je pitala: – Šta se nalazi u drugoj koverti?

– Fotografije beba i ljudi koji, pretpostavljam, pripadaju francuskoj rodbini. Nadala sam se da ćeš ti moći da mi kažeš ko su oni i da mi objasniš ono što ne znam o porodičnoj istoriji – kazala je Karla, uzimajući kovertu i izvlačeći još jednu kovertu. – I ovo sam pronašla među maminim stvarima. Piše da je privatno i poverljivo, zajedno s tvojim imenom. Htela sam da je pošaljem poštom ali... – slegnula je ramenima. – Neke stvari su se dogodile i činilo se kao dobra ideja da ti je lično isporučim.

– Hvala. – Žozet je vrtela debelu zatvorenu kovertu po rukama pre nego što je bacila pogled na Karlu. – Jesi li je otvorila?

– Ne. Dejvid je hteo, ali nisam želela da otvorimo nešto što je očigledno upućeno nekom drugom. Hoćeš li je otvoriti?

Žozet je odmahnula glavom. – Ne. Ne večeras. – Ustala je i ušla u kuću i ubacila kovertu u donju fioku komode u kuhinji – onu u koju baca raznovrsne stvari koje bi jednog dana mogle biti korisne.

Nije morala da otvori kovertu – znala je i bez gledanja šta je u njoj. Može da ostane u fioci do sledećeg puta kada upali kamin. Onda će je spaliti. Uništiće dokaz jednom zasvagda.

Karla je gledala kroz otvorena vrata kako Žozet nestrpljivim pokretom zatvara fioku komode. Sa svoje sedamdeset tri godine, Žozet je i dalje bila vitka. Bela kosa joj je bila smotana u francusku punđu, nokti su joj bili uredni i zaobljeni, namazani nežnom bojom korala. Za razliku od nožnih prstiju, koji su, bleskajući crvenom bojom, virili iz sandala s remenčićima.

Kada je bila tinejdžerka, Karla je bila fascinirana svojom tajanstvenom tetkom i žudela je da je bolje upozna. Pre mnogo godina pitala je majku zašto češće ne viđaju Žozet – zapravo, zašto ne viđaju bilo koga od francuske rodbine – i dobila grub odgovor – „zbog porodične svađe". Nikada nije ponudila više detalja.

Amelija je popustila jednom, kada je Karla imala oko devet godina. Njih troje – Karla i njeni roditelji – otputovali su u Antib zbog sahrane njene bake. Čak i tako mala, Karla je osetila napetost između svoje majke, Žozet i svog deke, kako u crkvi tako i na bdenju u vili. Bio je to jedini trenutak u njenom detinjstvu kada je videla tetku. Kada joj je deka umro godinu dana kasnije, Amelija je sama otišla u Francusku, ostavivši Karlu kod kuće sa ocem na pet dana.

– Meša se s pogrešnim ljudima i često se seli – bio je njen izgovor kada je tinejdžerka Karla pitala zašto ne viđaju Žozet. Ali one godine kada je Karla trebalo da otputuje u Pariz s fakultetom, stigla je čestitka za Božić sa adresom u Parizu, brojem telefona i porukom napisanom na poleđini: Živim u Gradu svetlosti neko vreme. Potajno, Karla je prepisala podatke. I odvažno pozvala tetku.

Dva sata su sedele i pričale u malom kafiću na Levoj obali. Žozet se interesovala za Karlin život, izbegavajući pitanja o svom. Kada ju je Karla pitala mogu li da budu u kontaktu, Žozet je odgovorila da bi bilo najbolje da stvari ostanu kakve jesu – ali u slučaju bilo kakve stvarne potrebe, učinila bi sve što može da pomogne. Rekla je Karli da ne zaboravi kako često putuje zbog svog posla fotografa slobodnjaka, i da stoga ne može da obeća da će uvek biti dostupna.

Tokom godina, Karla ju je zvala u različitim trenucima, nadajući se razgovoru, ali Žozet je uvek bila vrlo ravnodušna. „Nije stvarna potreba, zar ne?" pitala bi, i razgovor bi se tu zaustavio.

Pa, sada se našla u krizi i, srećom, Žozet ju je primila. Mada joj Karla nije ni ostavila puno izbora.

– Izaći ćemo negde napolje na večeru danas – reče Žozet, vrativši se u dvorište i ogrnuvši prastaru lanenu jaknu. – Ništa luksuzno – dodala je. – Mestašce na pijaci gde lepo prave pastu.

Kada su stigle na pijacu, restorani nanizani uz pešački deo pijace postavili su stolove i stolice tamo gde su ranije bile poređane tezge s voćem i povrćem.

Žozet je ignorisala stolove restorana koji nisu imali stolnjake i one koji su nudili jeftine plastične stolice, i uputila se direktno prema restoranu čiji su stolovi bili pokriveni kariranim ružičasto-belim stolnjacima i imali udobne stolice od pletene trske.

– *Bonsoir*, Žozet – rekao je konobar, poljubivši je u obraz pre nego što se rukovao s Karlom u znak dobrodošlice kad ju je Žozet predstavila. – *Ça va?*[10]

Dok je Žozet pogledala u jelovnik i naručila karbonaru, bokal domaćeg crnog vina pojavio se na stolu. Karla je naručila nica salatu.

– Ne voliš pastu? – upitala je Žozet.

– Samo mi se ne jede večeras – rekla je Karla. – Salata mi je dovoljna. Nisam mnogo gladna. – Podigla je svoju čašu, koju je uslužni konobar već napunio, i pogledala u Žozet. – Dejvid ima ljubavnicu – kazala je. – Ponovo.

---

[10] Fr.: Kako si? (Prim. prev.)

– Pa, nađi i ti sebi ljubavnika – odgovorila je Žozet.

Iznenađena, Karla se nasmejala. – Kada bi to bilo tako lako.

– Jeste.

Karla je odmahnula glavom. – Nemam snage da mu vraćam milo za drago. Mislim da je to gubljenje vremena.

– Dobar seks nikada nije gubljenje vremena – rekla je Žozet. – Imaj na umu, to mora biti dobar seks. *Merci* – obratila se mladom konobaru koji je stavljao pribor za jelo i korpicu s hlebom na sto. – Seks na brzaka ne smatra se dobrim seksom, koliko god očajna bila. Davno sam to naučila. – Uzela je parče bageta iz korpice pre nego što je rekla: – Možda možemo da ti nađemo ljubavnika Francuza dok si ovde.

– Ne mogu da verujem da vodimo ovaj razgovor – reče Karla. – Nisam došla ovamo zbog saveta o svom seksualnom životu.

– Zašto si došla?

Karla je vrtela i vrtela vino u svojoj čaši nekoliko minuta pre nego što je ponovo pogledala u Žozet.

– Rekla sam ti, kako bih saznala nešto o francuskom delu porodice i bilo mi je potrebno da odem. Dolazak ovamo delovao je podjednako dobar kao i bilo šta drugo. Ali ako je to problem, sutra ću pronaći hotel.

Žozet je slegnula ramenima. – Na tebi je. Samo ne očekuj od mene da se ponašam kao prosečna tetka koja deli dobre savete. Nikada nisam to radila, prestara sam da bih to promenila. *Plus de vin*?[11] – upitala je, podižući bokal.

Karla je ležala u krevetu u maloj gostinskoj sobi u zadnjem delu kuće, zureći u plafon, ne uspevajući da se izbori s glavom koja je i dalje bila budna i da zaspi, uprkos umornom telu. Šta ona radi ovde? Njen problem je sada možda hiljadu milja daleko, ali i dalje je postojao.

Bacila je pogled na svoj sat. U Engleskoj je deset sati. Je li Dejvid pročitao tajanstvenu poruku koju je ostavila naslonjenu na aparat

---

[11] Fr.: Još vina? (Prim. prev.)

za kafu, u kojoj mu kaže da odlazi na nekoliko dana kako bi razmislila o svemu? Ili je izašao sa svojom ljubavnicom?

Možda je trebalo da ostane, da strpljivo pregura krizu i oprosti mu kada okonča vezu, koja bi, nije nimalo sumnjala, bila gotova za nekih šest meseci. Zaboga, sledeće godine im je srebrna svadba. Kako da je ne proslave zajedno?

Umesto toga, pobegla je manje od dvadeset četiri sata pošto je saznala za tu vezu, ne rekavši nikome kuda se uputila. Dok je avion leteo prema jugu visoko iznad Francuske, neočekivani osećaj slatke slobode koji ju je obuzeo kada je osigurala poslednje sedište u avionu je izvetrio, ostavivši za sobom zaglušujući osećaj beznađa.

Zatvorila je oči. Šta se nadala da će dobiti dolaskom ovde? Sasvim zgodno je otišla i time nehotice dala Dejvidu slobodu da upriliči još preljubničkih susreta s tom Lisom, ko god ona bila. Više vremena da pronađe advokata. Da stvari organizuje u svoju korist.

Dođavola, nije ona tamo neka zabludela ženica koja se drži za svog muškarca šta god joj on priređivao. Ali od svih stvari koje je očekivala da će joj se desiti do kraja života, napuštanje Dejvida nije bila među njima. Nije na to ni pomišljala. Nije znala da li je dovoljno jaka da preživi sama, iako joj časopisi stalno govore da je, tehnički gledano, došlo njenih pet minuta.

Nosila se s njegovim preljubama ranije, pravila scene zbog samo jedne od njih u ranim danima, kada se žalio da se oseća zapostavljenim a blizanci se tek bili rodili. Povređena i ponižena, odlučila je da ostane s njim kako bi deca imala bezbrižno detinjstvo. Kasnije, kada je postao tehnološki višak i osnovao sopstvenu marketinšku firmu, to je njihov kućni budžet dosta nateglo, i razvod je bio preskupa opcija – ne bi bilo ničega što bi podelili između sebe. Za kuću, celu pod hipotekom i datu kao garanciju za firmu, sigurno ne bi dobili dovoljno novca da obezbede njoj i deci novi dom.

Sumnjala je da on uopšte nije svestan da ona zna za ostale. Zubarka Ilejn i menadžerka u njegovoj banci Fiona bile su samo dve od svih kojih se seća iz prošlosti. I sada ova nepoznata Lisa. Možda je ona jedna od novih asistenata o kojima je pričao da će ih zaposliti da bi se olakšao nagomilani posao.

Karla se nemirno okretala dok se prisećala kako se poigravala idejom da ode kada su Medi i Edvard otišli na fakultet, ali do tada se njen život s Dejvidom pretvorio u naviku. Bilo je lakše ostati nego otići.

Voda je žuborila niz cevi iznad njene glave dok je Žozet prala zube u malom kupatilu prekoputa odmorišta. Karla je uzdahnula, zamišljajući svoju tetku kako se sprema za spavanje. Nije je baš dočekala širom raširenih ruku, ali makar joj je dozvolila da ostane. Nadala se da će omekšati kako se budu bolje upoznavale, iako je zasigurno potvrdila svoj ugled samotnjaka. Samodovoljna i zatvorena, to su reči koje je Amelija jednom upotrebila kako bi Karli opisala svoju bliznakinju. Očito se nije menjala s godinama.

Vrata kupatila su se otvorila i zatvorila. Čulo se blago kucanje na vratima sobe pre nego što ih je Žozet otvorila. Karla je okrenula glavu i pogledala svoju tetku.

– Ne spavam dobro ovih dana – reče Žozet. – Uglavnom sam dole u pet i trideset. Ne osećaj se dužnom da ustaješ rano – iako sumnjam da ćeš spavati duže od sedam sati, u svakom slučaju. *Bonne nuit* – vrata su se zatvorila pre nego što je Karla mogla da odgovori.

3.

Žozet nije bilo ni traga kada se Karla spustila niza stepenice sledećeg jutra. Žozet je bila u pravu kada je rekla da Karla neće spavati posle sedam sati. Kada je sat sa obližnje gradske većnice odzvonio taj sat, trgla se i probudila.

Na stolu u kuhinji je bila poruka: *Kroasani su u plehu, posluži se. Kafa je spremna za poneti. Vidimo se kasnije. Ž.* Da li ju je Žozet namerno izbegavala?

Ponevši doručak u dvorište, Karla je razmišljala o predstojećem danu. Glavni prioritet je bio pozvati Medi. Morala je da razgovara s njom pre nego što se pojavi kod kuće i shvati da ona nije tu. Edvard će biti odsutan još bar tri meseca, pa njega nije morala sada da uznemirava. Obećao je da će pokušati da se vrati za njenu veliku rođendansku proslavu sledeće godine. Do tada bi sve trebalo da bude rešeno. Ovako ili onako.

Karla je pogledala u mobilni. Osam sati ujutru ovde, sedam sati u Engleskoj – Medi je sigurno zauzeta spremanjem za posao. Kako reći svojoj odrasloj ćerki da je brak njenih roditelja pretrpeo slom zemljotresa jačine preko Rihterove skale? Da li rizikovati sa istinom – *Tata ponovo ima drugu i morala sam da odem* – ili pokušati ublažiti vesti – *Imamo neke problem pa smo odlučili da se odvojimo na neko vreme kako bismo rešili stvari.* Učiniti da to zvuči kao zajednička odluka – a ne samo njena. Postoji li šansa da ovo razdvajanje nije trajno – da će Dejvid ostaviti novu ljubavnicu, dopuziti i izviniti se, i obećati da će se ubuduće bolje ponašati? Je li to ono što bi ona želela da se desi?

Prodorna zvonjava na satu Gradske većnice, koji se ponovo oglasio, zamrla je dok je Karla birala Medin broj i slušala zvuk zvonjenja. Kada se oglasila govorna pošta, prekinula je vezu. Ostaviti

Medi govornu poruku o trenutnoj situaciji nije bilo opcija. Morala je da joj kaže preko poziva, ako ne licem u lice.

Zvuk koraka na ulici je zastao, praćen lupanjem na ulaznim vratima. Karla je oklevala. Da li da otvori vrata? Njeno ograničeno znanje francuskog je zarđalo i nije se radovala mučnim sporazumevanjem sa strancem. Dok je neodlučno stajala tu, čula je kako koraci odlaze. Osetivši olakšanje što nije morala ništa da uradi, Karla je shvatila da je zadržavala dah.

Žozet se još nije bila vratila kada je Karla izašla da istražuje grad. Nije mnogo znala o mestu gde su joj majka i tetka rođene, osim da je to dugo bila stara trgovačka luka, sa utvrđenjima koje je napravio inženjer Sebastijan Voban. Moderna marina grada, Port Voban, nazvana je u njegovu čast.

Oštar povetarac na kopnu duvao je niz uske ulice starog grada dok se Karla udaljavala od pijace. Uska uličica vodila ju je do bedema i hodala je duž putića kraj obale dok nije stigla do kraja Bulevara Albera Prvog, blizu otvorenog parka.

Bez razmišljanja, Karla je zakoračila sa trotoara, gledajući zdesna nalevo, i čovek ju je povukao nazad na trotoar pre nego što se našla pod gumama automobila. Besno mahanje pesnicom i ljutito sviranje sirene vozača naglasilo je koliko je malo falilo da je kola obore.

Šokirana, Karla se trudila da prestane da se trese. Ošamućena, shvatila je da joj je taj čovek i dalje držao ruku preko ramena i vodio je ka obližnjem kafiću.

– *Deux café, s'il vous plaît*[12] – viknuo je konobaru, dok je nežno spuštao Karlu na stolicu. – *Prendre des respirations profondes*[13] – objasnio joj je, sedajući prekoputa nje i posmatrajući je.

Karla je zatvorila oči i pokušala da zaustavi lupanje srca. Kako je mogla da bude toliko glupa?

– *Vous Anglais?*[14] – upitao je muškarac.

---

[12] Fr.: Dve kafe, molim vas. (Prim. prev.)
[13] Fr.: Duboko udahnite. (Prim. prev.)
[14] Fr.: Engleskinja ste? (Prim. prev.)

Karla je klimnula glavom. – Da.

– U tom slučaju – prevešću. Morate da dišete duboko. – Posmatrao ju je nekoliko sekundi, uveravajući se da radi ono što joj govori. – Navikli ste da gledate desno. Ovde morate gledati levo. To je greška koju Englezi stalno prave.

Na sto ispred njih su položene dve kafe, kesica šećera i mali kolačić u svakom tanjiriću. Dok je muškarac otvarao svoju kesicu šećera i sipao je u kafu, Karla je svoju mehanički stavila sa strane. Odavno je prestala da stavlja šećer u kafu.

– Mogu li da predložim da ovog puta stavite šećer u kafu, mislim da to dobro deluje protiv šoka?

Karla je uzdahnula, ali je poslušno ispraznila kesicu šećera u kafu, promešala je i uzela nekoliko gutljaja. Napravila je grimasu. Odvratno. Pogledala je muškarca. – Hvala vam za to što ste uradili. Imala sam sreće što ste bili tu, u suprotnom... – stresla se.

– Mislim da ćete se odsad setiti da pogledate na obe strane – rekao je. – Dobro – prestali ste da se tresete i boja vam se vraća u lice.

Karla je podigla kolačić, otvorila plastično pakovanje i uzela mali zalogaj.

– Počeo vam je odmor? – pitao je muškarac, podižući svoju malu šolju za kafu.

Karla je klimnula glavom. – Da. U poseti sam svojoj tetki na nekoliko dana. – Lakše je složiti se nego priznati nepoznatoj osobi da je pobegla.

– Nadam se da ćete uživati u svom boravku ovde – odgovorio je. – Sada moram da idem. Kasnim na sastanak. – Ustao je i stavio nekoliko evra na račun na tanjiriću koji je ostavljen uz kafe.

– Molim vas dozvolite da ja platim kafe – rekla je Karla. – Toliko vam dugujem.

Muškarac je ignorisao njeno protivljenje. – *Non.* Zadovoljstvo mi je, i molim vas, ubuduće zapamtite da pogledate levo.

– Svakako – obećala je Karla.

– *Ciao* – i otišao je.

Karla je pojela svoj kolačić, i kada je konobar došao da očisti sto, naručila je još jednu kafu, koju je popila bez šećera. Osećajući se bolje, htela je da krene kad joj je zazvonio mobilni. Medi.

– Mama? Telefon ti čudno zvuči. Jesi li dobro? Šta se dešava? Tata mi je preko telefona rekao da si ga ostavila.

Karla je zadržala dah. Dođavola. Dejvid je dospeo do Medi pre nje. Duboko je udahnula. – Dobro sam. Nadala sam se da ću ja razgovarati s tobom pre tate. Potrebno mi je da odem na neko vreme i da malo razmislim o budućnosti.

– Zašto, šta se desilo?

Karla je duboko udahnula. Dejvid očigledno nije objasnio svoj udeo u njenoj odluci da ode. Vreme je da Medi sazna istinu. – Tata me vara.

Medino šokirano „Molim?" bilo je jedva čujno. Pitanje koje je usledilo bilo je malo glasnije: – Kako znaš?

Svesna zainteresovanog pogleda para za susednim stolom, koji je očigledno razumeo engleski, Karla je nastavila i sama vrlo tiho.

– Medi, pozvaću te kasnije. Trenutno sam u kafiću. Nemam puno privatnosti.

– To je druga stvar – gde si? Tata je mislio da si možda sa mnom. Mislim da me je zato i zvao.

– Zvaću te večeras i sve ti objasniti – reče Karla. – Da li ti sedam sati odgovara?

– Da. Mama?

– Volim te. – Karla je pritisla dugme za prekidanje poziva na telefonu. Kakvo jutro.

Žozet je Karli rekla istinu kada joj je pričala da ne spava dobro i da većinu jutara ustaje rano, ali izlaženje iz kuće i šetanje putem uz obalu nije deo njene uobičajene rutine. Uglavnom je išla po kafu u jedan od kafića na pijaci. Danas je, doduše, morala da izađe i prošeta pored mora u pokušaju da sabere misli pre nego što Karla počne da joj postavlja neizbežna pitanja o porodici.

Dok je koračala, Žozet je razmišljala o Karli. Poslednjoj osobi koju je očekivala da će ugledati kada je juče otvorila vrata. Koliko je ozbiljna bila njena bračna kriza? Koliko dugo namerava da ostane? Tako ju je slabo poznavala. Koliko porodične istorije sme da podeli a da ne razori njen svet? Mora li da zna istinu? Kako će odreagovati?

Hoće li prihvatiti ublaženu verziju porodične istorije? Ili će kopati dublje, postavljati još pitanja?

Dok je sedela na klupi kraj plaža Sali i gledala preko Mediterana nadajući se nadahnuću, ta pitanja su nastavila da se vrte Žozet po glavi. No odgovori su izmicali. Gledajući dva galeba kako se bore za ostatke bačenog burgera, zabrinuta Žozet je donela odluku. Obećanje je obećanje, čak i ako je obećano pod pritiskom, pre nekoliko decenija. Držaće ga se. Na svako Karlino pitanje na koje bude mogla iskreno da odgovori – a za Žozet iskrenost je bila ključna reč – tako će i uraditi. Na sva druga slegnuće ramenima i ćutati; držaće palčeve da Karla sazna dovoljno da je to zadovolji i da ne pritiska za više informacija.

U međuvremenu, pokušaće da uživa u tome što je ugostila Karlu i upoznaće je sa znamenostima Azurne obale. Život ponekad ume da bude samotan, biće lepo imati društvo na neko vreme. Možda je neka vrsta zbližavanja moguća čak i ovako kasno, ako bude izbegavala probleme i pažljivo zaobilazila pitanja.

Šetajući ka kući, svratila je do pijace i uzela salatu i nekoliko sardela, baget i dva parčeta tarta od limuna sa zanatlijskog štanda pekare, i time rešila ručak. Spremiće Karli ručak na malom roštilju u dvorištu.

Žozet je bila kod kuće tek deset minuta kada je Karla zalupala na vrata. Pustivši je unutra, Žozet je skinula ključ s kukice blizu njih.

– Bolje bi bilo da imaš ovo dok si ovde – rekla je, pruživši Karli ključ. – Nemoj ga izgubiti. To mi je poslednji rezervni ključ. Ručak će biti gotov za oko deset minuta. Vino je u frižideru.

Karla je postavila sto i napravila salatu pre nego što je sipala dve čaše vina i odnela ih u dvorište, gde je Žozet pekla sardele na roštilju.

– *Santé* – kaza Žozet, uzimajući svoju čašu. – Jesi li lepo provela jutro istražujući?

Karla se nasmejala. – Da, hvala na pitanju – osim kada sam umalo podletela pod auto.

– Ah, stara desno umesto levo greška?

Karla je klimnula glavom. – Srećom, jedan čovek me je uhvatio i doslovno me povukao na sigurno. Dugo mi je trebalo da prestanem da se tresem. Doduše, posle toga mi je istraživanju bilo zabavno. Setila sam se nekih mesta na kojima sam bila kada smo došli na bakinu sahranu. Na primer pijace i Pikasovog muzeja.

– Jesi li videla staru porodičnu kuću?

– Ne. Iskreno, čak i da je vidim, ne bih je prepoznala.

– Jednom ćemo se prošetati i pokazaću ti je. Trenutno se izdaje, ali sadašnji stanari uskoro odlaze – reče Žozet. – Što znači da me čekaju nedelje gnjavaže kako bih pronašla nove. Ima puno prevaranata u poslednje vreme.

– Mislila sam da je vila odavno prodata? – reče Karla. – Kada je deka umro.

– Prema francuskom zakonu, Amelija i ja smo je zajedno nasledile. Dok sam ja želela da je prodamo, Amelija nije htela da se složi. Nije htela da ima veze s njom, ali je bila odlučna u tome da mene spreči da imam koristi od nje. Insistirala je da sav novac ide pravo u poseban fond koji nijedna od nas ne sme dirati. Rekla je da sledeća generacija može oko nje da se svađa kada dođe vreme. Notar je svake godine pokušavao da je ubedi da potpiše da se odriče prava na nju... uvek je odbijala. – Žozet je utihnula i zagledala se u Karlu, preneraženog izraza lica. Kako je mogla da zaboravi na *Vilu Mimoza*? – Jesi li se čula s francuskim advokatima u vezi sa Amelijinim testamentom?

– Ne. Njenim engleskim testamentom je u suštini sve ostavljeno meni, zajedno s malom zaostavštinom za Medi i Edvarda. Po nekoliko hiljada svakom od njih. Kada se kuća proda.

– I ni pomena o *Vili Mimoza*?

Karla je odmahnula glavom.

Žozet je podigla flašu vina i, uprkos Karlinom negodovanju, napunila i svoju i njenu čašu. – U tom slučaju, moraćemo da ugovorimo sastanak s notarom kako bismo zakonito organizovale stvari.

– Koje stvari? – upitala je Karla, zbunjena.

– Uglavnom činjenicu da si ti, kao Amelijin zakoniti naslednik, sada vlasnik polovine *Vile Mimoza* zajedno sa mnom. *Santé.*

4.

Te večeri, nekoliko minuta pre osam sati, Karla je upalila svoj laptop, spremna za video-poziv s Medi. Žozet ju je pre toga iznenadila kada joj je dala šifru i rekla joj da koristi kućni internet. Karla nije očekivala da je njena tetka od onih matoraca koji vešto barataju internetom. Osim toga, u kući nije bilo ni traga laptopu, čak ni ajpedu. Na Karlinu iznenađenost, Žozet je samo slegnula ramenima.

– *C'est difficile*[15] ne biti prisutan na internetu u ovo doba. Francuska vlada zatvara kancelarije, pravi veb-sajtove i očekuje da svi postanu digitalno pismeni preko noći. Držim tablet u spavaćoj sobi kako bih noću mogla da igram onlajn poker kad ne mogu da spavam. – Činjenica da Žozet igra poker iznenadila ju je više od toga što ga igra preko interneta.

Karla je naškrabala na papirić nekoliko stvari koje je želela da kaže Medi kako ih ne bi zaboravila, pre nego što se uključila na *Skajp* i pritisnula Medino ime i s mukom sabrala misli u logičan i smislen redosled dok je čekala da Medi prihvati poziv. Nije želela da Medi zna, ili čak posumnja, koliko je prestrašena onim što budućnost nosi. Ako uspe da ostane sabrana i ubedi ćerku da se dobro nosi sa situacijom i da se neće pretvoriti u lokvicu suza, onda postoji šansa da i sebe ubedi u isto, da će sve biti u redu. Osmeh koji je uputila ćerki bio je iskren, iako će joj prve reči koje je njena ćerka izustila zasigurno skinuti masku.

– Pozvala sam tatu nakon razgovora s tobom i silno smo se posvađali zbog njegove afere. Rekao mi je da odrastem i prestanem da se ponašam kao dete. Da se takve stvari dešavaju. Navodno nas

---

[15] Fr.: Teško je. (Prim. prev.)

dve treba to da prihvatimo. – Karla je ustuknula zbog reči kojom je potom nazvala svog oca.

– Medi, nemoj. Užasno je tako ga zvati. Ali u pravu je – moram da prihvatim da se to dogodilo i bojim se da moraš i ti.

– Nema šanse. Čak je predložio da upoznam tu Lisu. Misli da će mi se svideti i da ćemo se lepo slagati. Pored toga što je u zabludi takođe je i... – Medi se zaustavila kako ne bi ponovo upotrebila onu reč. – Jesi li razgovarala sa Edom? Pokušala sam da ga pozovem, ali nisam uspela da ga dobijem.

– Čekam da se vrati krajem godine – Karla reče, teško gutajući. Nije očekivala da će Dejvid hteti da upozna Medi s tom ženom. Očito je imao ozbiljne namere. – Ed je toliko daleko. Ne želim da ga brinem. Osim toga, ne postoji ništa što on, ili bilo ko, može da uradi.

– Jesi li u hotelu, mama? – pitala je Medi. – Tata je pomislio da si možda otišla u bakinu kuću, ali ti nije bilo ni traga kada je svratio tamo.

– Ne, nisam u hotelu. Ja... odsela sam kod prijateljice.

– Koje prijateljice? Mejvis?

– Ne poznaješ je.

– Zašto nećeš da mi kažeš gde se nalaziš?

– Zato što će, najverovatnije, tata zahtevati da mu kažeš, a ja ne želim da sazna, zasad.

– Ali nije u redu da mi ne kažeš – na tvojoj sam strani. Reci mi.

Karla je uzdahnula, gledajući u umorne oči svoje ćerke. – Žao mi je, ne mogu. Ne još. Obećavam da ću ti uskoro reći. Samo mi je potrebno malo vremena da se udaljim od svega, da razmislim, smirim se i napravim plan.

– Hoćeš li se vratiti kući ako ostavi onu drolju? Sigurno je u pitanju samo kriza srednjih godina. Nije kao da je to uradio i pre, zar ne? – reče Medi, trljajući nos, to joj je odmalena bila navika kad je uznemirena. Kad je shvatila da Karla nije odgovorila, na licu joj se pojavio šokiran izraz. – Jeste?

Karla je klimnula glavom. – Više puta. Doduše, mislim da ne zna da ja znam za većinu njih.

– Onda ovo sigurno neće biti nimalo drugačije, osećaće se posramljeno za nekoliko meseci – ili čak nedelja.

Karla je ćutala, razmišljajući o tome šta je to bilo toliko drugačije ovog puta. Je li to što je sada mnogo starija? Što više nije morala da ostaje „zarad dece"? Ili zato što joj je bilo dosta braka s Dejvidom i popuštanja pred njegovim preljubama? Dovoljno godina je provela u braku bez ljubavi, sigurno je zaslužila da ima svoj život? Osim toga, da li je ovoga puta uopšte imala opciju da oprosti i zaboravi?

– Činjenica da je tata pričao s tobom o toj Lisi govori mi da ova veza može biti drugačija. Nije tajna, kao što su bile ostale. Čini se da želi da svi saznaju za nju. Time što je rekao da želi da je upoznaš jasno mi daje do znanja da želi da se odvoji od mene. Da nastavi dalje. – Karla je duboko udahnula, pokušavajući da unese dozu optimizma u glas. – Ne bih izabrala da završim brak na ovaj način, ali nije kraj sveta u mojim godinama postati razvedena žena. Smatraću to prilikom da probam nove stvari, odem na nova mesta, uživam u novom životnom putu. – Pomisao *I da pokušam ponovo da pronađem ženu koja sam nekad bila* zadržala je za sebe. Da li je to uopšte moguće?

– Ali gde ćeš da živiš? Šta ćeš da radiš? Ne možeš mu dozvoliti da te gazi. Imaš određena zakonska prava kojih će tata morati da se pridržava.

– Ne brini, sigurna sam da smo oboje dovoljno zreli da se ponašamo civilizovano jedno prema drugom. Samo moram da smislim najbolji način za sebe da sve sredim – rekla je Karla. – Brzo ću se vratiti. Dotad ću imati bolju ideju o tome šta ću da uradim.

Kada je Karla konačno prekinula vezu, bila je iscrpljena od pretvaranja da je lepo raspoložena kada se zapravo osećala napušteno, žalosno i na rubu suza. Nije počela da razmišlja o tome kako će pronaći odgovore na Medina pitanja.

Dole, Žozet je sedela u dvorištu s flašom rozea na stolu ispred sebe. Pružila je čašu Karli.

– Hvala – reče Karla, progutavši veliki gutljaj hladnog vina pre nego što je sela na stolicu pored.

– Je li Medi dobro? – pitala je Žozet.

Karla je klimnula glavom. – Osim što je ljuta na mene i besna na oca.

Žozet ju je mirno posmatrala. – Preći će preko toga. Verovatno brže od tebe.

– Mislim da joj neće biti lako da ovo prihvati, uvek je bila bliska s ocem. I činjenica da pred svetom više nećemo biti srećna porodica takođe će je uznemiriti. Umesto toga ćemo biti zauzeti svako svojim životom dok je porodica razorena.

– Nema tu ništa novo. Istorija je puna disfunkcionalnih porodica. Ljudi to pregrme i nastave svoj život najbolje što mogu. Ne postoji drugi izbor – reče Žozet. – To je život. *Bien sûr.*[16] Znam to iz iskustva.

Karla ju je pogledala, čekajući da ponudi još detalja. Umesto toga, Žozet je uzela flašu i napunila svoju čašu kad je Karla odmahnula glavom i pokrila rukom vrh svoje i dalje pune čaše, pitajući se o životu te njene zagonetne tetke. Hoće li joj ikada pričati o tome?

---

[16] Fr.: Naravno. (Prim. prev.)

5.

Sledećeg jutra Karla je sedela u dvorištu i doručkovala kad se Žozet vratila sa svoje uobičajene jutarnje kafe na pijaci.

– Krajem nedelje imamo sastanak s notarom u vezi s *Vilom Mimoza* – rekla je Žozet, posl4uživši se kafom iz lonca. – Prošetaćemo se kasnije uz more kako bi mogla da je vidiš makar spolja.

– Hvala ti – reče Karla. – Bila sam tako mlada kada je baka umrla da se, da budem iskrena, uopšte ne sećam poseta vili. Ono čega se kao kroz maglu sećam jeste da su mi rekli da prestanem toliko da zapitkujem kad smo došli na sahranu. Nemam pojma šta me je toliko zanimalo.

Sat vremena kasnije, izbegavši turiste u šetnji putem uz obalu, stajale su na početku kratkog prilaza koji je vodio do *Vile Mimoza*. Visoka metalna kapija bila je otvorena, pružajući jasan pogled na tipičnu provansalsku kuću s maslinastozelenim šalonima i crepovima od opeke. Jedno jedino visoko drvo mimoze stražarilo je s jedne strane prilaza, a mahune od semena su visile s njega sada kada je vreme cvetanja prošlo.

– Prvobitno je ovde bilo puno drveća mimoze, po čemu je vila i dobila ime – reče Žozet. – U proleće je divno mirisalo. Nažalost, ovo je poslednje.

Pored ulaznih vrata bio je parkiran mali kombi, ali nije bilo traga ni od koga.

– Možemo li da se prošetamo do ulaza? – upitala je Karla. – Da razgledamo baštu?

– Ne vidim zašto ne bismo – odgovorila je Žozet. – Mi smo vlasnici ovog mesta. Kombi pripada baštovanu koga plaćam kako bi mesto održavao pristojnim. Uvek mogu reći da sam došla da porazgovaram s njim ako se pojavi stanar. Naravno, ne možemo da uđemo u kuću bez dogovora unapred, ali u baštu... – slegnula je ramenima. – Ionako su najavili odlazak.

Šljunak im je krckao pod nogama dok su hodale prilazom okruženim žbunjem ruzmarina. Malo uzano stepenište s mešavinom saksija raznih boja, nekima s belim i roze iglicama koje su se vukle po podu, drugima s lavandom slatkog mirisa, stajale su ispred vrata nalik odboru za doček. Skrenuvši levo, Karla je pratila Žozet stazom uz kuću koja je vodila u zadnje dvorište, gde se voda u velikom bazenu svetlucala na sunčevoj svetlosti.

– O, nisam očekivala bazen – reče Karla. – Sigurno nije bio ovde kad sam bila poslednji put. Sećala bih se toga. Bila bih u njemu kad god mogu.

– Ovde je *de rigueur*[17] da vila ove veličine ima bazen. Napravili smo ga pre trideset godina. Amelija je bila protiv toga ali... – Žozet je odlutala. – Ljudi koji žele da iznajmljuju kuću na godinu ili dve uvek traže bazen. Žoel je, pored toga što je baštovan, zadužen i za bazen. *Bonjour*, Žoel – dobacila je čoveku koji je bio zauzet skupljanjem lišća i ostalog otpada iz bazena. – *Je montre juste ma niece Carla la villa*[18] – dodala je.

Žoel, preplanuo, zategnut muškarac od oko pedesetak godina, kratko ošišane sede kose i s kratkom bradom, javio im se kratkim *Bonjour*, ali je ostao usredsređen na ono što je radio. Karla je posmatrala kako se pažljivo kreće i koristi crevo za čišćenje u blizini jednog od ofarbanih kamenih slonova koji su stajali na oba kraja bazena.

Dok je Žozet odšetala oko bazena kako bi porazgovarala sa Žoelom, Karla je ostala tamo gde je bila, upijajući detalje bašte. Mali dvosed od trske s raznobojnim jastucima pod zaklonom velikog trešnjinog drveta u uglu, idealno mesto za odmor i opuštanje uz knjigu nakon plivanja. Uredna površina pokrivena cvećem s leve strane bašte ispred žbuna oleandera, koji je *Vilu Mimoza* razdvajao

---

[17] Fr.: neophodno, obavezno. (Prim. prev.)
[18] Fr.: Samo pokazujem vilu svojoj sestričini Karli. (Prim. prev.)

od susedne kuće, stabla limuna u saksijama, ruže koje prelaze stari metalni luk, visoka pagoda, kućica s hranom za ptice. Četiri para francuskih prozora celom dužinom kuće vodila su na terasu, gde su veliki sto i stolice od tikovine stajali pod lođom, savršeno za ručak na otvorenom i romantičnu večeru pod zvezdama.

Karla je stajala i pokušavala da poveže ovu baštu sa onom koja bi trebalo da postoji duboko u njenom sećanju na posetu iz detinjstva. Zabolela ju je glava od truda da natera mozak da joj vrati sećanja na baštu posle te posete. Uostalom, bila je mala, kako je mogla i da oče-kuje od svog uma da joj pokaže bilo kakve slike prošlosti. Bila je to kratka poseta. Trajala je najduže dva dana. Ništa od ovoga ovde nije joj bilo poznato. Šta li je bilo tamo gde se sada nalazi bazen? Preraslo žbunje? Travnjak? Veliko drvo? Oronula šupa? Ljuljaška? Nešto do čega nije mogla da dosegne gnjavilo ju je negde u glavi. Poskočila je kad se Žozet vratila do nje.

– Šta je bilo tamo gde je sada bazen? – upitala je Karla.

– Sramotan travnjak i veliki hrast. I bogami nam nije bilo lako da izvadimo korenje. Trajalo je danima. Iskreno, bilo mi je *désolé*[19] što smo ga uklonili. Amelija i ja smo obožavale to drvo. Nekada smo se pele na njega i krile se od tate – reče Žozet. – Amelija je jed-nom pala s njega i slomila ručni zglob. Posle toga se nismo mnogo pele na njega. – Uzdahnula je i bacila pogled na Karlu. – Sećam se da su te grdili kada si došla zbog one gumene ljuljaške koja je visila s jedne od nižih grana.

Slika debelog kanapa, velike gume i nje kako se njiše napred-nazad stvorila joj se u glavi. Nasmešila se. Konačno se nečega seti-la. – Sećam se te gume. Ofarbala me je u crno. Mama je bila strašno ljuta na mene. Nije mi više dozvolila da joj se približim.

– Sećam se kako si plakala – reče Žozet. – Bila si neutešna. Jesi li dovoljno toga videla za sada?

Okrenuvši se nazad ka prilazu, Karla je pogledala u Žozet. – Imaš li lepe uspomene na odrastanje ovde?

Skoro pa su stigle do kapije na kraju prilaza kada je Žozet uzdah-nula i odgovorila. – Na odrastanje da, ali na kraju sam jedva čekala

---

[19] Fr.: žao. (Prim. prev.)

da odem. Sve je bilo upropašćeno, nisam mogla da podnesem da ostanem.

– Sećam se da su tokom godina povremeno stizale razglednice iz različitih mesta. Naučila sam da budem pažljiva prema mami kada bi nova pristigla. Uvek su je uznemiravale.

– Nisam to znala – reče Žozet.

Karla je klimnula glavom. – Kako sam odrastala, tako sam shvatala da je verovatno bila ljubomorna na tvoj život. Sećaš li se one godine kada smo se sastale u Parizu? Nadala sam se da ćemo ti i ja češće biti u kontaktu posle toga, ali... – Karla je slegnula ramenima. – Mama je bila besna na mene kad je saznala da sam se videla s tobom.

Pošto je Žozet ćutala, Karla je nastavila.

– Kada si prvi put otišla odavde, kuda si otišla?

Žozet se nasmešila. – U Pariz – mesto kome se uvek vraćam. Razmišljala sam o odlasku u Italiju, ali Pariz je bio očigledan izbor da se izgubim i pronađem posao.

– Nikada se nisi udavala. Jesi li ikada to želela? Da imaš svoju porodicu? – Karla je upitala, znajući da rizikuje tim pitanjem.

Vladala je kratka tišina pre nego što se Žozet nasmejala. – Isuviše sam uživala u kasnim šezdesetim godinama da bih se obavezivala. Pomalo sam bila hipi u to vreme.

– Mama je uvek pričala da si buntovna. Da si se družila s pogrešnim ljudima. Je li to istina?

– Buntovna? Nikad nisam sebe smatrala takvom. Mi smo prosto različito reagovale na okolnosti. A što se tiče pogrešnih ljudi – ko može o tome da sudi?

Kad su se vratile u grad, Žozet je odbila da se pridruži Karli u poseti Pikasovom muzeju i umesto toga je prošetala prema trgu blizu pošte i naručila kafu u kafiću. Gledajući decu kako se igraju u malom parku na trgu, Žozet prigušeno uzdahnu. Juče, nakon što je odbila da objasni svoje opažanje kako nema drugog izbora osim da se nastavi dalje u životu, uhvatila je sebe kako pokušava da ignoriše grižu savesti koji ju je obuzimala. Da li je bilo nediplomatski, čak grubo, kad je odbacila Karlinu zabrinutost zbog Medi? Danas, dok su šetale nazad kraj mora, razgovor između nje i Karle izazvao je još jači osećaj krivice. Naterao ju je da razmišlja o stvarima koje je godinama čuvala negde duboko u sebi.

Nakon što je pre toliko godina dala reč da nikada neće govoriti o raskolu u porodici, stvorila je za sebe život koji je na kraju ispao srećniji nego što se ikada nadala, nakon očaja izazvanog odvojeno-šću i činjenicom da je morala za sebe pronaći drugačiji put od onog koji je očekivala.

Karlino prisustvo u njenom životu za svega nekoliko dana joj je pokazalo da bi bilo isuviše lako ustalasati njenu skrivenu prošlost. Prošlost koja se može raspasti u hiljade delića ako se talasi budu množili, gurajući tugu, ozlojeđenost i optužbe u sadašnjost. Sada-šnjost kojom je bila zadovoljna, ne dozvoljavajući sebi ni trenutak sumnje da je život koji joj je uskraćen bio onaj život koji bi je zaista usrećio. Loše stvari u porodici toliko dugo su bile skrivene da je pogrešila misleći da će tako ostati zauvek. Trebalo je da zna da će jednog dana izaći na videlo i da preduzme korake da... šta? Umanji njihov uticaj? Porekne da su se dogodile?

Jedna stvar je postajala sve jasnija. Bilo je vreme da se povu-če. Da ponovo postavi pravilo „obrati mi se samo u slučaju krajnje nužde", koje je uspostavila pre mnogo godina. Intima između tetke i sestričine ili zbližavanje bili su isuviše opasni. Moraće da preseče taj odnos pre nego što joj uništi varku na kojoj joj počiva život.

6.

Nakon što je obišla Pikasov muzej, Karla se spustila do keja i neko vreme stajala gledajući čamce. Kada joj je zazvonio telefon i kada je videla ko je zove, da je Dejvid, oklevala je pre nego što se javila. Znala je da ne može zauvek da odlaže razgovor s njim, ali nije planirala da razgovara s njim na javnom mestu. Pomerila se na jedan deo trotoara, pokušavajući da izbegne ljude koji su išli prema Međunarodnom keju, na kome su usidrene superjahte.

– Mislio sam da ćeš me ignorisati – rekao je Dejvid. – Samo što nisam prekinuo vezu.

– Šta želiš?

– Odgovore na neke stvari, poput: gde si, dođavola? Kad nameravaš da se vratiš kući? Agent za nekretnine želi da zna da li je ostavinska rasprava završena, jer ima nekoliko ljudi koji bi mogli biti zainteresovani za Amelijinu kuću. I želim nazad dijamantsku ogrlicu koju si ukrala.

Karla je duboko udahnula. Znači, nikakve reči o pomirenju. Nema iskrenog izvinjenja za to što ju je prevario. Duboko je udahnula.

– Ne moram da ti kažem gde sam. Vratiću se kada mi to bude odgovaralo. Pozvaću advokata i proveriti šta je sa ostavinskom raspravom i javiti se agentu za nekretnine. A što se tiče ogrlice, mislim da ću je zadržati... makar na neko vreme. – Drhtavih ruku je prekinula poziv i isključila telefon. Svakako neće slušati besnog Dejvida kako ljutito drobi.

I da li je zaista „ukrala“ ogrlicu? Poprilično je bila sigurna da novac kojim je kupljena dolazi sa zajedničkog računa, što bi, tehnički, možda značilo da nakit pripada i njoj? Nije kao da je želela tu prokletu stvar, ali princip je bio važan.

Što se tiče njegovog pitanja kada se vraća kući, još nije imala odgovor. Koliko god viđanje s njim bilo neizbežno, nije se osećala dovoljno jakom da se suprotstavi njemu i njegovim strategijama zastrašivanja. Nameravala je da ostane kod Žozet otprilike tri dana, ali neočekivani sastanak s notarom u vezi s *Vilom Mimoza* je usporio stvari, što znači da bi u Englesku mogla da se vrati najranije za nekoliko dana. I gde li je onda planirala da ode? Nazad u bračni dom? Kod Medi? U sada praznu kuću svoje majke? Da li bi mogla da živi u njoj umesto da je proda? Ne, ako će da stvori nov život za sebe neće to moći da uradi u kući u kojoj bi joj Amelijino prisustvo zauvek visilo nad glavom. To mesto ne može biti ništa drugo osim privremenog smeštaja dok ne odluči šta, gde i kakav život joj budućnost nosi. Čak može da potroši novac da kupi neko jednostavno skrovište i ostatak da troši na putovanja, bude li to želela.

Bilo je vreme da napravi neke planove. Da napravi spisak stvari koje mora da uradi kako bi napredovala u životu. Pre nego što je mogla da se predomisli, uključila je telefon i otvorila beleške i, stojeći na keju, počela je da organizuje svoju neposrednu budućnost.

Očajnički želeći da pobegne, nije ni pomislila da kupi povratnu kartu, tako da je morala da rezerviše let za posle sastanka s notarom. Kad se vrati u Englesku moraće da:

a) poseti advokata u vezi s napretkom ostavinskog postupka,

b) te informacije prenese agentu za nekretnine,

c) da se postara da agent za nekretnine ubuduće zove nju, a ne Dejvida, i

d) da se raspita o troškovima i pokrene postupak za razvod dok bude kod advokata.

Iskreno, poslednja beleška ju je prestrašila, i brzo je ugasila telefon kako ne bi razmišljala o posledicama započinjanja tog specifičnog postupka. Nije mogla da poveruje da, posle svih tih godina, konačno razmišlja o tome.

Dok je šetala kroz grad, zapala joj je za oko kožna tašna crvene boje u izlogu markirane radnje. Karla ju je poželela čim ju je ugledala preko ruke lutke u izlogu. Bila je to tašna koja je govorila: vlasnica ove tašne je ozbiljna, ne kačite se s njom. Dejvid bi rekao da je kičasta i razmetljiva. Oklevala je jednu milisekundu pre nego što je ušla u radnju i kupila je.

Ponovo kod kuće, Karla je pevušila sebi u bradu dok je sedela u dvorištu, prebacujući sadržaj svoje neupadljive i praktične tašne u novu, koja se nikako nije mogla opisati kao obična. Crvena koža je divno izgledala, i bila je tako meka i gipka na dodir.

– Čaša rozea? – dobacila je Žozet iz kuhinje. – *C'est un beau sac*[20] – dodala je, pridruživši se Karli u dvorištu.

– Hvala. Inače nisam impulsivna u kupovini – priznala je Karla. – Ali morala sam da je kupim. Nadam se da će mi biti amajlija za budućnost – tiho je dodala.

Žozet joj je dodala čašu vina, držeći svoju u vazduhu, i rekla: – *Santé*... nazdravimo za moć crvene tašne.

Karla je kucnula svoju čašu o Žozetinu. – Za crvenu tašnu – rekla je, pitajući se da li je tetka blago zadirkuje. – Znam da ni za mrvicu neće promeniti u stvarnosti ono što će mi se dešavati sledećih nekoliko meseci, ali čini da se osećam kao da imam kontrolu, samo zato što sam odlučila da je kupim prosto jer mi se svidela. Pored toga, činjenica da se Dejvidu neće svideti lep je dodatak – nasmešila se Žozet. – Hoćemo li da izađemo na večeru večeras? Ja častim? Da se zahvalim što si mi dozvolila da ostanem.

– Ako želiš. – Žozet ravnodušno slegnu ramenima. – Nisam mogla da te oteram, zar ne? – Vratila se u kuću, ostavivši uznemirenu Karlu da zuri za njom.

Karla se dvoumila između dva restorana u koje bi vodila Žozet te večeri. Oba su bila na dobrom glasu. Oba su imala slobodan sto za dvoje. Na kraju se odlučila za onaj s pogledom na more, smatrajući da ukoliko Žozet i dalje bude mrzovoljna makar može da posmatra jahte i more umesto da besciljno blene u druge goste.

Međutim, Žozet je bila iznenađujuće raspoložena, rado pristavši na jedan *kir rojal* aperitiv dok su razmatrale šta će naručiti za jelo.

– *Santé*, i hvala ti što si mi dozvolila da ostanem – rekla je Karla, dižući čašu ka Žozet. – Rezervisala sam let kući kasno popodne na dan našeg sastanka s notarom. Ne mogu zauvek da bežim. Moram

---

[20] Fr.: Lepa je tašna. (Prim. prev.)

45

početi da sređujem stvari. Pretpostavljam da si zadovoljna što ćeš ponovo imati kuću za sebe.

Žozet je slegnula ramenima. – Krajnja nužda je krajnja nužda.

– Mogu li ponovo da dođem i budem ovde kasnije tokom leta... dotad će, nadam se, kod kuće već sve biti pod kontrolom? Ovog puta ću te prvo pozvati. – Već dok je to govorila, Karla je osetila određenu napetost kod Žozet, i zažalila je što ju je pitala da se vrati. Večeras je trebalo da im bude lepo. Nije želela da uznemiri tetku.

– Cenila bih ako me prvo pozoveš – reče Žozet. – U slučaju da mi ne odgovara vreme.

– Naravno. – Karla je otpila gutljaj pića, terajući se da ostane mirna i ne odgovori sarkastičnim komentarom. Uprkom tome što se trudila da bude dobar gost, očigledno je smetala više nego što je mislila.

Na njeno olakšanje, konobar je stigao do njihovog stola, olovke spremne da primi porudžbinu, i dok je on sve zapisao činilo se da se Žozet ponovo opustila, i zajedno su sedele diskretno posmatrajući ljude dok se restoran polako punio.

Karla je ispijala piće i uzdahnula, slušajući žagor razgovora oko sebe, razumevajući jako malo.

– Toliko sam želela da mama priča sa mnom na francuskom – rekla je tiho. – Kada sam bila u srednjoj školi, mogla sam da izaberem francuski, i oduševljavala me je pomisao na mene i mamu kako ćaskamo. Nije mi dozvolila ni da uzmem taj predmet. Izbegavala je sve što je bilo francusko. – Karla je pogledala Žozet, s tužnim osmehom na licu. – Kod kuće je odbijala da skuva bilo šta francusko, a tata je voleo *marget de canard*.[21]

Žozet je krenula nešto da kaže kad je neki muškarac stao pored njihovog stola i sagnuo se da je poljubi u znak pozdrava.

– Karla, ovo je moj prijatelj Gordon – rekla je Žozet. – Gordone, ovo je moja sestričina Karla.

– *Enchanté*[22] – kaza Gordon, rukujući se s Karlom. – Dame, da li biste volela da se pridružite mom stolu? Silvi i Andre će doći brzo – rekao je Žozet. – Mogli bismo da napravimo zabavu.

---

[21] Francuski specijalitet – prsa pačetine. (Prim. prev.)
[22] Fr.: Drago mi je. (Prim. prev.)

46

– Hvala, ali ne večeras, Gordone. Već smo naručile. – Žozet je bacila pogled na konobara, koji je išao ka njima. – Mislim da nam upravo stiže predjelo.

Gordon je delovao razočarano, ali nije se protivio. – Neki drugi put, onda. *Bon appétit.*[23] – I otišao je baš kada je konobar spustio predjelo na sto.

– Gordon deluje fino – sviđa mi se njegov škotski naglasak. Je li on tvoj posebni prijatelj? – reče Karla, smeškajući se Žozet.

– Kada dođeš u moje godine, svi prijatelji su posebni – ne preostane ih mnogo – reče Žozet, podižući kašiku kako bi navalila na *terrine*[24] sa škampima i lososom koji je naručila. – Tvoja *salade de chévre*[25] izgleda ukusno – jedi je dok je topla.

Karla je uzdahnula. Žozetino prijateljstvo s Gordonom očigledno je još jedna tema koja nije za razgovor.

Nekoliko sati kasnije, dok su šetale duž bedema ka kući, Karla zadovoljno uzdahnu. – Zaista sam uživala večeras. Nadam se da si i ti – rekla je, bacivši pogled na Žozet.

– Jesam, hvala. Hrana je tamo uvek dobra – bio je Žozetin nesaradljiv odgovor pre nego što je iznenadila Karlu rekavši: – *Peut-être* još jedno piće za završetak večeri? Imam flašu *sent onora* likera, koji je zaista dobar.

Sedeći deset minuta kasnije u dvorištu obasjanom mesečinom, ispijajući svoje poslednje piće za to veče, Karla reče: – Nikada nisi pregledala porodične fotografije koje sam donela... da ih ostavim ovde, pa sledeći put možemo zajedno?

– Mogle bismo sada na brzinu da bacimo pogled – reče Žozet. – Ne obećavam da ću poznati i moći da imenujem svakoga, ali nadajmo se da ću nekoliko ljudi prepoznati.

Iznenađena neočekivanom ponudom, Karla je brzo ustala i uzela kovertu iz svoje sobe. Nekoliko minuta kasnije, Žozet je prebirala po crno-belim fotografijama.

---

[23] Fr.: Prijatno. (Prim. prev.)
[24] Francuski specijalitet – neka vrsta rolata-paštete. (Prim. prev.)
[25] Francuski specijalitet – salata s kozjim sirom. (Prim. prev.)

Žozet se smeškala i šalila, prelazići razne grupe porodica, bebe u ogromnim kolicima, fotografije žena koje se, ruku podruku, šetaju Engleskom promenadom u Nici, čak je i imenovala nekoliko rođaka – „naravno, svi su sada mrtvi" – pre nego što je uzdahnula. – *Il y a si longtemps*[26] – osećam se tako staro dok ovo gledam. Pomalo je kao... oh, kako se ono kaže na engleskom? Putovanje kroz vreme?

Karla je morala da se složi. – Jeste li ovo ti i mama? Obe izgledate veoma glamurozno u svojim dugim haljinama. Koliko ste tada imale godina?

– Čekaj da vidim. To je uslikano na igranci u Kanu one godine kad je Amelija upoznala Roberta, tvog oca, i udala se za njega, što znači da smo imale osamnaest godina. – Žozet je uzdahnula. – Tada smo bile tako dobre prijateljice. Onoliko bliske koliko je to uopšte moguće. Uvek smo znale o čemu ona druga razmišlja.

– Puno ličite na ovoj fotografiji – rekla je Karla. – Teško je razlikovati vas. Jeste li se nekada pretvarale da ste ona druga?

– O da, *c'etait tres amusant.*[27] Ali to smo već bile prerasle. Nismo se više toliko šalile s ljudima kada je ovo uslikano, ali u školi smo se stalno pretvarale da smo ona druga.

– Pa šta se to desilo da prestane da vam bude stalo jednoj do druge ovolike godine od tada? I da ti postaneš crna ovca u porodici. – Karla reče tiho, začuđena time što Žozet priča o Ameliji, ne usudivši se da je gleda u lice dok rizikuje tako ličnim pitanjem.

Sekundu ili dve je vladala tišina pre nego što je Žozet slegnula ramenima. – Desila se svađa u porodici, čije je detalje najbolje ostaviti u prošlosti. – Počela je da skuplja fotografije i da ih vraća u kovertu.

Shvativši da je razgovor na tu temu gotov, Karla je počela da dodaje Žozet preostale fotografije. – Ova fotografija mame i tate izgleda kao da je uslikana u *Vili Mimoza* – reče Karla. – Izgledaju tako mlado – i tako srećno zajedno. Gran-mer stoji pored kolica u pozadini, pa pretpostavljam da je uslikana one godine kada sam se rodila.

---

[26] Fr.: Toliko vremena je prošlo. (Prim. prev.)
[27] Fr.: To je bilo veoma zabavno. (Prim. prev.)

Žozet je ispružila ruku prema fotografiji, pogledala je na nekoliko sekundi i kratko klimnula glavom.

– Teško je naći osmeh među svim fotografijama koje imam kod kuće. Nakon što sam se iselila i udala se za Dejvida, izgleda da su se još više udaljili. – Karla je bacila pogled na Žozet. – Misliš li da su bili srećni?

Žozet je ravnodušno slegnula ramenima. – Nemam pojma. Brakovi drugih ljudi su mi uvek bili potpuna misterija.

Karla je uzdahnula dok je skupljala ostale fotografije, znajući da je malo verovatno da će uspeti da izvuče još informacija iz Žozet. – U redu, poslednja – oh, nisam sigurna koja je ovo od vas dve, s muškarcem, uslikana u Kanu. Prepoznajem Siketski toranj na brdu. Divna fotografija.

Žozet je pružila ruku za fotografiju, i sva boja joj je nestala iz lica. – Nisam znala da Amelija ovo ima. – Sedela je i ćutke gledala fotografiju. – To sam ja, pre mnogo godina. – Stavila je fotografiju na vrh preko ostalih. – Dobro, mislim da smo se dovoljno prisećale prošlosti. Idem u krevet. Staviću ih u fioku zasad, može?

Karla je posmatrala Žozet, koja je, ne čekajući odgovor, uzela kovertu i ušla unutra, dobacivši *Bonne nuit* dok je odlazila. Poslednja fotografija ju je definitivno uplašila. Ali zašto? I ko je muškarac na fotografiji s rukom oko Žozetinih ramenâ?

7.

Kancelarija notara, na trećem spratu moderne zgrade na obali mora, odisala je atmosferom tihe, ali ozbiljne efikasnosti. Bilo je očigledno je da su gospodin Damark i Žozet stari prijatelji kad je uz rukovanje usledio i poljubac u obraz, pre nego što se okrenuo i rukovao se s Karlom.

– Dakle, sada ćemo obaviti zvaničnu papirologiju kako biste nasledili svoju polovinu *Vile Mimoza*. I onda je prodajete, *n'est pas?*[28] Kao što je Žozet godinama želela.

– Žozet i ja nismo o tome razgovarale, ali da li bi bilo moguće nastaviti sa izdavanjem? – upitala je Karla. Bacila je pogled na svoju tetku, koja je odmahivala glavom.

– Razgovor nije potreban. Želim da je se rešim – rekla je Žozet.

– Amelija je to otežavala, odbijajući da je proda i ostavivši meni da se staram o njoj dok ona ništa nije radila u Engleskoj. Ni ti nećeš biti posvećeni stanodavac, zar ne?

– Redovno bih je posećivala – obećala je Karla.

Žozet je zurila u nju. – *Non*. Bolje je prodati je.

– Dame – prekinuo ih je notar. – Formalnosti će trajati nekoliko nedelja, možete odlučiti kad Karlino ime bude na ugovoru. Moram reći, ukoliko odlučite da je prodate, ne sumnjam da će biti puno zainteresovanih u blizini. Verovatno se može prodati za četiri ili pet miliona evra.

Karla je osetila kako joj se usta otvaraju od iznenađenja, ali pre nego što je mogla bilo šta da izgovori, Žozet je prekinula raspravu.

– Dobro. U tom slučaju ćemo je licitirati.

---

[28] Fr.: zar ne? (Prim. prev.)

Ostatak vremena na sastanku ispunjavale su razne formulare koje je Karla morala da potpiše, ali posle nekog vremena je završila, i Karla i Žozet su se pozdravile s gospodinom Damarkom, koji je obećao da će se vrlo brzo javiti.

Idući prema Žozetinoj kući, Karla je ponovo načela temu prodaje *Vile Mimoza*. Toliko je dugo u porodici da je osećala da bi bilo pogrešno prodati je a ne uzeti ni u razmatranje mogućnost da je zadrže.

– Obećavam da te neću ostaviti da se sama gnjaviš sa održavanjem vile i nalaženjem novih stanara. Došla bih kada god je to potrebno.

– Potreban mi je novac – rekla je Žozet. – Nisam želela to da kažem gospodinu Damarku, ali to je istina. – Bacila je pogled na Karlu. – U godinama sam u kojima počneš da razmišljaš o tome šta će se desiti kada ti zatreba pomoć. Starački dom nije jeftin.

– Razumem. – Karla klimu glavom. – Ali ako i kada ti zatreba pomoć, zar ne bi mogla da prodaš kuću?

– Iznajmljujem je. I moj novac bi, uz cenu staračkog doma, nestao *tres rapidement.*[29]

– Nisam to znala – reče Karla. – A da se useliš u vilu kad stanari odu? Makar ne bi plaćala stanarinu.

– Možda ne bih plaćala stanarinu, ali bih plaćala održavanje. Osim toga, prevelika je. Šta bih radila s pet spavaćih soba?

– Gospodin Damark je spomenuo odvojeni fond za plaćanje osnovnog održavanja. Mogla bi čak i da izdaješ nekoliko soba i da imaš prihod.

– *Non* – reče Žozet. – Najbolje bi bilo prodati je. Završiti s prošlošću. – Pogled koji je uputila Karli izazivao ju je da nastavi raspravu.

Nažalost, Karla nije nastavila temu. Nije želela da se posvađa s tetkom, ali je potajno sebi obećala da će, kad sledeći put dođe da potpiše dokumenta, popričati ponovo sa Žozet o mogućem zadržavanju *Vile Mimoza*. Sigurno je da odreći se one njene kuće, preseliti se u vilu i ne plaćati stanarinu ima ekonomskog smisla ako joj je potreban novac?

---

[29] Fr.: veoma brzo. (Prim. prev.)

* * *

Žozet je ispratila Karlu do kraja ulice, gde ju je čekao taksi naručen za vožnju do aerodroma. Čvrst zagrljaj u koji je stegla Karlu bio je neočekivan.

– Hvala ti puno, tant Žozet. Obećavam da ću te pozvati pre nego što ponovo dođem. Čuvaj se.

Taksi se već kretao niz ulicu kad je Karla zalupila vratima. Gledajući kako kola nestaju, Žozet uzdahnu. Znala da je da će joj Karla nedostajati. Iako to nije želela, uživala je u upoznavanju svoje sestričine tokom poslednjih nekoliko dana, i već se radovala njenom povratku kad notar bude pripremio finalna dokumenta za potpisivanje.

Vrativši se u kuću, Žozet je sklonila pribor za ručavanje i pospremila kuhinju pre nego što je uzela velike makaze iz ormarića sa stvarima za baštu i izašla u dvorište. Podrezivala je podivljale cvetove orlovih noktiju, udisala njihov miris, pažljivo izbegavajući pčele koje su se hranile na cveću.

Uklanjajući suve vrhove geranijuma u saksijama i sređujući jasmin i hristov venac, kojima je pomagala da se uzveru uz rešetke koje je Gordon nedavno prikačio uza zid, Žozet je srećno pevušila sebi u bradu. Obožavala je da provodi vreme poslujući u nečemu najbližem bašti što je imala. Setila se kako je lepo izgledala bašta *Vile Mimoza* onaj dan, i stara žudnja za pristojnom baštom nepozvana joj se vratila u misli. Zajedno s mišlju: *Kad bih živela u vili, mogla bih da se bavim baštovanstvom kad god poželim.*

Vilu će prodati, šta god Karla govorila. Žozet nije lagala kada je rekla da joj je potreban novac, ali nije bilo samo to. Bile su to uspomene koje je to mesto budilo. Uspomene s kojima bi morala da se suočava svakoga dana ako bi živela tamo. Osim toga, prevelika je za samo jednu osobu. Čak i ako je Karla stvarno mislila kad je rekla da će je često posećivati, život će joj biti težak zbog situacije s Dejvidom sledećih nekoliko meseci.

Masirajući donji deo svojih bolnih leđa, Žozet je osmotrila dvorište. Bilo je dosta za danas. U kuhinji je ubacila svoj omiljeni album

Ele Ficdžerald u CD plejer dok je čekala da aparat za kafu završi svoj posao. Sedela je u dvorištu pijuckajući kafu i slušajući Elu kako peva „The Man I Love", i misli su joj odlutale u dane kada je slušanje Ele podrazumevalo ljubav prema Mariju. Oboje su voleli da slušaju Elu.

Njihova fotografija, koju je Amelija iz nekog neobičnog razloga sačuvala, probudila je srećne uspomene. Žozet je krenula da ustane kako bi je uzela iz fioke radnog stola, s namerom da ponovo pogleda Mariovo lepo lice, ali ipak se vratila na stolicu. Kasnije će. Nije morala da gleda fotografiju kako bi se prisetila tog dana i njihove neobuzdane sreće tog leta. Leta kada je verovala da joj je suđeno da se uda za Marija i provede s njim ceo život.

Upoznala je Marija na zabavi zajedničkog prijatelja godinu ili dve pre toga. Istog trenutka su osetili obostranu privlačnost i njihovo sveže prijateljstvo brzo je preraslo u nešto posebno. Onog dana kada je uslikana fotografija, Mario ju je zamolio da bude na železničkoj stanici u Antibu, spremna da uhvati jutarnji voz za Marselj. Želeo je da zajedno provedu dan u Kanu.

Čekajući na peronu i čvrsto držeći kartu, osmatrala je sve veću gužvu, nadajući se da će ga ugledati. Kada i dalje nije došao nakon što je voz stigao, povukla se, čekajući da se ljudi ukrcaju, proklinjući činjenicu da se nije pojavio i da je uzalud potrošila novac na kartu. Kada je čula iznenadan zvižduk iz trećeg vagona, okrenula je glavu i nasmešila se. Trebalo je da zna je on već u vozu.

– Žozi, ovde sam – doviknuo je Mario kroz otvorena vrata vagona. Pretrčala je sada prazan peron i uskočila pored njega. Vrata su se zatvorila kad se Mario odmakao od njih. Žozet je kasnije shvatila da je držao stopalo na vratima kako se ne bi zatvorila. Nekoliko sekundi kasnije voz je krenuo.

– Mislila sam da nećeš doći – rekla je.

– Morao sam sinoć da radim u piceriji, mama nije dobro – odgovorio je Mario, snuždivši se. Njegova porodica je živela odmah preko italijanske granice u Ventimilji, i roditelji su mu decenijama držali posećenu piceriju nakon što su je nasledili od Mariovih babe i dede. Mariov brat, Alesandro, počeo je da se bavi porodičnim poslom čim je završio školu.

– Žao mi je – rekla je Žozet. – Šta nije u redu? – Videla je Mariovu majku više puta, i sviđala joj se ta Italijanka koja je svakoga primala kao deo svoje šire porodice. Volela je kada je Mario pozove da jede s njegovom porodicom. Vreme jela je u Maripvoj kući bilo toliko drugačije od onoga u njenoj kući, pogotovo otkad se Amelija udala i odselila u Englesku, ostavivši Žozet samu s roditeljima.

– Jaka prehlada. Biće joj bolje sutra i počeće da radi. Ali moj otac u ovakvim situacijama koristi priliku da me pritiska da radim puno rado vreme u piceriji sa Alesandrom. Zna da bih učinio sve za mamu, ali ne želim da radim za njega. – Lice mu se smračilo na tu pomisao.

Trenutak kasnije slegnuo je ramenima pre nego što se osmehnuo Žozet. – Dosta o tome. Današnji dan pripada nama i uživaćemo! Možeš da napraviš još fotografija – rekao je, gledajući u kameru koju je Žozet svuda nosila sa sobom.

Uvek je volela da fotografiše, od trenutka kada joj je deda stavio u ruke staru boks-kameru kada je imala možda dvanaest godina. Kada je upoznala Marija već je bila prešla na pet godina star *kenon* foto-aparat i skupljala je novac kako bi kupila noviji model.

Prolazeći kroz vagon pronašli su dva sedišta jedno pored drugog i sedeli držeći se za ruke dok se voz bučno kretao duž obale prema Kanu. Gledajući kako talasi Sredozemnog mora zapljuskuju razne plaže pored kojih su prolazili, neke peščane, neke pune šljunka, Žozet nije mogla da zamisli život bilo gde drugde – mada, ako bi bilo neophodno odseliti se u Italiju zbog Marija, ne bi oklevala.

– Tvoja sestra će doći uskoro u posetu, jelda? Radujem se da upoznam još jednu tebe.

Žozet se nasmejala. – I ja se radujem njenom dolasku, ali i dalje se brinem. Robert kaže da i dalje nije dobro, ni blizu tome. Mislim da previše nade polaže u to da će njihov dolazak pomoći Ameliji da se oporavi.

Kada se Amelija udala i odselila u Englesku, Žozet je osetila promenu u njihovom jedinstvenom blizanačkom odnosu. S obzirom na to da više nisu bile u svakodnevnom kontaktu, bilo je logično da će to njihovo jedinstvo nestati sad kad je Amelija udata i ima novu porodicu. Ali čak i pre nego što im je Robert rekao za Amelijinu nedavnu bolest, Žozet je imala užasne noćne more, za koje je znala da su telepatski povezane sa Amelijom i njenim strahovima. Robert je samo rekao porodici da Amelija pati od depresije i da će joj trebati neko vreme da se potpuno oporavi.

– Siguran sam da će joj pomoći to što će ponovo biti u Francuskoj i videti tebe – rekao je Mario. Ustao je. – Hajde, stanica u Kanu je sledeća.

Iskočivši iz voza u Kanu, trčali su uskim ulicama prema centru i starom keju, gde su ribarski čamci istovarivali ulov. Svratili su do impozantnog zdanja Gradske većnice kako bi gledali svatove koji poziraju za fotografije ispred ulaza.

– Jednog dana, Žozi, doći će red na nas – šapnuo je Mario u Žozetino uvo. – Ali prvo da moj posao zaživi. Zaradiću dovoljno novca. Dođi, hajde da kupimo sladoled i gledamo brodove.

Reči „red na nas" ostale su Žozet u glavi dugo nakon što ih je Mario prošaptao. I dalje se držala za njih kada su se satima kasnije popeli na Siketski toranj i gledali na grad i njegov zaobljen zaliv, zajedno s Lerinskim ostrvima u daljini. Znala je da je zaljubljena u Marija i sigurno je ovim rečima potvrdio da i on voli nju. Iako to nije zapravo rekao.

Udaljila se korak dalje od zida i Marija, podigla foto-aparat do očiju i uslikala ga kako gleda u more, nedokučivog izraza lica. Kad je zatvorila poklopac, pitala je: – O čemu razmišljaš?

– O tome da ću jednog dana imati brod, ili čak tri, kojima ću svakog dana voditi turiste do ostrva. Turizam sve više cveta ovde. Za nekoliko godina biće najveći izvor zarade u gradu. I to će biti dobro za tebe i mene, Žozi. Videćeš.

Turista koji je bio u prolazu ponudio je da ih uslika, i Žozet mu je pružila svoj dragoceni foto-aparat. Setila se uzbuđenja koje je osetila nekoliko dana kasnije kad je uzela gotove fotografije iz apoteke, i videla sebe i Marija kako stoje tako blizu jedno drugom.

Visoko na grani cveta orlovog nokta zapevao je kos dok se Elin glas polako utišavao. Žozet je na nekoliko trenutaka ostala tamo gde je bila, izgubljena u prošlosti, pre nego što se sabrala, oštro se trgnuvši. Nikada se nije upuštala u sanjarenja o tome šta je moglo biti. Uvek je verovala da je život onakav kakav jeste i da čovek mora živeti sa onim što mu je dato. Čak i ako taj život ispadne usamljeniji i manje zadovoljavajući od željenog ili očekivanog.

Žozet je uzdahnula kada je uzela čašu i ušla unutra. Kuća je delovala drugačije, prazno sada kada je Karla otišla. – Saberi se, znala si da je to bilo privremeno – promrmlja Žozet.

Iznenada joj se pojavila goruća želja da bude u društvu pravog muškarca te večeri – ne duha iz prošlosti. Pozvaće Gordona i videti da li je slobodan za večeru. Ako nije, otići će u neki od kafića na Trgu Nasional, popiti flašu vina kako bi oterala demone i zaboravila na to koliko je volela da bude Mariova 'Žozi'. Niko je od tada nije tako nazvao.

Sat vremena nakon što se pozdravila sa Žozet i čekirala prtljag na aerodromu u Nici za let kući, Karla je i dalje imala slobodnog vremena. S makar još sat vremena pre poletanja, kupila je neki engleski časopis na novinarnici i onda je, kako ne bi sedela na odlaznom terminalu, otišla u restoran na spratu s pogledom na piste, u potrazi za kafom i udobnim mestom za sedenje.

Sedeći za stolom pored prozora s pogledom na Sredozemno more i piste, Karla nije ni otvorila časopis, već je posmatrala avione kako sleću i uzleću – bilo je mnogo zanimljivije pitati se ko gde putuje.

Konobarica je sa osmehom stavila na sto kafu i *pain au chocolat*,[30] koje je naručila. – *Merci* – rekla je bez razmišljanja.

Pijuckajući kafu i polako dozvoljavajući čokoladnom i puterastom testu da joj se topi u ustima, Karla je osetila da postaje napeta dok razmišlja o tome kako će je Dejvid dočekati kad se vide.

Nije rekla ni njemu ni Medi da se danas vraća. Rezervisala je nekoliko noći u lokalnom hotelu kako bi dala sebi vremena da sredi stvari sa advokatom i agentom za nekretnine i, što je najvažnije, da nađe gde će da živi. Bila je odlučna u tome da ne želi da se vrati u kuću u kojoj su ona i Dejvid živeli duže od dvadeset godina.

---

[30] Fr.: pecivo s čokoladom. (Prim. prev.)

Pozvaće Medi i reći joj da se vratila, ali nateraće je da obeća kako neće reći Dejvidu dok ne bude spremna da se suoči s njim.

– *Bonjour.* Drago mi je što vidim da ste uspeli da preživite odmor u jednom komadu. – Muški glas ju je prekinuo u mislima, trgnuvši je. Čovek koji ju je spasao sigurne povrede prvog dana u Antibu.

– *Bonjour.* Da, zahvaljujući vama – rekla je. – Mogu li da vas častim kafom?

Odmahnuo je glavom. – Već sam je naručio i platio, ali pridružiću vam se, ako je to u redu? Uzgred, ja sam Bruno – dodao je dok je uzimao stolicu.

– Karla. Drago mi je što sam vas i zvanično upoznala!

– Bilo vam je lepo na odmoru, nadam se?

– Upravo takav odmor mi je bio potreban – reče Karla. – Sada sledi povratak u stvaran svet. – Bacila je pogled na njega. – Jeste li i vi bili ovde na odmoru?

Bruno odmahnu glavom. – *Non.* Živim u Kanu. Danas se nalazim sa stricem koji dolazi nakratko.

– Ove nedelje nisam stigla da odem do Kana, ali možda ću sledeći put kad posetim tetku.

– Naravno, zaboravio sam da ste rekli da imate porodicu ovde.

– Majka mi je rođena u Antibu, mada se retko vraćala nakon što se udala za mog oca. Umrla je pre nekoliko meseci i došla sam ovde kako bih... kako bih obavila porodične stvari. – Nije to bila potpuna laž, ali nije bila ni potpuna istina. Donošenje paketa Žozet bio je zgodan izgovor da pobegne od sopstvene porodice, ali nije htela to da kaže Brunu, jednom strancu.

– Primite moje saučešće zbog gubitka majke. Uvek je to težak period, meseci nakon što voljena osoba umre. Tuga se ne slaže dobro uz stvari koje administracija nekad traži od nas da obavimo.

– To je tačno – reče Karla, smeškajući mu se. – Imam još toga sa administracijom čime moram da se pozabavim sledeće nedelje.

– *Bon chance.*[31] Ah – rekao je, gledajući kroz prozor. – Sleće avion iz Italije. Moj stric će uskoro biti među pristiglim putnicima.

---

[31] Fr.: Srećno. (Prim. prev.)

– Bruno je ustao i pružio ruku. – *Au revoir*, Karla. Možda jednog dana posetite Kan i ponovo se vidimo.

– Možda – osmehnu se Karla. – I hvala vam još jednom što ste mi spasli život.

Gledala je kako Bruno odlazi i nestaje u masi pre nego što je popila kafu i uzela torbu i časopis.

Bilo je vreme da prođe bezbednosnu proveru i ode u čekaonicu za odlaske kako bi se ukrcala na let za Bristol, odletela nazad kući i suočila se s problemima. Sutra će početi proces sastavljanja polomljenih delića svog života, iako je znala, s potpunom sigurnošću, da je veliki komad nepopravljivo polomljen.

8.

– Dakle, kada ćemo završiti s prodajom kuće? – pitala je Karla.

Agent za nekretnine je pogledao po papirima na stolu. – Par čiju ste ponudu prihvatili prodaje svoju kuću, tako da... – slegnuo je ramenima. – Uglavnom traje između osam i deset nedelja. Budući da ne želite odmah da kupite nešto drugo, zaista zavisi samo od toga da vaš kupac uveže prodaju svoje kuće.

– Stvar je u tome što razmišljam da živim u kući dok se ne proda – reče Karla, udahnuvši duboko. – Razvodim se od muža, tako da mi treba mesto gde ću privremeno živeti. Osam do deset nedelja trebalo bi da bude dovoljno vremena da sve završim. I kad-tad ću morati i da kupim novu kuću.

– Žao mi je zbog vaše situacije, ali možda mogu da pomognem? – ponudio je agent za nekretnine. – Recite mi svoj budžet i željeni kraj grada, i potražiću odgovarajuću imovinu.

– Hvala. Još nisam sigurna koji kraj grada me interesuje – kazala je Karla. – Moram da razmislim o nekim stvarima. Da donesem neke odluke.

Pet minuta kasnije, odlazeći od agenta za nekretnine i čvrsto držeći pregršt letaka, pronašla je kafić, gde je naručila sendvič za ručak i kafu. Sedeći tu i gledajući uprazno kroz prozor u saobraćaj i razmišljajući o jutrošnjim sastancima, Karla se na čudan način osetila odvojeno do realnosti. Kao da posmatra nekog drugog kako donosi odluke o njenom životu, bez ikakvog razmišljanja o posledicama.

Da, želim da pošaljem mužu dokumenta za razvod, rekla je advokatu bez oklevanja – navodeći njegovo nerazumno ponašanje. U agenciji za nekretnine pristala je na ponudu za kuću pod brojem

29 bez oklevanja. Dve odluke, od kojih obe mogu izazvati bezbroj promena i problema u njenom životu, donete su tako lako.

Prodaja Amelijine kuće bio je neizbežan ishod smrti njene majke, i nešto na šta je bila psihički pripremljena. Ali razvod od Dejvida? O tome godinama nije razmišljala. Jednom je, nakon njegove druge prevare, napravila gomilu tajnih planova za život bez Dejvida, da bi na kraju jadno prihvatila da je bolje ono što je poznato, koliko god bilo loše. Sada ju je impulsivna reakcija od pre skoro dve nedelje uputila ka nepoznatoj budućnosti. Budućnosti koju je sama morala da isplanira i učini da uspe.

Nije delovalo toliko obeshrabrujuće dok je bila u Francuskoj. Karlu je tešila činjenica da je Žozet oduvek živela sama i naizgled uživala u tome što je neudata. Sada će makar imati tu slobodu da, prvi put u životu, radi šta god poželi, ne morajući nikoga da pita za odobrenje. Nema više roditelja ili muža koji bi dovodili u pitanje njene postupke. Nema više dece za koju mora biti odgovorna. Ali s pitanjem šta namerava da radi sa ostatkom svog života mora da se suoči i da pronađe odgovor na njega. To je bilo nešto što je Medi bez oklevanja spomenula kasnije tog dana dok je u svom stanu obema pripremala večeru.

– Znam da je tata pogrešio, ali to što si pobegla bilo je preterano, zar ne? Možda bi bilo bolje da si ostala i naterala ga da ti prizna u lice. Kuda si uopšte otišla, dođavola?

– U Francusku. Otišla sam da posetim tant Žozet.

– Bakinu sestru? Zašto?

– Tada mi je to delovalo kao dobra ideja. I bila je. Trebalo mi je da se udaljim i razmislim o tome šta da uradim.

Medi ju je pogledala sa iščekivanjem. – Jesi li donela neke odluke?

– Nekoliko njih, ali mislim da ću za sada da improvizujem. Mislim da je to najbolji izraz – reče Karla.

Medi je izvadila čep iz flaše merloa pre nego što je pogledala Karlu. – Improvizuješ?

– Da, znaš – da vidim kuda će me te odluke odvesti.

– Dakle, tih nekoliko odluka su...?

– Danas sam prihvatila ponudu za bakinu kuću. I – Karla je duboko udahnula i pogledala Medi pravo u oči – podnela sam zahtev za razvod od tvog oca. – Podigla je čašu vina koju je Medi gurnula ka njoj. – Te dve odluke bi trebalo da budu dovoljne za početak, zar ne misliš tako? Živeli!

– Jao, mama, jesi li dovoljno promislila o svemu? – upitala je Medi. – Prodaja bakine kuće je jedna stvar, mada, ako se ti i tata zaista razvedete, mogla bi da je zadržiš i da živiš ovde?

Karla, primetivši da je Medi naglasila to „ako", odmahnu glavom. – Ne postoji „ako" što se tiče razvoda. Desiće se. Što se tiče broja 29, razmišljam da odem tamo da živim nekoliko nedelja dok ne bude sve završeno, ali posle toga želim nov početak negde.

– Jesi li rekla tati da si se vratila? Jel' se javljao?

Nešto u Medinom glasu nateralo je Karlu da je pogleda.

– Da. Pitao me je da idemo na ručak sutra – rekla je Karla. – Ne mogu da kažem da se radujem tome. Rekao je da postoje stvari o kojima moramo da razgovaramo.

– Mislim da želi da mu oprostiš – reče Medi tiho. – Verovatno želi i da ti kaže da su on i Lisa raskinuli.

Karla je zurila u nju. – Oh. Nisam to očekivala. Kad se to desilo?

– Pre tri dana. – Medi se okrenula kako bi izvukla lazanje iz rerne i stavila je na sto. – Lisa mu je rekla da je pogrešila i ostavila ga. – Medi im je napunila čaše vinom pre nego što je sela i pridružila se svojoj ućutaloj majci. – Hoće li to nešto promeniti? Hoćeš li mu oprostiti?

– Neće promeniti na način kome se tvoj otac nada – reče Karla. – I ne, ovoga puta ne mogu i ne želim da mu oprostim. Šta god rekao ili obećao, sada je kasno. Nekoliko godina prekasno.

– Zar se ne plašiš da se razvedeš od tate? – rekla je Medi. – Ne mogu da podnesem pomisao o tebi samoj.

Karla je posegnula preko stola i pomilovala Medi po ruci. – Hej, ove godine punim pedeset, ne devedeset godina. Zapravo se radujem novom životu. Radiću ono što ja želim. Udovoljavati sebi, za promenu. – Poslužila se lazanjom pre nego što je rekla: – Dobro, možemo li, molim te, da promenimo temu? Pričaj mi o poslu. Ima li novih interesantnih klijenata?

Promena teme je uspela. Medi je ubrzo počela puna entuzijazma da priča o poslu, i više nisu pominjale bračne probleme njenih roditelja.

Prošlo je devet sati kad je Karla nerado uzela torbu i rekla da mora da se vrati u hotel.

– Hej, lepa ti je tašna, mama. Poslužila bi i meni jedna takva – reče Medi, prelazeći prstima po koži.

– Dalje ruke, moja je – rekla je Karla. – Osećam se samouvereno kada je nosim. Podseća me da iako možda ne želim da izlazim i ludujem, mogu da uživam u životu prema svojim pravilima.

– Samo želim da budeš srećna, mama – reče Medi, grleći je.

– Hvala, draga – ja nam to obema želim.

Šetajući nazad ka hotelu, Karla je razmišljala o tome kako je uverila Medi da se raduje uživanju u novom životu, i zaista jeste tako bilo. Ali nije imalo smisla zavaravati se da će sledećih nekoliko nedelja – meseci – biti lako, zato što neće. Sutrašnji sastanak s Dejvidom biće teži nego što se nadala ako zaista bude želeo da mu ona oprosti.

Znajući kako Dejvid razmišlja, činjenica da ga je Lisa ostavila može značiti da će očekivati od Karle da se sažali na njega, i da je pomirenje puno opraštanja moguće. On nije muškarac koji može da živi sâm. Ali ovoga puta se neće predati i oprostiti mu. Nema šanse.

9.

Karla je sledećeg dana stajala u kuhinji broja 29 pokušavajući objektivno da sagleda kuću i ne dozvoli da je ponesu emocije. Trebalo joj je mesto gde će živeti dok ne sredi haos u kome joj je život trenutno bio. Kuća je ostavljena njoj, i to je bilo pametno, štedljivo rešenje. Sećaće se lepih trenutaka provedenih tu, trenutaka koji su najviše obuhvatali njenog tatu, i potisnuće loše uspomene. Ako to uradi, sigurno će izdržati da živi ovde nekoliko nedelja?

Ali šta je s nameštajem? Da je znala da će ostaviti Dejvida pre svih onih nedelja kada je praznila kuću i pripremala je za prodaju, ostavila bi osnovne stvari tamo gde su bile – krevet, sto, trosed, šporet. Bilo bi to spremno skrovište.

Zapravo joj je bila potrebna samo jedna soba. Kada bi živela u prizemlju, snašla bi se s trosedom na razvlačenje, nekim stolom i stolicom i s mini-šporetom... Čajnik, posuđe, pribor za jelo, posteljina za krevet neke su od mnogih stvari na njenom rastućem spisku onoga što mora da kupi. Nervirala ju je pomisao da sve što joj je potrebno ima u dva, ili više kompleta u svom starom domu. Da li bi mogla to odande da uzme? Ako se useli ovamo, pitaće Dejvida da uzme to što joj treba. Oterala je tu misao čim je počela da joj se formirala u glavi. Kad se razvedu, polovina bračnog doma po zakonu će biti njena, i stoga će reći Dejvidu, a ne pitati ga, da će uzeti ono što joj s pravom pripada. I onda će, kada se useli u novu kuću, makar imati nešto za početak kad je bude opremala nameštajem, i imaće oko sebe nešto što joj je poznato.

Kad je ušla u dnevnu sobu, Karlu je iznenadilo što na vrhu kamina nema ničega. Urna sa Amelijinim pepelom je nestala. Nije odlučila gde će prosuti Amelijine ostatke pre odlaska u Francusku, i smatrala je da je najbolje da ih ostavi tamo gde su bili. Ko ih je onda uzeo? Šta je uradio s njima? Ne prosuti pepeo je jedno, ali izgubiti ga bilo bi nešto sasvim drugo. Možda ju je sakrio agent za nekretnine? Namerno sklonio urnu od pogleda potencijalnih kupaca. Ali gde?

Očigledno mesto je jedan od staromodnih ormarića ugrađenih u udubljenja u zidu sa obe strane kamina. Ormarića koje je njena majka odbijala da odstrani, govoreći da su isuviše korisni da bi ih uklonili. Zadržavajući dah, Karla je otvorila vratanca na desnoj strani kamina. Bilo je prazno.

Otišla je do leve strane kamina i povirila u ormarić. I odahnula. Urna je bila tu, gurnuta u ćošak kako se ne bi videla. Izvadivši je iz ormarića, Karla ju je vratila na vrh kamina kako bi se setila da što pre prospe pepeo.

Sada je, doduše, morala da ode na drugi kraj grada kako bi se našla s Dejvidom zbog „moramo da razgovaramo" ručka, na kome je insistirao. Htela je da se nađu na mestu neutralnom za oboje, ali na kraju ju je Dejvid nadvladao, rekavši da mu više odgovara restoran blizu kancelarije, i da, pošto je ona slobodna, ima više smisla da ona dođe tamo.

Karla je namerno došla ranije i izabrala sto u tihom ćošku gde može da sedi i čeka van domašaja znatiželjnih pogleda. Naručila je flašu kisele vode, zatražila jelovnik i naručila englesko hladno predjelo.

Naravno da je Dejvid kasnio. Karla je završila ručak i stavila tanjir sa strane pre nego što je on stigao u oblaku smeha i druželjubivosti u društvu dvoje ljudi s posla – Helen, njegove lične sekretarice, i Sajmona, višeg menadžera. Karla je videla kako kratko osmatra stolove restorana pre nego što ju je spazio. Kratko je klimnula glavom u znak pozdrava i čekala da joj njih troje priđu. Nije valjda nameravao da pozove Helen i Sajmona da im se pridruže?

– Zvao bih vas da nam se pridružite – čula je Dejvida kako govori izvinjavajući se – ali moram da se ispričam s Karlom sada kad se vratila sa odmora.

Ah, to je planirao? Želi da ljudi misle da su i dalje zajedno.

Nakon uobičajenih „drago mi je što te vidim" i „uživajte u ručku", Helen i Sajmon su otišli za svoj sto. Karla je znala da nije umislila sažaljenje u Heleninom osmehu kada se pozdravljala.

– Izvini što kasnim. Znaš kako je. – Dejvid je izvukao stolicu i seo, primetivši njen prazan tanjir. – Već si jela?

Karla slegnu ramenima. – Ne mogu da ostanem dugo. Kasnio si i bila sam gladna.

– I gde si otišla onako ogorčena?

– Poslušala sam tvoj savet i otišla u Antib – reče Karla, odlučivši da ignoriše Dejvidom komentar o ogorčenosti. Bila je to sve samo ne ogorčenost. Osim toga, čak i da jeste to bilo u pitanju, što se nje tiče, on nije imao nikakvo pravo da osuđuje njene postupke.

– Mogla si da mi kažeš gde se nalaziš. Jel' te Žozet dočekala širom raširenih ruku?

– Bilo je lepo upoznati Žozet malo bolje nakon svih godina tokom kojih su ona i mama bile otuđene – odgovori Karla mirno, sipajući sebi čašu vina kad se konobar pojavio kako bi zapisao Dejvidovu porudžbinu. Sačekala je da ode pre nego što je rekla: – Pa, o čemu želiš da razgovaramo?

– O nama, naravno – rekao je Dejvid. – Zašto, dođavola, nisi došla kući? Gde odsedaš?

Karla odmahnu glavom. – Dejvide, dobro znaš zašto nisam došla kući. Razlog se zove Lisa. – Zastala je pre nego što je dodala: – Trenutno odsedam u hotelu.

– Ne možeš zauvek da živiš u hotelu – rekao je Dejvid. – Moraš da se vratiš kući.

– Trenutno ne želim da živim u istoj kući u kojoj ti živiš – rekla je Karla. – Svakako ne dok si u vezi s drugom ženom.

Čekala je da joj Dejvid kaže ono što je već znala, da ga je Lisa ostavila. Nije to uradio.

– Dala sam uputstva advokatu, i trebalo bi da ove nedelje od njega dobiješ dokumenta za razvod – nastavila je.

– Ne želim da se razvedemo. Žao mi je što sam te povredio ovom aferom, koju sam, uzgred, okončao, i obećavam da ću se vraški potruditi da ti se iskupim za to.

– Čula sam da te je ostavila. – Karla je zurila u njega. – Dejvide, dosta mi je tvojih prekršenih obećanja i laži. Lisa je poslednja u dugom nizu žena s kojima si me varao tokom godina. Dosta mi je toga da me uzimaš zdravo za gotovo, da budem mala žena u senci svog muškarca. Želim da imam svoj život, i sada kada su se deca osamostalila i mame više nema – slegnula je ramenima – pa, želim priliku da zaista budem srećna. Odbijam da ti više dozvoljavam da me sputavaš. Želim da putujem.

Dejvid je pružio ruku i uhvatio njenu pre nego što je mogla da je skloni. – Kada prodamo kuću broj 29, možemo to da uradimo zajedno. Oduvek sam želeo da odem na Maldive. To nam može biti drugi medeni mesec.

Naravno da će Dejvid staviti svoje želje na prvo mesto. – Zapravo sam razmišljala o eko-kampu u Amazonskoj šumi, a ne o luksuznom odmaralištu negde. – To nije bila istina. Odlazak na putovanje bio je samo ideja, bez sigurne destinacije. Nešto što jeste shvatila jeste da ne želi nikuda da ide s Dejvidom. Sklonila je ruku iz njegove.

– Dobro, i to bismo mogli da uradimo.

Karla je odmahnula glavom. Očito nije shvatao ono što mu je govorila. Kada je htela ponovo da mu kaže kako se oseća, Dejvid je već progovorio.

– Slušaj, imam nedelju dana dugu konferenciju u Kambriji – odlazim ovog vikenda. Zašto se makar ne vratiš dok ne budem tu? Možda se predomisliš kad se vratim i odlučiš da ostaneš.

Pripremajući se da ga odbije, Karla je zastala i zamišljeno ga pogledala. – Jeste da moram da rasporedim stvari i spakujem ih za... – slegnula je ramenima – za kada odlučim gde ću otići. Bilo bi lakše to uraditi dok si na putu. – Karla ga je pogledala. – Ali neću se predomisliti o tome da ostanem posle toga.

Dejvid je uzdahnuo. – Ne mogu reći da me pomisao na to da sam ti olakšao da spakuješ stvari dok me nema raduje, ali... – slegnuo je ramenima – samo dođi da živiš kod kuće, i videćemo šta će biti kada se vratim.

– Kada se vratiš razvešću se od tebe, Dejvide. Koji deo te rečenice ti nije jasan? – Karla ustade i prebaci svoju crvenu tašnu preko ramena. – Ostaviću ti da platiš račun za ručak. Uživaj na konferenciji. – Okrenula se i otišla, ostavivši Dejvida da gleda za njom.

10.

Kada ju je Gordon pozvao i predložio dugo očekivani odlazak na ručak na ostrvo Sent Onora, sada kad je Karla otišla, Žozet je rado pristala.

Gordon ju je čekao kad je stigla, s kartama u ruci na pristaništu, s redom putnika koji su se već ukrcavali na brod. Pronašli su sedišta na palubi. Nekoliko minuta kasnije, brod je išao preko Sredozemnog mora svojom petnaestominutnom trasom do ostrva Il de Lira.

Žozet je nekoliko puta duboko udahnula, puneći pluća jakim mirisom soli i osećajući povetarac na licu. – Zaista volim da budem na vodi – rekla je.

– Jesi li jedrila kad si bila mlada? – pitao je Gordon.

Žozet odmahnu glavom. – Ne. Prijatelji mojih roditelja imali su mali gliser i često su nas vodili na pecanje ili ovde na piknik. – Žozet pokaza prema ostrvima. – Danas ima toliko brodova – rekla je, gledajući mnoštvo jahti usidrenih između dva ostrva dok je trajekt usporavao kako bi prišao pristaništu na ostrvu Sent Onora.

Deset minuta kasnije, iskrcali su se. – Rezervisao sam sto za ručak u restoranu, hoćemo li odmah tamo? – rekao je Gordon.

– Bi li mogao da kreneš sâm? – upita Žozet. – Baš bih volela prvo da odem do Opatije. – Znala je da Gordon ne želi da poseti Opatiju. Čim su se upoznali rekao joj je da nema vremena za religiju, i da ga ne interesuje ni da gleda građevine koje tu ideologiju predstavljaju.

– Naravno – rekao je Gordon. – Ne žuri.

– Neću dugo. – Žozet mu se zahvalno osmehnu pre nego što je sama krenula prema rustično uređenoj stazi koja je vodila do ulaza u Opatiju.

Monasi su upravo odlazili nakon jutarnje mise i stajala je s jedne strane dok su prolazili, u dugim belim odorama koje su im se vukle po zemlji. Kada je ušla u staru opatiju, Žozet je sela na klupu u poslednjem redu i zatvorila oči. Sedela je tu, upijajući posebnu atmosferu koju su zasigurno stvorili vekovi tihog bogosluženja zauvek zarobljenog pod njenim visokim krovnim gredama, i osetila je kako joj se duh obodrio. Iako po prirodi nesklona religiji, ponekad joj je prosto bio potreban potpuni spokoj koji je, činilo se, samo stara crkva poput ove mogla da ponudi.

Karlina poseta uznemirila je Žozet više nego što je očekivala. Je li moguće da je to što je naprečac rešila da se vrati da živi u Antibu i preplavljujuća želja za svojim korenima od pre godinu dana bilo greška nakon svih godina putovanja? Da li je ponovo vreme da ponovo krene dalje? Ljubav prema fotografiji, koja ju je nekada potpuno obuzimala, izvetrila je. Nije uzela aparat u ruke otkad se vratila u Antib. Da li je to zato što je ostarila i sve je zahtevalo više truda, pa je bilo lakše ne raditi ništa? Ili je u pitanju bilo nešto drugo? Žaljenje zbog odluka koje je u životu donela?

Nikada nije volela da živi prema rutini, više joj se sviđao život s više slobode i manje obavezivanja. Njen stari, nomadski način života, koji je za horonarnog fotografa podrazumevao odlaženje s jednog mesta na drugo, imao je svojih mana, ali odgovarao joj je. Koliko god se sada osećala nemirno, nije želela da upadne u život ispunjen rutinom u ovim godinama. Ili da počne svakog dana da razmišlja o prošlosti. Budućnost je ono što je važno. Koliko god možda bila kratka. Ipak je proživela sedamdeset godina.

Prošlo je nekoliko trenutaka dok se sabrala, kada ju je trgao jak bol u desnoj nozi i shvatila je da je nezgodno sedela. Pažljivo ispravivši nogu, ustala je i doteturala se do izlaza, nadajući se da će bol proći kako se bude kretala.

Dok je hodala niza staze pune cveća i izašla sa poseda Opatije, bol je prošao i osetila se bolje. Vreme provedeno u miru Opatije odradilo je svoju magiju, i osećala se spokojno i utešeno.

Gordon je ustao kada ju je video da dolazi i provukla se između punih stolova kako bi stigla do njega.

– Izvini, izgubila sam osećaj za vreme – rekla je Žozet, prihvatajući piće koje joj je pružio.

– Nema problema, imamo celo popodne. Pogledaj jelovnik pa ćemo naručiti.

– Hvala. Ne treba mi. Videla sam jelo dana na tabli kad smo ulazili. Uzeću to, molim.

Dok je Gordon govorio porudžbinu konobarici, Žozet je pijuckala piće, razmišljajući o njihovom prijateljstvu. Bio je to jedan od onih slučajnih susreta kada potpuni stranci shvate da su upoznali srodnu dušu.

Još početkom januara, nakon što je jedne noći slušala jaku snežnu oluju kako napada obalu, Žozet je ustala rano i shvatila da Rivijera spava pod teškim i neočekivanim snežnim pokrivačem. Kroz nekoliko minuta, obukla se i izašla u utihnuli grad, uputivši se praznim ulicama do najbližeg parka, sa samo jednom namerom. Kad je stigla u park, počela je da pravi grudvu, valjajući je kroz netaknut sneg i oblikujući je. Kada je bila prevelika da bi je pomerila, počela je da pravi jednu manju.

Jedva da je osetila prvu grudvu koja ju je pogodila u leđa, jer je bila veoma skoncentrisana, ali sledeća, koja je stigla nekoliko sekundi kasnije, zadobila je njenu punu pažnju. O, neko je želeo da se grudva, zar ne? Pažljivo je stavila manju grudvu na onu prvu pre nego što se brzo sagnula, skupivši punu šaku snega i okrenuvši se, vešto je bacivši ka detetu koje ju je pogodilo grudvom. Ali to nije bilo dete. Bio je to muškarac. Muškarac koji se nasmešio i bacio još jednu grudvu, doviknuvši u isto vreme: – Igra je počela.

Smejali su se dok su sledećih pet minuta bacali jednu grudvu za drugom, kada je umorna Žozet rekla: – Ovo je zabavno, ali moram da dovršim Sneška.

Muškarac se približio. – Mogu li da ti pomognem?

Žozet je klimnula glavom, i zajedno su počeli da prave najvećeg Sneška kog su mogli.

– Ja sam Gordon – rekao je, uzimajući još jednu veliku šaku punu snega.

– Žozet. Drago mi je.

– Takođe. Mislim da je Džekova glava sada dovoljno velika – reče Gordon. – Šta je? – pitao je kad ga je Žozet mrko pogledala.

– Zoveš mog Sneška Džek. Zašto?

– Pa po Džeku Frostu,[32] naravno. Pronaći ću oči za njega. – Gordon se udaljio i počeo nogom da razbacuje sneg pri kraju parka. Minut kasnije, vratio se s dva mala kamenčića i pažljivo ih stavio na Sneškovo lice. – Mali su, ali poslužiće. Treba nam nešto za njegov nos – rekao je, tražeći inspiraciju.

– Došla sam pripremljena za to – odgovori Žozet, izvukavši šargarepu iz džepa kaputa i postavivši je ispod kamenih očiju.

– Dobro izgleda, iako mislim da bi mu i ovo poslužilo. – I Gordon skinu karirani šal i obmota ga oko Sneškovog vrata. – Sada je pravi Sneško. Jesi li za toplu čokoladu? – pitao je, gledajući preko parka. – Izgleda da otvaraju kafić.

– Zvuči dobro.

Stojeći blizu grejalica u dvorištu kafića, ispijajući toplu čokoladu, Žozet je bacila pogled na Gordona. – Hvala ti na ovome i na grudvanju. Nisam se godinama ovako zabavila.

– Nije dobro stalno biti toliko ozbiljan – rekao je Gordon. – Život je lepši s prijateljima i zabavom.

– Hoćemo li biti prijatelji?

– Mislim da ćemo biti baš posebni prijatelji – rekao je.

– Posebni prijatelji? – Žozet ga pogleda. – Šta to znači?

– Posebni prijatelji se mnogo zabavljaju zajedno. Zabavljanje je za mene najvažnije.

– Imaš li suprugu koja bi se protivila našem zabavljanju? Gordon odmahnu glavom. – Imaš li ti muža kod kuće?

– Ne.

– Eto, onda. Ništa nas ne može sprečiti da se zajedno zabavljamo.

Žozet se nasmejala, i od tog dana u snegu njihovo je prijateljstvo procvetalo i zaista se jesu zabavljali. Otkriće da su oboje živeli neobičan život formiralo je iznenađujuću, ali srećnu povezanost između njih. Žozet je živela na rubu sveta slavnih, dok je Gordonov život pisca pesama za poznate pevače podrazumevao da se s mnogima od njih upoznavao i družio – što je tvrdio da mrzi, preferirajući miran život, izvan centra pažnje.

---

[32] Lik iz filma. (Prim. prev.)

Žozet se uz trzaj vratila u sadašnjost, shvativši da ju je Gordon nešto pitao.

– Želiš li da razgovaramo o tome što te muči, šta god to bilo? Žozet ga je pogledala. Njegov pragmatičan škotski stav prema rešavanju problema uvek joj je izazivao osmeh. Što se Gordona tiče, nije bilo ničeg nejasnog. Stvari su bile ili crne ili bele, ništa između. Ona je bila previše sklona analiziranju da bi ikada stvari posmatrala na tako jednostavan način. Možda bi joj razgovor s Gordonom pomogao da sredi svoje misli, bez previše ulaženja u detalje. Znao je neke stvari o njenoj prošlosti, ali ne sve.

– Karlin dolazak me je podsetio na neke stvari koje su dugo bile zaboravljene – počela je Žozet. – Stvari za koje mislim da je najbolje ostaviti ih zaboravljene, ali koje će, bojim se, u skorijoj budućnosti izaći na videlo. Ono što će to verovatno započeti jeste činjenica da je Karla nasledila majčinu polovinu *Vile Mimoza*.

– Hoće li pristati da je proda kao što ti već dugo želiš?

– Već je pomenula da želi da je zadržimo, i obećala da će je redovno obilaziti kako bi pomogla sa iznajmljivanjem i tako dalje. – Žozet je stavila praznu čašu na sto.

– Makar ćeš imati podršku i praktičnu pomoć. Zar to ne bi bila dobra stvar? Rekla si da je tvoja sestra uvek bila nezgodna i nesaradljiva kada je ta vila u pitanju.

Žozet slegnu ramenima. – Problem je što sam toliko dugo živela bez pravog kontakta s porodicom, ja... nisam sigurna kako bih se nosila s tim da budem tant Žozet licem u lice i svakoga dana. Deo mene misli da bi kontakt s porodicom bio dobar kako starim, ali veći deo mi govori da bi bilo bolje zadržati status kvo.

Nije dodala da je takođe počinjala da oseća da više nema potpunu kontrolu nad svojom sudbinom. Karlino pojavljivanje u njenom životu bilo je kao podmetnuta bomba koja čeka da eksplodira.

11.

Karla je čekala vreme ručka kako bi došla kući na dan Dejvidovog odlaska u Kambriju. Uzdahnula je od olakšanja što nije bilo ni traga njegovom autu kad je došla do prilaza i parkirala se.

Odnevši kofer na sprat, ignorisala je otvorena vrata glavne spavaće sobe s bračnim krevetom koji je delila s Dejvidom, otvorivši umesto toga vrata gostinske sobe. Spavaće tu ove nedelje.

Ostavivši raspakivanje za kasnije, Karla se spustila do kuhinje i uključila aparat za kafu. Čekajući ga da se ugreje, otvorila je frižider. Nema potrebe da ide u nabavku. Police su bile pune; bilo je tu više hrane nego što može da pojede za nedelju dana. Da li je to Dejvid pokušavao da je namami da ostane? E pa, ako je mislio da će nekoliko pakovanja njene omiljene hrane, a da ne govori o flašama vina na polici, uspeti da je nateraju da se predomisli, varao se.

Pritisla je dugme na radiju i zvuci *Klasik FM*-a ispunili su kuhinju Šopenovim komadom za klavir koji je prepoznala, ali nije mogla da imenuje. Sipavši sebi šolju kafe, otišla je dnevnu sobu. Dejvid se očigledno potrudio da održi kuću urednom. Poruka je stajala naslonjena na veliku vazu s ružama u dnevnoj sobi: *Dobro došla kući. Vidimo se za nedelju dana. S ljubavlju, Dejvid. xxx.* Karla ju je zgužvala pre nego što se vratila u kuhinju i bacila je u kantu.

Zazvonio joj je mobilni negde duboko u tašni. Pažljivo je izvadila urnu, stavila je na kuhinjski sto i onda potražila telefon. Medi ju je zvala.

– Kako si, mama?

– Dobro sam. Upravo pijem kafu pre nego što počnem da sređujem stvari. Tata mi je ostavio frižider pun hrane – hoćeš da dođeš ovde na nedeljni ručak?

– Može li da bude rana večera? Recimo oko šest? I mogu li da povedem prijatelja?

– Naravno.

– Moram da idem, mama. Vidimo se u nedelju. – I veza se prekinula, ne dajući Karli priliku da je pita „kog prijatelja?“.

Vratila je telefon u tašnu pre nego što je uzela urnu i stavila je na dasku prozora u kuhinji. Nije želela da je ostavi u kući broj 29 kad ju je poslednji put posetila, u strahu da je ponovo ne zaboravi. Možda će Medi imati neku ideju gde mogu da prospu pepeo. Pomenuće joj to u nedelju, u zavisnosti od toga, naravno, koga će dovesti sa sobom.

Dobro, vreme je da nastavi dalje. Ima samo nedelju dana da posloži svoje stvari. Rešena da počne, ponovo se popela uza stepenice. Počeće s pražnjenjem ormara, fioka i ormarića.

U maloj gostinskoj sobi, dva sata kasnije, nalazile su se tri hrpe stvari: koje će zadržati, koje će dati humanitarnoj radnji i koje će baciti. Sutra će naći nekoliko kofera u koje će spakovati stvari koje će zadržati, a ostatak može u crne kese.

Ono što joj je sada trebalo jeste dugo i toplo kupanje u kadi. Ušavši u kupatilo glavne spavaće sobe, otvorila je slavine pre nego što je sipala omiljenu kupku u vodu i zapalila nekoliko sveća koje je uvek držala na ivici kade. Imala je taman toliko vremena da se spusti niza stepenice dok se kada punila, da sipa čašu belog vina i uzme časopis koji je kupila na aerodromu ali ga još nije pročitala.

Bio je tako dobar osećaj svući se i upasti u toplu vodu. Otpivši veliki gutljaj i pažljivo stavivši čašu vina na policu od pločica na kadi, Karla se zavalila i otvorila časopis. Članak pod naslovom „Zakon privlačnosti. Sanjajte ga. Zamislite ga. Živite ga“ zapao joj je za oko. Nije da je verovala u ono što motivacioni gurui podstiču ljude da rade kako bi unapredili svoj život, ali nekada se nađe tračak dobre ideje u čitavoj toj pomami.

Ovaj specifičan članak čitav je bio o zapisivanju stvari i vizualizaciji tačno onoga što želiš, a što bi nekako izgleda pomoglo da se to ostvari u pravom životu. Ključ uspeha je pravljenje panoa želja i zamišljanje toga kako život može izgledati za pet godina uz uspešno ostvarene snove. Kad bi to samo bilo tako lako.

Karla je bacila časopis na pod. Uzela je čašu i pustila još tople vode iz slavine u onu koja se već hladila, pa se ponovo zavalila među mehuriće. Bilo je smešno pokušavati zamisliti gde će biti za pet godina. Ni pre pet nedelja nije imala ideju da će joj se život rasturiti na ovaj način, pa kako onda, dođavola, da planira unapred sledećih pet godina?

Što se tiče vizualizacije kuće i životnog stila, već je znala šta želi. Kuća koju se sprema da napusti jedina je kuća koju je želela proteklih dvadesetak godina. Uopšte nije mogla da zamisli da ne živi u njoj. Od trenutka kad bi otključala vrata i ušla, osećala bi se bezbedno i srećno što se vratila. Biće teško odreći je se bez pravog plana za ostatak života. Možda može da se vrati i da insistira da se Dejvid iseli – ipak je on bio taj koji je kriv.

Izašavši iz kade i brišući se peškirom, promrmljala je. – Saberi se. – Puno žena njenih godina moralo je neočekivano da počne život iznova. Osim toga, jeste imala plan, iako nedovršen i kratkoročan. Kada Amelijina kuća bude prodata i proces razvoda uveliko počne, moći će da napravi prave, dugoročne planove. Korak po korak. Ali gde će, dođavola, živeti u međuvremenu?

Dok je raspoređivala odeću, shvatila je da će joj čak i za život u jednoj sobi kuće broj 29 biti potrebno više od samo osnovnih stvari koje je stavila na listu. Što je više o tome razmišljala, to je jasnija postajala činjenica da bi privremeno useljenje tamo bilo stresno. Možda bi bilo bolje iznajmiti opremljen stan. Kupiće novine tokom nedelje kako bi videla šta je dostupno za useljenje.

Uzevši ogrtač koji je visio na vešalici zakačenoj za vrata, sišla je niza stepenice. Zazvonio je fiksni telefon dok je spremala sendvič s brijem i avokadom za večeru. Pretpostavivši ko zove, pustila je telefon da zvoni dok nije preuzela govorna pošta i, kao što je i očekivala, čula je Dejvidov glas.

– Karla, draga, molim te javi se ako si tu. Samo sam želeo da ti javim da sam stigao u Penrit. – Kratko je zastao pre nego što je nastavio. – Možda te dobijem kasnije. Volim te. – I završio je.

Pre oko godinu dana Dejvid je prestao da je zove rutinski, kako bi joj javio da je bezbedno stigao kad god negde otputuje. Slegnuo je ramenima kad je to pomenula. – Kad se ne javljam to je dobro. Brzo bi saznala da se dogodila nesreća. – Sada, kada je nimalo nije zanimalo gde se nalazi, odlučio je da joj se javi. Brzo oteravši pomisao da je trebalo da se javi, Karla je sela da jede za kuhinjskim stolom. Budući da dobro poznaje Dejvida, znala je da je u pitanju plan da je obasipa ljubaznošću, natera je da omekša i navede da razmišlja kao on. Karla se pitala koliko će mu vremena biti potrebno da shvati da ovoga puta nema šanse da se to dogodi.

Ponovo je zvao sat vremena kasnije. Ovoga puta na mobilni. Odlučivši da je detinjasto ignorisati ga, uzela je telefon. – Zdravo, Dejvide.

– Karla, draga. Je li sve u redu? Jesi li se smestila?

– Da, hvala. Počela sam da sortiram svoje stvari. Prvo što ću da uradim u ponedeljak ujutru je da ostavim neke stvari u humanitarnoj radnji.

Dejvid se nije oglašavao.

– Dejvide, jesi li tu?

– Da, tu sam, žalim što toliko želiš da se iseliš.

– Pa, budući da si ti ona kriva strana u ovoj stvari, zašto se ti ne bi iselio, a ja ću ostati dok se kuća ne proda? – Karla je čula Dejvidov dubok udah.

– Neću ja nigde da se selim. Mislim da možemo ovo da rešimo. Jesu li ti se dopale ruže?

– Ruže su prelepe, hvala – rekla je Karla. – Ali volela bih da prihvatiš činjenicu da moram da nastavim dalje sa svojim životom. – Kada Dejvid nije odgovorio, Karla je dodala: – Lepo je od tebe što si napunio frižider tolikom hranom. Medi sutra dolazi na večeru kako bi pomogla da se što više toga pojede. – Nije bilo potrebe da pominje da dovodi i prijatelja. Dejvid bi samo tražio više detalja, a nije želela da mu ih otkrije.

– To je dobro – rekao je Dejvid. – Voleo bih da mogu da vam se pridružim. Nismo dugo održali porodičnu večeru u kuhinji.

– Ti si već duže vreme zauzet uveče, Dejvide – reče Karla, trudeći se da održi neutralan glas, ali bila je odlučna u tome da mu dâ do znanja da je on taj koji je kriv.

– Žao mi je zbog toga – rekao je Dejvid, pre nego što je ponovo utihnuo.

– Jesi li želeo još nesto? Uskoro bih legla.

– Idem onda. Čujemo se tokom nedelje. Lepo spavaj.

Bila je nedelja ujutru kada je Karla ustala rano kako bi uzela nekoliko kofera s police u garaži, spremna da počne da ih puni svojim stvarima. Već je bila sredina popodneva dok je sve pripremila, kola su bila puna kesa spremnih za isporuku humanitarnoj radnji i stvari za bacanje u prtljažniku, i konačno je mogla da pravi ručak. Pečenu piletinu s raznim dodacima. Praćenu prevrnutim kolačom od jabuka sa šlagom za desert. Srećno je pevušila dok je radila. Kuću je ispunjavao miris ukusne hrane kad je skoknula pod tuš da se osveži pre nego što dođu Medi i njen prijatelj.

Sem ju je iznenadio. Medini prethodni momci uglavnom su bili sofisticirani muškarci iz grada sa ozbiljnim bankarskim ili programerskim poslovima. Sem, visok preko metar i osamdeset, stasa koji se može opisati jedino kao krupan, s riđom bradom i osmehom koji mu je dosezao do očiju, bio je sušta suprotnost njima. Karli se odmah dopao. Činjenica da je Medi delovala nervozno dok ju je upoznavala sa Semom naterala je Karlu da se upita da li je ozbiljna u vezi s njim.

Ćaskajući uz piće u dnevnoj sobi, saznala je da je Sem, diplomirani arhitekta, nedavno započeo sopstveni biznis ekološke gradnje.

– Volim da imam kontrolu – objasnio je. – Sedenje u kancelariji me frustrira. Sada radim dizajn, bavim se fizičkim poslom oko izgradnje i pomažem životnoj sredini. Svi su na dobitku. – I nasmešio se Karli razoružavajućim osmehom.

– Idem da pogledam nekoliko kuća ove nedelje – rekla je Karla. – Ali sumnjam da će ijedna od njih imati ekološke karakteristike, nijedna nije u sklopu novogradnje.

Činilo se da Sem želi nešto da kaže, ali Medi je prva progovorila.

– Ne mogu da verujem da ti i tata više nećete živeti zajedno u ovoj kući. Tako sam ljuta na njega. I dalje ne mogu da shvatim da se razvodite.

– Iskreno, ne mogu ni ja, ali to će se desiti – reče Karla. – Idem da proverim kako stoje stvari u kuhinji. Sigurna sam da bi Sem voleo da promenimo temu, stoga pogledajte brošure o kućama na stočiću. Seme, možeš da mi kažeš da li se ijedna od njih može smatrati ekološkom. Ugovorila sam sastanak da posetim prvu na listi sledeće nedelje.

U osam sati je zazvonio telefon, baš kada je Sem nabadao poslednji pečeni krompir.

Karla je uzahnula. – To je sigurno Dejvid. Neću da se javim. Možeš ti, Medi, ako želiš.

– Zdravo, tata.

Karla je otpila gutljaj vina, pokušavajući da ne sluša jednosmerni razgovor. Sem se nagnuo preko stola i šapnuo: – Preživeo sam razvod roditelja pre tri godine, i Medi će. Ne brinite.

Karla mu se zahvalno nasmešila.

– Mama je dobro, s obzirom na ono što si joj priredio – reče Medi, oštrim glasom. Vladala je tišina dok je Medi slušala Dejvida, pre nego što je duboko uzdahnula. – Kako god, tata, ali moraćeš debelo da se potrudiš da joj promeniš mišljenje, sledeće nedelje ide da razgleda kuće. Ne, ne želi da razgovara s tobom, zato sam se ja javila na telefon. Zdravo. – I Medi prekinu poziv.

Karla je ustala od stola. – Doneću desert i onda ću te pitati za mišljenje u vezi s bakinim pepelom. Nemam ideju gde da ga prospem. Nadam se da ćeš ti smisliti mesto i poći sa mnom kada to budem obavljala.

12.

Tokom sledeće nedelje, Karla je upala u rutinu koja je, osim či-
njenice da je imala ugovoreno nekoliko razgledanja kućâ sa agentom
za nekretnine, bila depresivno slična onoj koju je imala pre odlaska
u Francusku. Ali uspela je da u nju uklopi nekoliko sati pomaganja
Mejvis u humanitarnoj radnji jednog popodneva, u čemu je uživala.

Agent za nekretnine je sa olakšanjem uzdahnuo kad mu je rekla
da se njen plan da privremeno živi u kući broj 29 neće ostvariti.
Brinuo se da će nešto odložiti okončanje prodaje.

Advokat je, takođe, pažljivo odreagovao kada je pomenula svoj
plan. – Iseljenje iz bračnog doma pre nego što se dođe do nagodbe
uvek je loša ideja.

Traganje po novinama i agencijama za iznajmljivanje pokaza-
lo se uzaludnim, osim ako nije želela da iznajmi stan na najvišem
spratu u prestižnom naselju s pogledom na park, što zapravo jeste
želela, dok nije videla mesečnu cenu, 1.800 funti. Očigledno rešenje
je naći kuću koju bi volela da kupi i kupiti je istog dana kada sve
bude završeno s kućom broj 29. Ali za sada joj se nije dopala nijed-
na kuća koju je videla. Iako je rekla Dejvidu da nema nameru da
ostane u kući u kojoj on živi, shvatila je da zapravo nema drugog
izbora. Ali ukoliko ostane, bila je odlučna u tome da će to biti pod
njenim uslovima. Objasniće to Dejvidu kako ne bi sumnjao u to da
li se razvod nastavlja. Budući da je insistirala na tome da neće biti
tu kada se on vrati, sigurno će njeno prisustvo shvatiti kao mogući
znak oproštaja.

Vozeći se kući posle još jednog razočaravajućeg razgledanja
kuće, razmišljala je o sutrašnjem danu kada će se Dejvid vratiti. Čak
i s vožnjom od šest sati koja ga je čekala, teško da će krenuti pre

deset ujutru, tako da će, nadala se, biti kasno popodne kada stigne i kad bude morala da se suoči s njim.

Brzo ulazeći na prilaz, zamalo se sudarila sa automobilom parkiranim ispred vrata garaže pre nego što je pritisla kočnicu i stala manje od milimetar od njegovog branika. Dejvid je stigao.

Potresena, sedela je i trudila se da odoli želji da se okrene i ode, kad se Dejvid pojavio i otvorio joj vrata od kola. Karla je isključila motor, povukla ručnu i izašla iz kola.

– Hteo sam da te iznenadim i dođem ranije – rekao je Dejvid.

– Svakako si to postigao i umalo si iznenadno imao ulubljen auto – reče Karla. – Kad si se vratio?

– Pre možda minut. Mislio sam da ćeš biti tu i hteo sam da provedemo malo vremena zajedno. Nisam još ni izvukao stvari iz kola. – Dejvid je otvorio zadnja vrata i izvadio kofer. – Gde si bila?

– Na razgledanju kuće.

– Je li valja? – pitao je Dejvid, očigledno se trudeći i ne uspevajući u tome da zvuči zainteresovano.

Karla odmahnu glavom. – Kuća je u redu, ali mislim da bi susedi mogli biti problem. Imaju puno pasa. – Zaključala je auto i ušla u kuću za Dejvidom. – Skuvaću čaj. Hoćeš li ti?

– Hvala, idem samo da ostavim stvari na sprat.

Kada se vratio, pogledao je Karlu. – Nisi spavala u našoj sobi.

Karla, koja je sipala ključalu vodu u čajnik, nije odgovorila. Nije još bila spremna za ono kuda je vodio taj razgovor. Umesto toga je rekla: – Kako to da si otišao ranije s konferencije?

Dejvid slegnu ramenima. – Obavio sam svoje i uvek su poslednji dani dosadni. Radije bih bio kod kuće. S tobom – dodao je. – Hteo sam da te izvedem na večeru večeras.

Karla je duboko udahnula. Još je ostalo puno hrane koju je Dejvid kupio u frižideru. Nije planirala da ide na večeru s njim. – Radije bih jela kod kuće. Moram da razgovaram s tobom i lakše je to uraditi ovde. – Bilo bi neljubazno ne napraviti večeru za oboje. Otvorila je frižider. – Kako ti se čini da napravim biftek i dinstani krompir uz salatu?

– Hrana zvuči odlično, ali nisam toliko siguran što se tiče razgovora – reče Dejvid. – Nadao sam se da ćeš... – glas mu je utihnuo kada ga je Karla pogledala. – U redu. Otvoriću flašu crvenog vina. Onda idem da se istuširam.

Pre nego što je počela da pravi večeru, Karla je uzela ajped i počela da pravi beleške šta mora da se seti da kaže Dejvidu. Važno je da razume šta želi da mu kaže. Kada je bila sigurna da je sve zapamtila, sačuvala je fajl i isključila ajped.

Dok se Dejvid vratio, salata je već bila gotova, krompir se kuvao kako bi bio spreman za dinstanje u soku od bifteka, pržene pečurke i luk su bili u rerni na niskoj remperaturi kako bi ostali topli, a šnicle su bile začinjene i spremne za vreli tiganj.

Dejvid je sipao dve čaše crvenog vina i jednu pružio Karli. – Živeli. Lepo je ponovo biti kod kuće.

Karla je tiho kucnula čašu o njegovu i ponovo usmerila pažnju prema šporetu.

Deset minuta kasnije, kada su oboje sedeli za stolom s večerom ispred sebe, Karla je progovorila. – Žao mi je, Dejvide, ali neću se iseliti kao što sam ti rekla.

– Meni nije žao. Drago mi je što ćeš ostati. Rešićemo sve, videćeš – rekao je Dejvid, sagnuvši se preko stola kako bi je uhvatio za ruku i uzdahnuvši kada ju je sklonila van njegovog domašaja.

– Ne, Dejvide, ne ostajem kako bih „rešila stvari“ s tobom. Ostajem iz dva razloga. Prvi je to što me je advokat posavetovao da ostanem dok ne dođemo do konačnog dogovora. Drugi razlog je to što useliti se u broj 29 nije baš praktično, a još nemam gde drugde da odem. – Duboko je udahnula. – Puno ljudi je iz finansijskih razloga primorano da ostane da živi u istoj kući kad im se brak raspadne, tako da mi nismo jedini. Makar imamo sreće jer znamo da neće tako biti zauvek – verovatno ne više od tri ili šest meseci, najduže. Kada se proda mamina kuća, neću ti više smetati.

– I zbog toga imamo sreće?

Karla je ignorisala njegov komentar. – Ali moramo da popričamo o nekoliko pravila odvojenog života u istoj kući. Preuzela sam gostinsku sobu, kao što znaš, i koristiću porodično kupatilo. Čistiću za oboje. Glavna spavaća soba, zajedno s kupatilom, na tebi je. – Podigla je ruku kada je primetila da Dejvid nešto želi da kaže.

– Dozvoli da završim. Neću prati, kuvati ni kupovati ništa za tebe, tako da ćeš morati da se organizuješ što se toga tiče. Odvojiću jednu policu u frižideru za svoju hranu. I za kraj, trudiću se da ti što manje smetam. Ima li nešto što želiš da dodaš na spisak?

Dejvid je uzdahnuo. – Deluješ jako odlučno da okončaš naš brak a da mi ne pružiš priliku da ti dokažem koliko mi je žao. Drugi parovi uspeju da prežive neverstvo.

– Godinama sam budalasto ignorisala tvoja neverstva. Da je ovo prvi put da si me prevario i da sada obećavaš da se više nikada neće dogoditi, možda bih razmislila o tome da ostanem – rekla je Karla. – Ali oboje znamo da ovo nije prvi put, i znamo da postoje šanse da ćeš, za šest meseci ili godinu dana, ponovo upoznati nekoga ko će ti se svideti i sve će se ovo ponoviti. Žao mi je, ali ne želim da sedim ovde i čekam da se to desi – zaslužujem bolje od toga.

U tišini koja je nastala, Karla je nastavila da jede svoju večeru, iako joj se apetit donekle smanjio i teško je gutala. Dejvid je radije pio vino nego jeo i gurao je hranu po tanjiru. Kada je Karla ustala kako bi stavila svoj pribor u mašinu za sudove, Dejvid je odgurnuo svoj tanjir i ustao.

– Idem da gledam sportski kanal – rekao je i sipao ostatak vina u čašu.

– Ovo je stiglo za tebe dok si bio na putu – rekla je Karla, uzela iz plakara veliku belu kovertu sa imenom njenog advokata napisanim na vrhu i pružila je Dejvidu. Videvši izraz na njegovom licu, bila je sigurna da je Dejvid shvatio o čemu je reč i bez reči ju je uzeo i izašao iz kuhinje.

Karla je, iscrpljena, sela nazad na stolicu. Ovo je bilo teže nego što je očekivala i, pošto nije odgovarao, znala je da će se truditi da joj oteža život koliko god bude mogao, radije nego da je pusti da ode.

Zazvonio joj je mobilni. Umorno ga je uzela i proverila ko je zove. I odmah se uzbudila.

– Tant Žozet. *Ça va?*

– *Oui, merci.* Notar je pripremio dokumenta i spremna su za potpisivanje. Stanari su se juče iselili iz vile, tako da ćeš moći da vidiš unutrašnjost kad dođeš.

– Rezervisaću let za početak sledeće nedelje. Mogu li ponovo da budem kod tebe, ili da rezervišem sobu negde?

– Naravno da možeš da budeš kod mene – rekla je Žozet. – Imamo o puno toga da razgovaramo. Javi mi detalje o letu i ugovoriću sastanak s notarom. *A bientôt.*[33]

Karla je, smeškajući se, spustila telefon na sto. Mala pošteda od življenja u kući s Dejvidom. Osmeh joj je nestao s lica kada je shvatila da će morati da mu kaže da je nasledila polovinu *Vile Mimoza*.

---

[33] Fr.: Do skorog viđenja. (Prim. prev.)

13.

Karla je vukla kofer niz prastaru ulicu prema Žozetinoj kući pored istog usnulog border kolija u dovratku. Iznad nje, sunce je sijalo na vedrom, plavom nebu i Karla je osetila kako joj znoj lije niz leđa.

Žozet je, kad ju je čula kako kuca, odmah odgovorila sa: – *Entre*,[34] otvoreno je – i čvrsto je zagrlila čim je ušla.

– Gordon i ja smo upravo ručali. Sećaš se mog prijatelja Gordona? Hoćeš li da pojedeš nešto? – upitala je Žozet.

– Pojela sam sendvič u avionu, ali dobro bi mi došla čaša hladnog rozea – reče Karla. – Mogu li prvo da se presvučem u nešto laganije? Ne mogu da verujem da je ovde ovoliko vruće.

Pet minuta kasnije presvukla se u svoju omiljenu letnju haljinu i sedela je u hladu suncobrana u dvorištu, ispijajući čašu vina.

– Oh, lepo je ponovo biti ovde.

Gordon je ustao. – Žao mi je, dame, ali moram da idem. Imam sastanak s konjem u Kanj sur meru. Poželite mi sreću. Vidimo se sutra uveče. Sâm ću izaći – rekao je Žozet, odnevši svoju praznu čašu u kuhinju.

– Obe smo pozvane na zabavu za Prvi maj na brodu usidrenom u marini. Pozvao nas je Gordonov prijatelj – reče Žozet kad ju je Karla upitno pogledala. – Trebalo bi da bude zabavno. Kako stoje stvari kod kuće?

Karla napravi grimasu. – Ne baš dobro. Drago mi je što sam pobegla. Dejvid nije zadovoljan trenutnim dogovorom da živimo odvojeno u istoj kući.

– Sigurno ni tebi to nije lako – rekla je Žozet. – Hoćeš li da se prošetamo do *Vile Mimoza* popodne?

---

[34] Fr.: Uđi. (Prim. prev.)

– Molim te – jedva čekam da je vidim unutra. Pitam se da li ću je prepoznati posle svih ovih godina. Kada imamo sastanak s notarom?

– Ah, nadam se da ne žuriš kući. Na kraju nije mogao da nas ubaci pre sledeće srede popodne. – Žozet nije dodala da je odbila ponudu da se sastanu sutra ujutru, sumnjajući da će Karla želeti da se vrati kući odmah posle toga, što je Žozet smatrala bacanjem para na avionsku kartu.

– Ne, nigde ne žurim. Trenutno me nije briga da li je sastanak odložen za sledeći mesec – rekla je Karla. – I tako sam srećna što sam ovde. Daleko od atmosfere kod kuće. I obaveze da donesem važne odluke kada ni u šta nisam sigurna.

– Toliko je loše, a?

– Dejvid misli da ne treba da se razvedemo. Izgleda da misli da ću mu, ako mi bude posvećivao više pažnje i bude mnogo bolji prema meni, oprostiti i da će spasti naš brak. Kada sam mu rekla za *Vilu Mimoza*, prvo što je uradio jeste da počne da teoretiše o tome šta možemo uraditi s novcem. – Karla odmahnu glavom. – Advokat mi je već rekao da će sva sredstva koja imam odvojeno od njega morati da se podele između nas, osim ako ne pristanemo da se podelimo drugačije. Izgleda da to uključuje i novac od mamine kuće, kao i od vile.

– Dakle, bilo bi bolje za tebe da nastavimo da je izdajemo?

– Mislim da da. Znam da je mama ostavila tebi da se baviš njom, ali ja to ne bih uradila. Dolazila bih redovno i ako bi me pozvala i rekla da sam ti potrebna ovde, odmah bih sela na avion. – Karla baci pogled na Žozet. – Treba mi tvoj savet za još nešto i, možda, tvoja pomoć. Ali razumeću ako ne budeš želela da imaš veze sa onim što ću te pitati.

– Zvuči tako zloslutno.

– U pitanju je mamin pepeo. Ne znam šta da radim s njim. Ni Medi nije uspela da smisli gde da ga prospemo. Mislila sam da ćeš možda ti imati neki predlog. Neko mesto ovde koje je mama volela.

Žozet je toliko dugo ćutala da je Karla pomislila da ju je uznemirila tom molbom.

– Ne brini, tant Žozet. Bila je to samo ideja. Znam da mama nije uvek bila srećna živeći u Engleskoj – dovoljno puta sam je čula kako zamera tati što ju je primorao da ostavi Francusku, ali sigurna sam da ću kad-tad naći savršeno mesto.

– Jesi li ga ponela sa sobom? Pepeo – upita Žozet, s čujnim drhtajem u glasu.

Karla klimnu glavom. – Na spratu je, u koferu. – Hoće li to Žozet zaplakati zbog pomisli da se pepeo njene sestre nalazi na spratu?

– O zaboga... Amelija se zaklela da ćemo ona i ja biti u istoj kući samo preko nje mrtve. *Semble avoir raison.*[35] – I Žozet ispusti prigušen zvuk.

– Žao mi je. Nisam želela da te uznemirim – reče Karla pre nego što je shvatila da Žozet ne plače, već se trudi da se ne smeje.

– Nisam uznemirena. Samo ne mogu da shvatim koliko je to ironično posle svih ovih godina. – Žozet je popila vino pre nego što je ustala. – Hajde, idemo da ti pokažem vilu. Kasnije ću razmišljati o problemu s pepelom.

Dvadeset minuta kasnije, Žozet je otključala glavna vrata vile i Karla je ušla za njom u prostrano predvorje popločano terakotom i svetložutih zidova.

– Renovirali smo pločice u celom prizemlju pre petnaest godina – reče Žozet. – Kuhinju i *salle de bains*[36] smo renovirali pre oko pet godina. Stanarima je bilo dozvoljeno da ukrašavaju prema ličnom ukusu, ali ne i da prave strukturalne promene. Porodica koja se upravo iselila živela je ovde tri godine. – *I ovo je prvi put da sam kročila ovamo posle četrdeset godina*, pomisli Žozet u sebi, ali naglas je rekla: – Biće interesantno videti promene.

Karla ju je iznenađeno pogledala. – Nisi ih videla kad su bile gotove?

– Agencija za izdavanje je uvek sve kontrolisala. Amelija je bila u Engleskoj, a ja nikad nisam bila tu. Tako je bilo lakše. – Žozet slegnu ramenima. – Otkad sam se vratila bila sam u bašti nekoliko puta kako bih popričala sa Žoelom, ali nikada nisam ulazila u kuću.

---

[35] Fr.: Izgleda da je bila u pravu. (Prim. prev.)
[36] Fr.: kupatilo. (Prim. prev.)

Kuhinja, koja se nalazila levo od ulaznih vrata, bila je ogromna, s velikim stolom od hrastovine u sredini za koji se lako moglo smestiti dvanaestoro ljudi, granitne radne površine povrh svetlih izgrebanih elemenata i obične police u tonu s tim elementima. Veliki zeleni *la korni* šporet stajao je uz jedan zid i ogroman frižider američkog stila nalazio se pored prozora.

– Kuhinja je, koliko se sećam, bila mešavina komoda i ormarića i bila je manja. I tamnija – reče Karla.

Žozet klimnu glavom. – Jeste. I jela koja su iz nje izlazila takođe su bila čudna. Sada je divna.

U dnevnoj sobi, koja je vodila do terase u zadnjem delu kuće, bila su dva velika crvena kožna troseda udobnog izgleda, i kamin.

– Nisam znala da se vila izdaje opremljena – reče Karla.

– Agencija je predložila da ubacimo dovoljno nameštaja da bismo je kvalifikovali kao opremljen prostor za izdavanje – kaza Žozet. – Izgleda da je lakše isterati ljude iz opremljenog smeštaja nego iz neopremljenog ako se stvari zakomplikuju. Samo dve spavaće sobe imaju krevete i nismo obezbedili nameštaj za terasu i staklenu baštu, pa sada izgleda veoma prazno.

Karla otvori vrata s leve strane dnevne sobe i izađe u uzak hodnik koji je vodio do dve prazne sobe s kupatilom između njih. – Ne mogu da verujem da je ovo mesto ovoliko veliko – rekla je. – Koliko ima soba na spratu?

– Sada ima tri spavaće sobe s kupatilima, i jedna manja koja služi kao radna soba.

– Mnogo lepo izgleda – rekla je Karla dok su se pele uz drvene stepenice bez tepiha. – Volela bih da nađem nešto upola ovako lepo u Engleskoj. Koja je bila tvoja soba? Jesi li je delila s mamom? – upitala je dok su ulazile u prvu sobu do koje su stigle.

To neočekivano pitanje je iznenadilo Žozet. – Delile smo prednju spavaću sobu dok nismo napunile, oh, pretpostavljam oko devetnaest godina. Posle toga je Amelija prešla u zadnju spavaću sobu, i koristila ju je dok se nije udala – odgovori Žozet, otvorivši staklena vrata i izašavši na mali balkon.

– Sviđa mi se što se odavde vide i more i obala – reče Karla, pridruživši joj se napolju. – Baki i deki je ovo sigurno bilo ogromno kada ste obe otišle.

Žozet slegnu ramenima. – Praktično su zatvorili sobe koje nisu koristili i godinama živeli u prizemlju.

– I koliko košta iznajmljivanje vile danas? – upita Karla.

– Oko 2.300 funti mesečno na godišnji zakup. Kad bismo je izdavali za vreme odmora, toliko bismo dobijali na nedeljnom nivou tokom sezone. Još više u avgustu – reče Žozet. Slegnula je ramenima. – Previše je to posla. – Okrenula se i vratila unutra. Iako je spavaća soba sada bila preuređena u smeštaj s kupatilom, pogled s balkona je ostao isti i uspomene su joj navrle u misli. Nepoželjne i bolne uspomene koje joj nisu bile potrebne.

Vrativši se u prizemlje, Žozet je otvorila jedna od staklenih vrata koja su gledala na baštu i stajala na terasi gledajući u bazen i vrt, udišući duboko, pokušavajući da otera uznemirujuće emocije koje su je preplavile.

– Održavanje bašte ovako lepom uz konstantnu vrućinu je sigurno teško. Tvoj Žoel odlično obavlja posao – reče Karla zamišljeno, izašavši da razgleda. – Koliko dugo je vila u porodici?

– Sto godina, manje-više. Tvoj čukundeda ju je izgradio između dva rata.

– Dakle, oduvek je pripadala porodici. Šteta što bi prodaja vile mene učinila poslednjom generacijom kojoj je pripadala – rekla je Karla, sagnuvši se da omiriše jednu od belih ruža pored kućice za bazen. Zemlja kod zadnje strane kućice ostavljena je neuređena, i pored ruža tu je bilo belih rada i suncokreta, koji su nasumično rasli i pružali nektar velikom broju pčela koje su zujale okolo.

– Zaključaću je ako si dovoljno videla. – Žozet se okrenu, ignorišući jasnu poruku iza Karlinih reči. – Vidimo se kod ulaznih vrata za pet minuta.

Ostavivši Karlu u bašti, Žozet je zatvorila staklena vrata i zaključala ih pre nego što je polako prošla kroz kuću do kuhinje. Karla je bila u pravu. Kuća jeste u poslednje vreme širila neki dobar ugođaj, pogotovo u prizemlju, skoro kao dobrodošlicu, čak i njoj. Ona loša osećanja, iako prigušena, i dalje su pohodila atmosferu na spratu.

Zaključavši vrata za sobom, Žozet se polako spustila kružnim stepenicama kod glavnog ulaza. Čekajući da joj se Karla pridruži, zamišljeno je otkinula nekoliko uvenulih listova sa geranijuma. Ako je Karla bila ozbiljna po pitanju angažovanosti i pomaganja, možda ne treba da insistira na prodaji. Za razliku od Amelije, Karla bi sigurno pristala na to da novac od izdavanja bude dostupan, ne ostavljen u banci, pa bi sigurno imala prihod, što bi joj dosta olakšalo život. Ali može li da izdrži da ponovo bude blisko povezana s vilom?

Čuvši Karline korake kako se približavaju s jedne strane kuće, Žozet se ispravila i nasmešila.

– Zaključano – rekla je.

– Upravo mi je nešto palo na pamet – reče Karla. – Dve stvari, zapravo. Prva je – kako ti se čini da prospemo mamin pepeo po onom divljem delu gde su ruže i bele rade oko kućice za bazen? Znam da nije bila neki baštovan, ali tamo je mnogo lepo. Misliš li da bi bila srećna što je ponovo u bašti kuće u kojoj je odrasla?

Žozet ju je pogledala, ne znajući šta da kaže. Bez obzira na to da li bi Amelija bila srećna ili ne, ona, Žozet, mora dobro da razmisli o ideji da joj sestra bliznakinja bude raspršena po bašti vile u kojoj su im se životi tako nepovratno razdvojili. Da li bi Amelija zaista želela da bude ovde? Mislila je da ne bi. Ali kako to da objasni Karli bez dobrog razloga? Nije bilo šanse da joj kaže istinu.

– Mislim da treba da zatvorimo glavnu kapiju dok je vila prazna. – Žozet reče umesto toga, otvorivši vratanca čelične kutije ugrađene unutar jednog stuba kod ulaza i pritisnuvši dugme.

Stojeći na trotoaru i gledajući kako se elektična kapija zatvara, Žozet je znala da Karla čeka da joj kaže šta misli o ideji o prosipanju Amelijinih ostataka iza kućice za bazen. Ali Žozet je progovorila tek kada su hodale duž bedema i skoro stigle do kuće. I nije pomenula pepeo.

– Ako i dalje želiš da zadržimo vilu, uradićemo to – reče Žozet. – Ali ne možeš da se poneseš kao Amelija i sve prepustiš meni.

Moraćeš redovno da dolaziš. Zakup ćemo deliti jednako između sebe, kao i račun za održavanje. Nema više glupave zabrane pristupa novcu. – Karla je ćutala, pa ju je Žozet pogledala. – Želela si da nastavimo da izdajemo vilu. Ili si se predomislila i sada želiš da je prodamo?

Karla odmahnu glavom. – Ne, ne želim da je prodamo, ali želim da popričam s tobom pre nego što odlučimo šta ćemo. Idi ti kući. Ja ću da kupim pečenu piletinu iz radnje na pijaci, baget i flašu vina. Večeras ćemo da održimo porodični razgovor o nečem drugom što mi je palo na pamet. – Karla se okrenula i brzim koracima otišla u pravcu pijace.

Dok ju je Žozet čekala kod kuće, stavivši tanjire da se ugreju i noževe, viljuške i čaše za vino na sto u dvorištu, izraz „porodični razgovor“ vrteo joj se po glavi. Prošlo je puno godina otkad je učestvovala u bilo kakvom porodičnom razgovoru.

I kako da odbije Karlinu ideju o prosipanju Amelijinog pepela oko kućice za bazen, ili bilo kog dela *Vile Mimoza*? I dalje je pokušavala da smisli razlog da odbije taj predlog kad se Karla vratila s hranom. Za nekoliko minuta obe su navalile na ukusno jelo.

Karla je uz uzdah podigla čašu vina i otpila. – Hrana ima toliko drugačiji ukus ovde, nemam pojma zašto. – Spustila je čašu i rekla: – Dakle, vreme je za porodični razgovor.

– Nisam takav razgovor vodila jako dugo – priznala je Žozet. – Osim toga, sada kad sam pristala da zadržimo *Vilu Mimoza*, sigurna sam da je jedino što je ostalo za diskusiju jesu novi dogovori – i pronalaženje novih stanara, naravno.

– Mnogo mi je drago što si se predomislila u vezi s tim da zadržimo vilu u porodici, tant Žozet, ali – Karla baci pogled na nju – znaš li za engleski izraz „trenutak paljenja lampice“?

Kada je Žozet klimnula glavom, Karla je rekla: – Znaš da mi je život trenutno u haosu i da sam već morala da donesem neke životne odluke. Pogledala sam toliko kuća i nisam našla nijednu u kojoj bih volela da živim. Od trenutka kada sam zakoračila u vilu, zavolela sam je i znala sam da bih u njoj mogla živeti srećno. Tada mi se desio trenutak paljenja lampice. Preseliću se u Francusku – i volela bih da živim u *Vili Mimoza*.

Žozet je zurila u nju. – Ali prevelika je za jednu osobu.

– Posle nekog vremena bih vodila vilu kao pansion. Ili britanski tip noćenja s doručkom. Obožavam da kuvam, i ona kuhinja me priziva. Šta misliš? – Karla je nervozno prelazila prstima po čaši. – Mogla bih ili da iznajmljujem tvoju polovinu, ili da te isplatim za nju. Trebalo bi da bude dovoljno novca od mamine kuće za to. U svakom slučaju, imala bi siguran prihod. I vila bi ostala u porodici. Što mi je vrlo važno – dodade tiho Karla.

Žozet ispruži svoju praznu čašu. – Moram da razmislim – a za to mi treba još jedno piće.

14.

Razgovor između Karle i Žozet bio je živahan i potrajao je celo veče. Kada se sabrala nakon što joj je Karla iznela svoje planove, Žozet je počela da ih analizira. – Bila si u Francuskoj u tri kratke posete, i sad želiš da se preseliš ovamo. Gledaš na stvari kroz izmaglicu sanjarenja. Ovde možda sunce sija svakog dana, ali život i dalje donosi loše stvari. Jedan od najvećih problema bilo bi tvoje znanje francuskog jezika – katastrofalno je.

– Ići ću na časove. Budući da ću ga koristiti svakodnevno, popraviće se.

– A što se tiče vođenja pansiona... Nemaš iskustva s keteringom, zar ne? Tako sam i mislila – reče Žozet kada je Karla odmahnula glavom.

– Ne, ali godinama sam vodila porodični dom i obožavam da kuvam. Ako počnem malim koracima, samo s ponudom noćenja i kontinentalnog doručka za mali broj ljudi, znam da ću se snaći.

Žozet uzdahnu i odmahnu glavom. – Nisam ubeđena da je to prava stvar za tebe. Moraš da razgovaraš s nekim kod kuće.

– Nadam se da ne predlažeš razgovor s Dejvidom. On je poslednja osoba od koje želim savet.

– Ne, naravno da ne predlažem Dejvida – rekla je Žozet. – Ali kako će se Medi osećati u pogledu tvoje selidbe u drugu zemlju? I Ed, kada se vrati?

– Naravno da ću razgovarati s decom, ali oni sada žive svoj život i odlučna sam u tome da iskoristim priliku da živim ostatak svog onako kako želim.

Bilo je kasno kada je Žozet duboko udahnula. – Nadam se da neću zažaliti zbog ovoga, ali u redu. Razgovaraćemo s notarom o tome, ali neću ti prodati svoju polovinu, u slučaju da ti ne uspe. Možeš da plaćaš malu kiriju, kao običan stanar prvih godinu dana, i ako ti noćenje s doručkom bude uspešno, moći ćemo da razgovaramo o tome.

– Hvala ti – rekla je Karla. – Svesna sam da neće biti lako, ali godinama nisam bila ovoliko uzbuđena zbog nečega. – Ustala je i počela da odnosi prazne tanjire u kuhinju. – Ako mogu da dobijem ključeve, otići ću sutra ponovo i početi da pravim neke planove. U redu je ako je malo ulepšam, zar ne?

– *Mais oui*[37] – reče Žozet.

Dok se spremala za krevet u Žozetinoj gostinskoj sobi, Karla je srećno pevušila sebi u bradu. Bila je u Francuskoj manje od dvanaest sati i već je bila uzbuđena zbog pomisli o budućnosti. Dejvid će se, kada mu kaže šta planira, sigurno ponašati kao superiorni mužjak i reći joj da je luda – kako zbog selidbe u Francusku, tako i zbog vođenja pansiona. Nadala se da će je Ed i Medi podržati. Ed će joj, znala je, reći da uradi šta god će je učiniti srećnom, a znala je da je to život u vili.

Tek kada je ugasila svetlo lampe pored kreveta, shvatila je da je, pored silnog izbuđenja, zaboravila da joj Žozet nije odgovorila na pitanje o prosipanju Amelijinog pepela u baštu. Moraće sutra da je pita ponovo.

Sledećeg jutra, Karla je rano ustala i našla Žozet u kuhinji kako pravi kafu. – Da odem po kroasane dok se kafa kuva? – ponudila je.

– Hvala. Nemoj se iznenaditi ako ovog jutra bude tiho u gradu – reče Žozet dok je Karla otvarala vrata. – Prvi maj je Praznik rada, kad zaposleni imaju slobodan dan.

Karla je zastala. – Hoće li onda pekara biti otvorena?

– *Bien sûr*, samo sat vremena, ili dva.

Šetajući ulicama do Žozetine omiljene pekare i nazad, Karla je prošla pored nekoliko štandova na ulici koji su prodavali bukete i

---

[37] Fr.: Naravno. (Prim. prev.)

male saksije đurđevka. Miris je bio divan. Impulsivno je stala i kupila jednu saksiju za Žozet.

Na njeno iznenađenje, kada joj je dala saksiju, Žozet je obrisala suzu. – *Merci*, Karla – sagnula se i poljubila je u obraz. – Puno je vremena prošlo otkad mi je neko dao đurđevak za Prvi maj.

– Pretpostavljam da je to tradicija vezana za današnji praznik? Žozet klimnu glavom. – Svi kupuju bukete đurđevka porodici i voljenima.

Karla se osmehnu tetki. – Divna tradicija.

Posle doručka, Karla se uputila ka vili. Kapije prilaza bile su otvorene kada je stigla i Žoelov kombi je stajao parkiran blizu kuće. Sâm Žoel je bio zauzet raspoređivanjem velikih urni od opeke na terasi.

– *Bonjour*, Žoel – rekla je Karla. – *Žao mi je, je ne parle pas le Français*[38] – rekla je polako i osmehnula se, nadajući se da će je prepoznati zbog kratkog upoznavanja od pre neki dan. Takođe se nadala da joj neće odgovoriti brzim francuskim. Nakratko se zapitala da li bi trebalo da mu kaže za planove za vilu – ne, bolje je da to ostavi za kasnije kada Žozet bude s njom, ona će objasniti na francuskom mnogo bolje nego što bi to Karla mogla da uradi.

– *Bonjour* – rekao je Žoel, gledajući je. – Sama si? Nema Žozet? Nadao sam se da ću moći da porazgovaram s njom.

– Ne, nema Žozet danas. Nisam mislila da ću te naći ovde za vreme praznika – reče Karla. – Dobro govoriš engleski.

– Slobodan dan na mom glavnom poslu znači više vremena za moj sopstveni biznis. Govorim engleski s nekoliko klijenata. Da li ti govoriš francuski?

– Pomalo. Uzimanje časova mi je pri vrhu liste kada se preselim ovamo.

– Doseljavaš se u Francusku?

– Da, živeću ovde – reče Karla.

– Šta, u vili? – kaza Žoel, uzdišući.

Karla klimnu glavom i upitno ga pogleda.

---

[38] Fr.: Ne govorim francuski. (Prim. prev.)

– Nadao sam se da će mi Žozet izdati sobu na nekoliko nedelja pre nego što pronađe nove stanare.

– Oh – reče Karla. – Treba da se seliš?

– Moram da pronađem nov stan – rekao je Žoel. – Moj stanodavac želi da izdaje stan preko leta. Nije uvek lako naći mesto koje mogu da priuštim. Nema veze, *c'est la vie*.[39] Nešto će se pojaviti – uvek tako bude. – Nasmešio joj se pre nego što se okrenuo i nastavio s poslom.

Karla je došetala do ulaznih vrata i ušla. Prvo je otišla u dve sobe u prizemlju, koje je mislila da, za početak, smatra svojim privatnim sobama. Zidovi su bili beli, pločice od terakote prekrivale su pod i francuska vrata umesto prozora su vodila do staze koja je išla duž kuće. Ovde nije morala ništa da ukrašava. Kupatilo je takođe bilo u redu, osim što je bila potrebna nova zavesa za kadu.

Doduše, spavaće sobe na spratu bile su druga priča. Definitivno je trebalo okrečiti ih, kupiti nove prostirke za drvene podove, kao i nove zavese. Dva francuska kreveta sa uzglavljem od borovine bila su dobra, ali kupiće nove dušeke. Potpuno nov krevet bio je potreban za treću spavaću sobu. I puno posteljine. Toaletni stočići, ormari, noćni ormarići, svetla, abažuri, udobne stolice za svaku sobu, poslužavnici s posuđem i priborom za pravljenje čaja. Kupatila u sobama su bila dobra, ali na listu su išli i peškiri i prostirke za kupatilo.

Sledeća je bila kuhinja. Karla je grizla usnu, razmišljajući o svojoj dobro opremljenoj kuhinji kod kuće, dok je gledala prazne radne površine i ormariće. Makar su imali dobar šporet i frižider. Moraće da nabavi ono osnovno, i ostatak da kupuje postepeno. Dovođenje vile u red će potrajati, i očigledno koštati. Takođe, nije bilo verovatno da će biti spremna za goste pre kraja letnje sezone ove godine.

Karla je udahnula duboko. Fokusiraće se na selidbu u Francusku i novi život, čiji deo podrazumeva i pripremanje vile za goste, ali najvažnije je to što će živeti život prema svojim pravilima.

* * *

---

[39] Fr.: To je život. (Prim. prev.)

– Žoel je danas bio u vili – rekla je Karla Žozet dok su sedele u dvorištu, ručajući, pod senkom suncobrana. – Deluje kao fin čovek.

– Jeste – odgovori Žozet.

– Kada sam mu rekla da se uskoro useljavam u vilu, rekao mi je kako je planirao da te zamoli da mu privremeno izdaješ sobu. Mora da se iseli, i trenutno ne može da nađe ništa što mu odgovara.

– Jeste teško ovde, naročito leti – reče Žozet.

– Nisam ništa htela da govorim dok ne popričam s tobom, ali pitala sam se da li bi bilo moguće dozvoliti mu da ostane u vili dok ne pronađe nešto drugo? Ja ću makar nekoliko nedelja putovati kući i vraćati se, tako da bi možda bila dobra ideja da neko živi u vili?

– Ne verujem da bi nas Žoel iskorišćavao, pa zašto da ne? Ako bi mu to pomoglo. Nije imao puno sreće poslednjih nekoliko godina – rekla je Žozet. – Moram priznati da mi se ne sviđa ideja da vila bude prazna previše dugo. Pozvaću ga sutra i reći mu da može da dobije sobu, ako je i dalje želi.

15.

Nekoliko dana kasnije, Karla je bila zauzeta šmirglanjem vrata na spratu kad je čula da se kapije otvaraju i videla Žoela kako parkira svoj kombi ispred vile. Brzo se spustila niza stepenice.

– Žoele, možemo li da popričamo? Da li te je Žozet zvala?

Žoel odmahnu glavom. – Možda i jeste, ali prazan mi je telefon. Jel' se pojavilo nešto što želi da uradim?

– Reč je o tvojoj potrazi za mestom za stanovanje. Obe smo se složile da imaš jednu sobu na raspolaganju dok ne pronađeš nešto drugo.

– Ali šta je s tvojim useljenjem?

– Nekoliko nedelja ću odlaziti i vraćati se iz Engleske, a kada budem ovde, mogu da odsedam kod Žozet. Ove nedelje naručujem tri kreveta. Cenila bih pomoć oko njihovog sastavljanja, ali kada stignu dobrodošao si da se useliš u jednu od soba u prizemlju. Počela sam dekorisanje ostalih spavaćih soba.

Žoel ju je pogledao. – *Vraiment?*[40]

Karla klimnu glavom. – Da, zaista. Moraćemo da se dogovorimo oko male stanarine, ali o tome možemo pričati kasnije.

– To su divne vesti, hvala.

– Moram da te upozorim, vila će neko vreme biti prilično gola. U njoj neće biti više od nameštaja koji je već ovde.

– Nema problema. Drago mi je što ću uopšte imati krov nad glavom. *Pas problème*[41] s pomaganjem oko kreveta – ili bilo čega drugog. Samo vikni – reče Žoel.

Karla je na veseli osmeh koji joj je Žoel uputio uzvratila svojim. Vrativši se na sprat, nije mogla da ne razmišlja o njemu. Da je upoznala

---

[40] Fr.: Zaista? (Prim. prev.)
[41] Fr.: Nema problema. (Prim. prev.)

Žoela negde drugde, nikada ne bi pomislila da je baštovan, iako jeste odisao izvesnom privlačnom seksi energijom. Medi bi sigurno rekla da je u dobroj formi, na više načina. Šmirglajući vrata druge spavaće sobe, pitala se šta li mu se desilo u prošlosti. Možda će joj Žozet reći više ako je pita. Ali, možda i neće. Karla je počela da shvata da Žozet strogo čuva svoje tajne i misli. Tračarenje o svom baštovanu s Karlom, ili bilo kim, nije delovalo kao nešto što bi ona radila.

Dani uoči posete notaru bili su ispunjeni poslom. Stigli su kreveti i dušeci, poručeni preko interneta, i Žoel je sklopio dva za sobe u prizemlju i obećao da će završiti i treći za sobu na spratu čim Karla obavi dekorisanje. Ofarbala je zidove belom bojom, uz tračak žute, nijanse sunčeve svetlosti, a svu drvenariju je ofarbala čisto belom. Za manje od nedelju dana sprat je bio preobražen, i Karla se nadala da će biti spremna da krajem godine širom otvori vrata gostima tokom dugih školskih raspusta.

Dejvid ju je pozvao jedne večeri, pitavši je kako je i kada će se vratiti.

– Dobro sam. Rezervisaću let posle sastanka s notarom. – Nije bilo razloga da mu kaže za preseljenje u Francusku pre nego što se vrati.

Sastanak s notarom, gospodinom Damarkom, dobro je prošao. Kada su završili sa svim formalnostima i kada je sva papirologija bila potpisana u tri primerka, Karla mu je saopštila planove za vilu i ponudio joj je pomoć u vezi s prijavljivanjem i nje i firme kod francuskih vlasti. Bila je to ponuda koju je znala da će prihvatiti sa zahvalnošću kad za to dođe vreme.

Posle toga, Žozet je pošla s njom na veliku pijacu na periferiji grada, gde su provele sate birajući posteljine za krevete, posuđe i hiljadu drugih sitnica s Karlinog spiska. Odlučila je da toaletne stočiće, ormare i drugi nameštaj treba kupiti kada se vrati iz posete Engleskoj. Za trideset šest sati biće u mestu koje je nekad zvala domom, objašnjavajući mužu i ćerki da se njen budući dom nalazi u Antibu. Nije se radovala tome. Naročito zbog Dejvida. Ali ipak, kada to obavi, moći će da se vrati u Antib i počne novi život.

Žoel se useljavao u vilu kada su se Karla i Žozet vratile s pijace i pomogao im je da unesu stvari iz taksija u vilu pre nego što je završio sa istovarivanjem svojih stvari iz kombija.

– Vidimo se u kući – reče Žozet. – Jel' može pica za večeru?

– Zvuči super – odgovorila Karla. – Vidimo se kasnije.

Izvukavši dva paketa iz gomile stvari koje su čekale da budu porazmeštene u kuhinji, Karla je prošla kroz dnevnu sobu do malog hodnika koji je vodio do spavaćih soba u prizemlju. Vrata Žoelove sobe bila su otvorena i osmehnuo se kad ju je video.

– Jesi li siguran da će ti biti dobro ovde? Izvini što nema više nameštaja od kreveta. Kupila sam stalak za odeću i viseće police za odlaganje garderobe danas – pružila ih je Žoelu.

– Hvala. Planirao sam sve da držim u koferu, ali uz ovo će mi život sigurno biti lakši.

Karla je primetila prevrnutu drvenu kutiju pored kreveta na kojoj su bile lampa i uramljena fotografija nasmejane mlade žene. – Naći ću ti krpu kojom možeš da pređeš preko toga. Baš lepa mlada dama – rekla je gledajući u Žoela, pitajući se ko je ona, ali ne želeći da ga pita.

– To je Tamara, moja sestra.

– Živi u Francuskoj?

Žoel odmahnu glavom. – Ne, živela je u Sjedinjenim Državama pre nego što je umrla.

– Tako mi je žao – rekla je Karla. – Nisam želela da zabadam nos. – Možda je na ovo Žozet mislila kada je rekla da Žoelu nije bilo lako u poslednje vreme?

– Znam da nisi. Bolje je da počnem da sklapam stalak – odgovori Žoel.

– Bolje i da se ja vratim raspoređivanju stvari koje sam kupila – reče Karla, nadajući se da ga nije uznemirila. Očito je jako voleo svoju sestru.

Sledeće večeri, poslednje uoči povratka u Englesku, Karla je pozvala Žozet, Gordona i, naravno, Žoela, na piće i grickalice u vili.

Činilo joj se da je Žozet nevoljno prihvatila poziv. Šampanjac je bio u frižideru, komadići lososa, veliki izbor paradajza punjenog raznim stvarima, orasi i čips bili su poređani na radnoj površini u kuhinji. Poslušala je Žozetin savet o odlasku do zanatlijskog štanda na pijaci po grickalice. Inače bi Karla sama pripremila hranu, ali kuhinja još nije bila u funkciji prema bilo kom značenju te reči. U njoj su bili samo čajnik i mikrotalasna, čaše, šolje, posuđe i pribor za jelo, ali još nije kupila pribor za pečenje i sastojke. Ostalo je još toliko stvari koje mora uraditi kada se vrati.

Francuska vrata u dnevnoj sobi bila su otvorena i, čekajući da Gordon i Žozet stignu, Karla je izašla na terasu. Tiha muzika je dopirala iz Žoelove sobe, ulepšavajući divno veče na jugu Francuske, savršeno za sedenje i opuštanje u bašti. Samo što to nisu mogli da rade, shvatila je. Nije bilo nameštaja za sedenje. Karla je rekla sebi da doda nameštaj za baštu na svoj spisak, koji nije postajao nimalo kraći. Večeras će morati da stoje napolju ili da sede unutra.

Okrenula se kad se Žoel pojavio pored nje. – Bašta je pravi dokaz tvog napornog rada. Prelepa je. Mnogo mi se sviđa boja one bugenvilije sa zadnje strane bašte – skoro pa je ljubičasta. I kako se zove ono visoko žbunje s plavim cvetom pored kamenja?

– Plumbago.

– Mislim da bi lepo izgledale lampice oko njega. I sveće u posudama ovde na terasi.

– Ali *peut-être* ne previše lampica, jer mogu da zbune insekte.

– Nisam to znala. Onda ću se držati sveća – reče Karla, gledajući oko sebe. – Ne mogu da verujem da ću živeti u kući u čijoj bašti rastu limun i narandže. To je kao ostvarenje snova. Ah, čujem Žozet i Gordona. Vreme je da sipamo piće.

Žoel joj je otvorio flašu šampanjca, a ona je dodavala čaše. Karla podiže čašu ka Žozet. – Hvala ti, tant Žozet, što si pristala da mi dozvoliš da započnem svoj novi život u *Vili Mimoza*, i stoga želim da nazdravim za porodicu i za nove početke.

– Za porodicu i nove početke – ponovili su svi.

Gordon je jedini primetio da je Žozet izostavila reč porodica i nazdravila samo za nove početke.

16.

Padala je kiša kada je Karla sletela na englesko tlo, što je dodatno pogoršalo njeno već loše raspoloženje. Uzdahnula je dok je avion uzletao sa aerodroma u Nici. Znajući šta je čeka sledećih nekoliko dana, sve bi dala da ne mora da se vrati u Englesku. Juče je poslala imejl Dejvidu kako bi mu rekla da se vraća i da će se videti uveče. Uzdržala se da mu ne kaže kako moraju ponovo da razgovaraju jer je znala da je neće razumeti i da će pomisliti da se predomislila u vezi s razvodom. Bilo je lakše sačekati dok se ne vide.

Takođe je poslala imejl Medi, i pozvala je na večeru. Tako će moći oboma da kaže svoje uzbudljive nove planove dok budu jeli.

Na njeno olakšanje, Dejvid nije bio kod kuće kada je stigla. Odnela je kofer u gostinsku sobu pre nego što je sišla dole da napravi šolju čaja. Na papiriću na kuhinjskom stolu napisao joj je da će se vratiti kući oko sedam i da će doneti kinesku hranu za sve. Onda je razgovor bio odložen još nekoliko sati. Imala je dovoljno vremena da obavi nekoliko telefonskih poziva sa agentom za nekretnine i advokatom.

Razgovor sa agentom za nekretnine je dobro prošao. Ugovori za kuću broj 29 bili su razmenjeni i za oko tri nedelje sve će biti završeno. Doduše, nakon razgovora sa advokatom u vezi s razvodom Karla je bila ljuta. Izgleda da je Dejvid usporavao sve procese, ali najviše nagodbu u vezi s finansijama. Možda će, kada večeras čuje vesti, konačno shvatiti da je odlaganje stvari u nadi da će se ona predomisiti traćenje vremena svima koji su umešani.

Medi i Dejvid su stigli u razmaku od nekoliko minuta. Karla je uzvratila Medin zagrljaj i prihvatila Dejvidov poljubac u obraz. Kada je Dejvid otišao na sprat da se presvuče, ostavivši njih dve da rasporede hranu, Medi je šapnula mami:

– Ne pominji Sema večeras.

– Zašto? Niste raskinuli, zar ne?

– Ne, naravno da nismo. Samo nisam još rekla tati za njega. – Medi pogleda Karlu. – Shvataš da se tata i dalje nada da ćeš se predomisliti u vezi s razvodom?

– Pa, moraće da prihvati razvod kad čuje moje vesti.

Medi ju je upitno pogledala.

– Kasnije.

Karla je sipala crveno vino koje je ranije otvorila i pružila čašu Medi.

– Nadam se da si i meni sipala čašu – reče Dejvid, ulazeći tad u kuhinju. – Dobro bi mi došlo piće nakon današnjeg dana.

Karla mu dodade čašu. – Hajde da jedemo.

– Pa, kako je bilo u Francuskoj? – rekao je Dejvid, poslušivši se slatko-kiselim rolnicama i pikantnim pirinčem. – Jesi li sada zvanično vlasnik polovine vile u Antibu? Radujem se što ćeš mi je uskoro pokazati. Mislio sam da odemo na produženi vikend kasnije tokom meseca.

– Dejvide, koji deo reči razvod ti nije jasan? – Karla reče tiho pre nego što je duboko udahnula. – Da, sada zvanično posedujem polovinu porodične vile s tant Žozet. I moje važne vesti su – odlučila sam da se preselim u Francusku, pa sam se dogovorila sa Žozet da živim u vili i – kad-tad – da ću je pretvoriti u pansion.

Njene reči je progutala potpuna tišina. Medi je prva progovorila.

– Hoćeš da kažeš da se seliš u Antib? Ne možeš tek tako da se pokupiš i odeš. Šta je s nama?

– Nama?

– Sa mnom i sa Edom.

– Vi ste odrasli ljudi koji žive svoj živote onako kako žele – reče Karla. – Teško da će bilo ko od vas ponovo živeti ovde. Osim toga, oboje znate da je moj dom i vaš dom, gde god to bilo.

– Ali neće biti ovde gde smo odrasli – žalila se Medi.

– To je tačno, ali uvek ćete imati uspomene. *Vila Mimoza* je predivna stara kuća s puno soba, a da ne pominjem bazen. Znam da ćete voleti moj novi dom isto koliko ga i ja već volim – rekla je Karla, dodajući veselost svom glasu.

Medi se okrenula prema ocu, koji je, popivši čašu i sipavši još, gurkao pikantni pirinač po tanjiru. – Kako to da si toliko ćutljiv, tata. Za sve ovo si ti kriv. Da nisi imao aferu sa onom droljom Lisom, ništa od ovoga se ne bi desilo.

– Zapravo, mislim da to nije potpuno tačno. Velike su šanse da bi se to svakako desilo – rekla je Karla. – Mislim da bi se tata složio da je naš brak bio u lošem stanju već neko vreme. Njegova poslednja afera bila je samo katalizator. – Molećivo je pogledala ka Dejvidu. – Sigurna sam da smo dovoljno odrasli da se ponašamo civilizovano. Čak i kada razvod bude gotov, tata i ja ćemo uvek biti tu za tebe i Eda.

– U različitim zemljama! – reče Medi, odgurnuvši stolicu i ustavši. – Odlazim. Obećala sam da ću se videti sa S... nekim. Zvaću te sutra, mama, kada mi se stvari malo slegnu. Ćao, tata.

Dejvid je ustuknuo kada su se ulazna vrata zalupila za njom. Jedan minut su sedeli u tišini pre nego što je Karla progovorila.

– Dakle, bićemo civilizovani, zar ne, Dejvide?

– Znam da sam bio prokleta budala, ali voleo bih da razmisliš o tome da pokušamo ponovo. Ne? U redu onda – umorno klimnu glavom Dejvid. – Bićemo civilizovani.

– Dobro. Pričala sam sa advokatom i rekao je da odugovlačiš sa stvarima, naročito s nagodbom o finansijama.

– Da, pa, nadao sam se... pozvaću advokata ujutru i ubrzati stvari.

– Uradi to. Reći će ti nekoliko stvari koje sam rekla svom advokatu da ti predloži. Postoji nekoliko uslova vezanih za ono što sam mu rekla da predloži, ali složio se da su fer. – Karla ustade. – Odoh u krevet, bio je ovo dug dan. Vidimo se sutra. Oh, umalo da zaboravim. Vratila sam ogrlicu u kutiju u tvojoj sobi. Laku noć.

– Laku noć – reče Dejvid, ne gledajući je dok je sebi sipao ostatak vina u čašu.

Sledećeg jutra, Karla je ostala u sobi dok nije čula Dejvida kako odlazi na posao. Imala je nekoliko dana ozbiljnog posla pred sobom. Bilo je toliko toga što treba organizovati radi preseljenja u drugu državu. Takođe je morala da pozove Medi kako bi proverila da li je i dalje uznemirena posle sinoćne večeri. Posle doručka je uzela telefon i pozvala Žozet.

Stojeći i gledajući kroz prozor u pljusak, čekajući da se Žozet javi, Karla je sa žudnjom razmišljala o sunčevoj svetlosti, na koju bi se Žozet sigurno žalila, govoreći kako je previše toplo i previše rano za nju. Karla se pak radovala uživanju u pravom letu s puno sunca. Zaista je jedva čekala da se vrati.

17.

Žozet je ispravila nekoliko uramljenih fotografija koje je okačila u privatnosti svoje spavaće sobe. Bile su to fotografije koje su predstavljale poslednjih pedeset godina njenog života i one na koje je bila ponosna što ih je uslikala. Osećala bi se kao da se hvali da ih je okačila negde drugde, a Žozet nije volela da se hvali. Staviti ih negde izložene pogledima posetilaca značilo bi potaknuti pitanja o njenoj prošlosti. Pitanja na koja Žozet radije ne bi odgovarala.

Fotografije su većinom bile crno-bele, uslikala ih je svuda po Evropi tokom poslednjih pedeset godina. Teme fotografija bile su različite, od male dece do starih žena, od luksuznih građevina do bombardovanih ulica u ratnim zonama, od mase sveta do usamljene figure u pejzažu. Neke su osvojile nagrade.

Dok se spremala da se vidi s Gordonom za izlazak preko dana, pogled joj je, kao i uvek, privukla jedna fotografija. Malo dete, ne starije od dve godine, raširenih ruku kako bi ga otac podigao. Kamera je uhvatila očev pogled čiste, nepatvorene ljubavi dok se saginjao ka detetu. To joj je uvek bila jedna od omiljenih fotografija. Žozet zatvori oči kada ju je poznati nalet tuge, koju je osetila onog dana kada je shvatila kako je život jednog čoveka uništen zbog gubitka te jednostavne bezuslovne ljubavi, ponovo obuzeo.

Uzela je tašnu, maramu i slameni šešir, a ruka joj se zadržala na foto-aparatu na komodi, gde je sunčeva svetlost koja je ulazila naglasila čestice prašine skupljene na poklopcu. Nekada je *nikon* foto-aparat bio obavezan svakodnevni detalj, ali poslednjih nekoliko meseci želja za fotografisanjem joj se ugasila. Danas je, doduše, prisustvo zapostavljenog foto-aparata uzbrkalo kako uspomene tako i osećaj tuge zbog onoga čega se odrekla.

Možda je bilo vreme da obriše prašinu s foto-aparata, ali ne danas. Gordon joj je obećao zabavan dan i išli su u Monako. Ako ne bude pažljiva, zakasniće na stanicu na kojoj treba da se nađe. Žozet potrča niza stepenice i iz kuće, zalupivši vratima za sobom.

– Izvini, jel' kasnim? – rekla je kada ju je pozdravio uobičajenim poljupcem u obraz. – Moraćemo da požurimo da uzmemo karte.

– Danas nam nisu potrebne karte. Pođi sa mnom. – I Gordon ju je uhvatio za ruku i poveo u pravcu belog MG sportskog kabrioleta parkiranog u blizini. – Mislio sam da danas putujemo sa stilom – rekao je, okrenuvši se i otvorivši joj suvozačka vrata. – Ako bi madam sela.

Žozet je uradila kako joj je rečeno, vezala pojas i sačekala da Gordon učini isto. – Nisam znala da imaš auto?

– Iznajmio sam ovog lepotana samo za danas – reče Gordon. – Možemo da se pretvaramo da smo ponovo mladi i da možemo da priuštimo zabavan auto. Ići ćemo putem uz obalu, mislim – kazao je, pritisnuvši dugme za start. – Monako, stižemo.

Žozet je stavila naočare za sunce i skinula šešir pre nego što je vetar uspeo da joj ga oduva s glave dok je Gordon brzo i vešto vozio auto-putem. Mali talasi plavog Sredozemnog mora s njihove desne strane skakutali su na sunčevoj svetlosti, zapljuskujući šljunkovitu plažu. Na nebu, avioni koji su sletali na aerodrom u Nici putovali su brže linijom paralelnom sa obalom pre nego što bi nestajali iz vida kako bi nežno sleteli na pistu.

Koliko juče je Karla otišla jednim od tih aviona, leteći u suprotnom smeru. Već joj je nedostajala. Telefonski poziv rano jutros bio je neočekivano iznenađenje. Uzdahnula je i osetila da je Gordon bacio pogled ka njoj.

– Karla me je jutros zvala kako bi proverila da li sam dobro. Zar to nije lepo od nje? Stvari lepo napreduju ka njenoj selidbi u *Vilu Mimoza*.

– To je dobro – rekao je Gordon.

– Nisam toliko sigurna – uzdahnu Žozet. – Nisam navikla na to da imam porodicu. Sve što sam želela od dana kada smo Amelija i ja nasledile to mesto jeste da ga prodamo i da završim s tim delom svog života. Sada kad se konačno pojavila prilika za to, popustila sam i pristala da se Karla ne samo preseli u *Vilu Mimoza* već i da vodi pansion u budućnosti.

– Zašto si toliko očajnički želela da zatvoriš to poglavlje svog života? – pitao je Gordon.

– Imam neke loše uspomene na to mesto.

– Nema onih srećnih?

– Verovatno sam za to sama kriva, ali one loše su tokom godina izgurale iz moje glave one dobre – reče Žozet.

– Meni je to delovalo kao srećno mesto kada smo bili tamo pre neko veče. I bašta je divna. Mislim da će Karli taj posao uspeti i da ćeš za nekoliko meseci shvatiti koliko ti se sviđa da imaš porodicu u blizini.

– Možda. Imati najbližu porodicu u blizini nešto je što sam prihvatila da nikada neću imati zbog svađe sa Amelijom. U svakom slučaju – dodala je odlučno – danas neću razmišljati o onome što budućnost nosi. Uživaću u zabavnom danu koji si mi obećao.

Žozet se ispravila i naslonila u sedištu. Fraza koju bi njena majka upotrebila – „obrisati paučinu“ – pala joj je na pamet koji minut kasnije, dok je auto jurio, gutajući kilometre, a okrepljujući vetar joj duvao oko glave.

– Obožavam ovaj auto. Volela bih da sam imala sličan kad sam bila mlada – rekla je Žozet. – Godinama nisam išla ovim putem. Uvek smo u Monako išli vozom. Bilo je lakše.

– Smo? I zašto?

– Amelija i ja. Zato što se naš otac slagao s rečima Somerseta Moma: „To je sumnjivo mesto za sumnjive ljude“, i nije nam dozvoljavao da dolazimo. Išle smo krišom. – Bacila je pogled na Gordona. – Jel' dobro poznaješ Monako?

– U prošlom životu sam bio redovni posetilac. Zamalo sam ovde kupio stan. – Slegnuo je ramenima. – Mnogo se promenio od tada. Ali i dalje ima određen *je ne sais quois*.[42]

---

[42] Fr.: Ne znam ni ja šta. (Prim. prev.)

Gordon je retko pominjao svoju prošlost i Žozet je čekala, nadajući se da će objasniti svoje komentare. Kada to nije uradio, rekla je: – Život je čudan, zar ne? Promene kojih smo svesni čak podstičemo, i neke od njih prihvatamo. Onda deset, dvadeset godina prođe i shvatiš da su neke od tih promena imale nevidljivi domino efekat na druge stvari, i proživeo si potpuno drugačiji život a da skoro nisi ni primetio. Onaj u kome si zaboravio na svoje snove.

– To je tužno razmišljanje – reče Gordon tiho. – Znaš, nikada nije kasno imati snove.

– Možda nije, ali njihovo pretvaranje u stvarnost može biti korak predaleko i prekasno. *C'est la vie.*

Gordon, koji se skoncentrisao na preticanje kamiona, nije odgovorio.

– Reci mi šta si isplanirao za danas? – upita Žozet kada su bezbedno prošli.

– Nakon što parkiramo auto, mislio sam da prošetamo gradom i počnemo s kafom u *Pariskom kafeu*, onda da posetimo kazino, gde ćemo igrati na slot-mašinama. Posle toga se nadam da ćemo se vratiti i da će se ostvariti moj plan o ručku u *Automobilskom klubu*. Kao što pretpostavljaš, biće mnogo hodanja između ovih aktivnosti.

– To je u redu. *J'adore me promener*[43] po kneževini. Uvek ima nešto, ili neko, da se vidi.

Ostavivši auto u podzemnoj garaži na keju, njih dvoje su se šetali duž široke luke, pešačili uzbrdo pored Pozorišta princeze Grejs, duž Avenije Monte Karlo s dizajnerskim radnjama i do Trga Kazino. Kada su utonuli u stolice na terasi kafića *Pariskog kafea*, oboje su bili zreli za kafom koja će ih povratiti.

Čekajući da kafa stigne, Žozet je sa osmehom posmatrala prizor ispred sebe. Mnoštvo turista, pod budnim okom uniformisanog čuvara, poziralo je za fotografije što bliže luksuznim automobilima parkiranim ispred kazina. Svuda oko njih se čuo žamor stranih jezika: japanskog, holandskog, engleskog, ruskog, italijanskog i, naravno, francuskog jezika.

Konobar je stavio njenu kafu na sto. – *Merci.*

---

[43] Fr.: Obožavam da se šetam. (Prim. prev.)

– Amelija i ja smo obožavale da dolazimo ovde kad smo bile tinejdžerke – rekla je Žozet. – Pravile smo se da smo poznate ličnosti, pričale glasno, kikotale se zbog nečega što se desilo „na setu" i nadmeno ignorisale sve oko sebe. Naravno, u realnosti niko nije bio nimalo zainteresovan za nas. *C'etait amusant quand même.*[44] – Otpila je malo kafe, svesna Gordonovog pogleda. – Ovde sam uslikala jednu od svojih zloglasnijih fotografija.

– Zloglasnijih u smislu fotografija poznatih ličnosti koje se ružno ponašaju?

Žozet klimnu glavom. – Bila je to fotografija velike svađe među Bartonovima na stepenicama kazina – reče Žozet. – Imala sam sreće što su paparaci koji su se tuda muvali uglavnom jurili za Renijeom i Grejs. Ta fotografija mi je zaradila nekoliko evra tokom godina.

– Nikada te nisam video s foto-aparatom u ruci. Zar ti ne nedostaje fotografisanje u poslednje vreme? Čisto za sebe.

Pre nego što je Žozet mogla da odgovori, Gordonov telefon je bipnuo dolaznu poruku, i trenutak je prošao.

Čitajući poruku, Gordon je napravio grimasu.

– Žao mi je, ništa od ručka u *Automobilskom klubu*. Nema veze. Znam jedan dobar restoran u Ulici princeze Karoline. Hajde, vreme je najpre da se kockamo na slot-mašinama.

Žozet i Gordon su odlučili da je broj žetona u vrednosti od dvadeset pet evra dovoljno da se zabave, i pridružili su se masi u prostoriji sa slot-mašinama. Žozet je neko vreme lutala okolo, gledajući ljude i pokušavajući da shvati kako se barata tim modernim elektronskim uređajima. – Volela bih da i dalje imaju starinske modele – rekla je, zastavši da posmatra Gordona. – Znala sam kako da igram na njima. Sva ova trepćuća svetla me zbunjuju.

– Samo izaberi jednu i navali – odgovorio je. – Ubrzo ćeš se uigrati. Ako ne, ionako se kockaš s malom sumom novca.

I tako je navalila, kao što joj je rekao, i udvostručila novac u prvoj igri, posle čega se navukla. Kada ju je Gordon potapšao po ramenu pola sata kasnije, rekavši da je vreme da se vrate do keja i pronađu restoran, nasmešila mu se.

---

[44] Fr.: Svejedno bilo je zabavno. (Prim. prev.)

– Ovo je bilo baš zabavno – rekla je Žozet. – I iako nisam baš finansijski ojadila Monte Karlo, ipak sam vratila svojih početnih dvadeset pet evra.

– U tom slučaju, možeš kasnije da kupiš tortu koju ćemo poneti kući i jesti uz čaj.

– Dogovoreno – reče Žozet, smejući se.

18.

Bila je nedelja uveče kada je Medi odvezla Karlu na aerodrom. Neobično klonula Medi.

– Ostani da popiješ kafu sa mnom? – rekla je Karla. – Prvo ću da čekiram prtljag. Onda imam još makar pola sata pre prolaska kroz bezbednosnu kontrolu.

– U redu. Idem da je poručim. Uvek je veliki red – reče Medi i ode.

Kada joj se Karla pridružila deset minuta kasnije, Medi je brisala suze.

– Volela bih da ne radiš ovo, mama.

Karla uzdahnu. – Medi, znaš zašto to radim. Zar ne možeš samo da mi poželiš sreću u novom životu? Novom životu koji i dalje uključuje tebe. Sada postoji *Skajp*. Možemo da se čujemo i vidimo svakog dana ako želiš. Osim toga, deli nas samo let od dva sata. – Kad Medi nije odgovorila, Karla je uzdahnula. – Dušo, zar ne misliš da se ponašaš sebično? Ti si samostalna mlada žena s karijerom i životom pred sobom. Takođe imaš i Sema.

– I on kaže da se ponašam sebično. – Medi ju je pogledala. – Sve se tako brzo desilo. Baka je umrla. Tatina afera. Razvod. Tvoj odlazak. Osećam se kao da se ceo moj svet odjednom promenio.

– Zamisli kako je meni – reče tiho Karla.

– Žao mi je, mama. Stvarno se nadam da će ti taj novi život uspeti. Zaslužila si to.

– Hoće. Već se radujem tvojoj i Semovoj poseti. Kako je Sem? Žao mi je što se nisam pozdravila s njim.

Medi se osmehnula. – Dobro je. Rekao mi je da ti prenesem pozdrave i da ti želi sve najbolje.

– Jesi li ga upoznala s tatom? Ili uopšte rekla tati za Sema?

– Nisam. Tajming je bio loš. Ali hoću uskoro. Sem, iz nekog razloga, jako želi da ga upozna. Skoro onoliko koliko želi da ja upoznam njegove roditelje.

– To zvuči ozbiljno. – Karla upitno pogleda Medi. – Jel' jeste?

– Mislim da jeste. Osećam se kao da on može biti onaj pravi. Ne brini, ti ćeš prva čuti vesti, ako ih bude.

Karla pogleda u sat. – Treba da se spremim za ukrcavanje. – Zajedno su išle do ulaza za bezbednosnu kontrolu. Karla čvrsto zagrli Medi. – Ne brini, sve će biti u redu. Obećavaš da ćeš mi uskoro doći u posetu?

Medi klimnu glavom, ne mogavši da progovori a da joj ne pođu suze, kada se Karla okrenula i nestala joj iz vidokruga.

Karla je takođe bila na ivici suza kada je vezala pojas na sedištu, ali kada je avion počeo da se kreće po pisti raspoloženje joj se popravilo. Za manje od dva sata, kad ponovo zakorači na francusko tlo, počeće njen novi život. Život u kome će moći da zaboravi nedavne bolne događaje, gurne ih negde duboko i sama odluči koji će put slediti u budućnosti. Bila je odlučna u tome da joj ništa ne pokvari ovu francusku avanturu. Uradiće šta god bude potrebno kako bi *Vila Mimoza* i njen život u Francuskoj bili uspešni. Neće dozvoliti da joj išta iz prošlosti pokvari planove.

DRUGI DEO

19.

Bilo je osam sati uveče kad je Karla plutala na leđima u bazenu, isplivavši petnaest krugova. Živela je u vili već dve nedelje i počinjala je da biva sve srećnija u svom novom domu. Prošle nedelje je kombi isporučio nekoliko komada nameštaja koje je tražila od Dejvida iz bračnog doma, kao i ostatak odeće i drugih ličnih stvari. U retkom trenutku velikodušnosti, Dejvid joj je rekao da i iz kuhinje uzme šta god želi, osim aparata za kafu, pa je tako i uradila. Sve njene omiljene stvari za kuhinju – mikser, tiganji od bakra, poslužavnici za torte, mašina za pastu i puno malog posuđa – sada su bile u njenoj novoj kuhinji. Pored novog automatskog aparata za kafu. Uživala je koristeći sve to u svojoj novoj avanturi.

Svakodnevna rutina ovde u Francuskoj potpuno se razlikovala od života koji je ostavila za sobom u Engleskoj. Kupovina na pijaci, pronalaženje novih omiljenih radnji, šetanje obalom mora, plivanje svakog dana. Postepeno se i upoznavala s ljudima – susedi s jedne strane su joj stavili poruku za dobrodošlicu u sanduče i pozvali je na piće kada se smesti. Za sada je jedino razočaranje bilo to što nije pronašla dostupne časove francuskog. Nije kao da se previše potrudila oko toga, bilo je još toliko toga da se obavi.

U dve spavaće sobe na spratu i u dnevnom boravku je i dalje falilo nameštaja, ali postepeno je pronalazila ono što joj je trebalo, bilo u lokalnim prodavnicama ili preko interneta. Takođe je otkrila čari francuskog pandana buvljačke i garažne prodaje polovnih stvari, *vide greniers*, kada joj je Žoel prošle nedelje rekao za jednu u obližnjem Golf Žuanu. Zahvaljujući njemu, na terasi su sada bili veliki sto od kovanog gvožđa i šest stolica sa udobnim jastucima.

U početku je bilo neobično živeti u kući i deliti kuhinju sa Žoelom. Odvojeni život u istoj kući – bio je to isti dogovor koji je predložila Dejvidu. Karla je sumnjala da to s njim ne bi tako dobro išlo, ali sa Žoelom jeste, verovatno zato što nikada nisu bili par i zaista jesu vodili svako svoj život. Bio je dobar sustanar, i Karla je znala da će joj nedostajati kad pronađe nov stan i iseli se.

Dejvid je dva puta zvao kako bi rekao da je pristao na sve kod advokata i da je razvod sada u toku, bez daljih prigovora s njegove strane. Razgovor je bio usiljen i kratak, ali makar su se ponašali civilizovano jedno prema drugom.

Medi je nekoliko puta zvala preko *Skajpa*, i ona i Sem će sledećeg vikenda doći na nekoliko dana. Medi, koja nikada nije upoznala svoju baba-tetku Žozet, zvučala je uzbuđeno i rekla da se raduje što će konačno upoznati bakinu sestru. Karla je ipak, iz nekog razloga, sumnjala u to da se Žozet oseća isto. Kada joj je Karla rekla da Medi i Sem dolaze u posetu, reagovala je s vrlo malo entuzijazma. Žozet je delovala nesigurno, čak zabrinuto, na pomisao o upoznavanju Medi, što je možda bilo razumljivo. Nije kao da je Medi beba koju rodbina treba da nosa naokolo i tepa joj. To je trebalo da se desi pre mnogo godina.

Okrenuvši se na stomak, Karla otpliva ka stepenicama. Izašavši iz bazena i umotavši se u veliki peškir, počela je da razmišlja o Žozet. Karlin san o konačnom zbližavanju s tetkom i provođenju vremena s njom nije uspeo da se ostvari. Otkad se uselila u vilu, činilo joj se kao da se Žozet udaljila, namerno podigavši zid između njih. Žarko je želela da joj pokaže koliko je vila sada drugačija. Nekoliko puta ju je pozvala na ručak, ili na kafu, čak i na plivanje sad kada je bilo toplo vreme, ali Žozet je sve pozive odbila bez ikakvog razloga, koliko je Karla mogla da primeti.

S druge strane, Žozet je uvek delovala srećno što je vidi kada bi svratila do njene kuće i rado je sedela s njom uz kafu ili čašu hladnog rozea, ili prošetala s njom duž bedema. Karla je počinjala da sumnja kako je sama vila problem. Znajući da je Žozet planirala da je proda i da joj je nerado dala pristanak da je izdaje, Karla je bivala sve više ubeđena da je pravi problem u Žozetinim uspomenama, koje je sprečavaju da stvori one nove, srećnije. Morala je nešto da uradi. Šta tačno, Karla je trebalo da smisli. Onog vikenda kada

Medi i Sem dođu biće Amelijin i Žozetin rođendan, prvi otkad je Amelija umrla. Ni sama Karla se nije radovala tom danu. Možda bi pomoglo slavlje sa Žozet i zajednički odlazak negde na ručak.

Nakon što se istuširala i obukla pamučnu haljinu, Karla je uzela flašu vina, kesicu čipsa i dve čaše i odnela ih na terasu. Žoel još nije stigao kući, ali uvek joj se rado pridruživao na piću pred spavanje. Zapravo, večernje sedenje na terasi postajalo je njihov ritual.

Slepi miševi su na slaboj svetlosti lepršali oko žbuna u dnu bašte kad je Karla čula da se otvara kapija. Nasmešila se Žoelu kada se pojavio na stazi uz kuću. Žoelu koji joj nije istog trenutka uzvratio osmeh i koji je očigledno bio uznemiren zbog nečega.

– Jesi li dobro? – upita Karla. – Jel' se nešto desilo?

Klimnuo je glavom. – Dobro sam ali... radim u Kapu. Grupa nas sređuje baštu za nekog ruskog milijardera. – Zastao je. – Jedan od baštovana je pronašao ovog prestrašenog mališu ispod žbuna. Pretpostavlja da mu je majku neko pregazio pre nekoliko dana. Rekao je da će ga se otarasiti, kao što je uradio sa ostalima, ako ga ne uzmem. Nisam mogao to da dozvolim. – Dok je govorio, Žoel je nežno stavio ruku u džep prsluka i izvadio braon-belo mače širom otvorenih očiju. – Nadam se da voliš mačiće?

Karla ispruži ruke ka njemu. – Jao, jadničak mali. – Mače joj se ugnezdilo u rukama dok ga je privijala uza se. – Kost i koža je. Sigurno umire od gladi.

– Ako ne želiš da ga zadržiš, odvešću ga sutra u azil – rekao je Žoel.

– Ne, nećeš. On je samo beba. Nisam dugo imala mačku – muž mi je bio alergičan. Više sam nego srećna da pružim ovom mališi stalan dom.

Žoel se osmehnuo. – Nadao sam se da ćeš to reći. Svratio sam do veterinara i supermarketa na putu ka kući i kupio hranu i ostalo.

– Hajde onda, idemo da mu damo malo hrane i tečnosti, i da ga smestimo u kuhinji za večeras – reče Karla.

Dvadeset minuta kasnije, mače se, nakon što je jelo, pilo i primilo puno zagrljaja od Karle, rado šćućurilo u maloj kartonskoj kutiji koju je Žoel napunio jednom od svojih starih majica za posao.

Karla je na terasi sipala ostatak vina u Žoelovu čašu dok je on jeo čips.

– Kako ćemo li ga nazvati? – pitala je Karla. – Imaš li neku ideju?

Žoel odmahnu glavom. – Savršeno ime će se samo pojaviti kada se on smesti i bolje nas upozna. Hoće – rekao je, smejući se Karlinom pogledu punom neverice. – Videćeš.

20.

Od onog dana u Monaku s Gordonom, Žozet je shvatila da sve više i više razmišlja o fotografisanju kao hobiju u ovom periodu svog života. Nedostajalo joj je uzbuđenje nakon što uhvati suštinu prizora ili osobe na fotografiji, i sve više ju je privlačila ideja da ponovo uzme aparat u ruke. Mogla bi da fotografiše samo radi svog zadovoljstva. Ali nikako selfije, kao što to danas rade svi ostali.

Obrisala je prašinu sa svog *nikon* foto-aparata, čak je kupila nekoliko rolni filma, i ubacila jednu od njih u aparat, no zasad ga nije nosila sa sobom kad izlazi. Ali uskoro hoće.

U međuvremenu, morala je da pregleda koverte s fotografijama koje su ona i Karla nakratko gledale pre nekoliko nedelja. Želela je da ih upakuje i pripremi za vraćanje Karli kad sledeći put dođe u posetu. Bolje je da ih Karla čuva nego ona. Potisnula je misao: *mogla bi da ih uzmeš i odneseš u vilu da joj ih daš kad god poželiš.*

Otvorivši jednu od koverti, videla je da je fotografija nje i Marija u Siketu i dalje bila na vrhu gomile. Možda će nju zadržati. Uramiti je i staviti u spavaću sobu. Sanjati o onome što je moglo biti. Ne, neće to uraditi. Taj konkretni san odavno je nestao. Žozet je ostavila fotografiju sa strane. Naći će ram za nju i prosto čuvati srećne uspomene koje je budila.

Žozet je listala fotografije, zastavši da pogleda sliku Amelije i Roberta koji stoje ispred vile, s Karlom između sebe. Shvatila je da ju je upravo ona uslikala kad je došla u zlosrećnu posetu zbog majčine sahrane. Sećala se kako se Amelija ponašala čudno tokom te trodnevne posete i posmatrala je s neobičnim pogledom u očima. Kada su kretale na aerodrom, Amelija ju je zgrabila za ruku i rekla: – Ne želim više da imam veze s tobom. Od sada se kloni moje porodice.

Žozet je zurila u nju. – Amelija, šta je bilo? Šta sam uradila?

– Znaš ti šta si uradila i, što se mene tiče, nisi više deo moje porodice i ne želim nikada više da te vidim.

Potom ju je Robert povukao za ruku, uputio Žozet izvinjavajući pogled, slegnuo ramenima i rekao Ameliji da uđe u taksi s Karlom.

Žozet je sledećeg dana pozvala Roberta dok je bio na poslu, ali on nije mogao da nađe razlog za Amelijino ponašanje.

– Stvarno mi je žao, Žozet. Pokušao sam sinoć da razgovaram s njom, ali rekla je da je s tim gotovo i da ne želi da razgovara o tome.

– Misliš li da ponovo doživljala nervni slom? Jel' ponovo depresivna? – upitala je tiho Žozet.

– Ne. Stalno govori o nečemu što se desilo u prošlosti i odlučna je u tome da ne želi više da ima veze s tobom.

Sav kontakt s njenom bliznakinjom iznenada je i neobjašnjivo prekinut tog dana. Robert je bio primoran da služi kao mrzovoljni posrednik između sestara kad god se diskutovalo o *Vili Mimoza*. Povređena i zbunjena zbog toga što ju je bliznakinja odbacila, Žozet se okrenula poslu, prihvatajući daleke projekte koje bi inače odbijala. Pre nego što je to shvatila, postala je honorarni fotograf nomad, bez pravih korena i bez mogućnosti da bilo gde dugo ostane. Povratak u Antib pre malo više od godinu dana, kako bi preuzela nasleđe i skrasila se, delovao je kao prava odluka u to vreme, ali sada nije bila sigurna u to.

Činjenica da Karla sada živi u *Vili Mimoza* zakomplikovala je stvari. Tokom svih godina izdavanja vile otkad su je ona i Amelija nasledile, izbegavala je da ulazi unutra – do onog dana kada su ona i Karla ušle zajedno. Uprkos svetlijem uređenju, novoj kuhinji i modernim kupatilima, atmosfera koja je vladala u njoj, pogotovo na spratu, i dalje je bila ona represivna pola veka stara koje se tako dobro sećala. Iako je silno želela da vidi sve što je Karla promenila u vili, nije mogla da se suoči s tim. Plašila se da će zatrovana atmosfera te vile zauvek nadvladavati u njenoj glavi sve drugo. Takođe, činjenica da je tajna iz prošlosti, ona koju se zaklela da nikada nikome neće reći, počela stalno da joj odzvanja u glavi rečima: „Reci im i dovraga sve ostalo" – nije pomagala da povrati svoj mir.

– Žozet, mogu li da uđem? – dobacio je Gordon dok je kucao na vrata.

– Naravno... otvoreno je. – I Žozet poče da vraća fotografije nazad u različite koverte. Daće ih Karli i, ako je bude pitala za neke od fotografija, reći će joj istinu.

– Iznenadio si me – rekla je, gledajući u Gordona.

– Pitao sam se da li bi želela da se prošetamo i posle popijemo piće kod Bilija, možda i večeramo, ako bude kuvao.

– Dobro zvuči. Možemo li da prošetamo do *Vile Mimoza*? – pitala je Žozet, naglo donevši odluku. – Želim da dam Karli ove fotografije. – Biće joj lakše uz Gordona pored sebe.

– Naravno. Ima li tvojih među tom gomilom? – reče Gordon, gledajući u koverte.

– Nekoliko njih, ali ništa što bi ti bilo zanimljivo. Uglavnom su to slike porodice.

Šetajući Bulevarom Eduara Bodoana, stali su kako bi gledali par koji se pripremao za parasejling.

– Deluje tako zabavno – rekla je Žozet dok je par odlazio, podižući se ka nebu iza čamca koji ih je vukao. – Volela bih da je toga bilo kad sam ja odrastala! Sigurno bih želela da pokušam. – Uzdahnula je. – Sada sam prestara.

Pet minuta kasnije, bili su skoro pred ulazom u vilu. – Tako je čudno imati člana porodice koji živi ovde. Mogu samo da se nadam da je Karla dobro odlučila i da je kuća dobra prema njoj – rekla je, ne razmišljajući.

– Znam da svaka kuća ima jedinstvenu atmosferu i da ova za tebe ima posebno lošu, ali možda će pomoći da o njoj razmišljaš kao o gomili kamena koju drži malter, ili koja god tvar kojom su je gradili početkom prošlog veka – reče Gordon.

– Nije u pitanju samo kuća – uzdahnu Žozet. – Mislim da sam zaboravila kako da budem deo porodice. Nisam sigurna da mogu da se nosim sa svojom novom ulogom tant Žozet Karli, a kamoli s postajanjem baba-tant Žozet Medi i Edvardu. Nikada nisam imala tetku. Kako se tetke ponašaju?

– Najbolje je biti ekscentričan – rekao je Gordon. – Moja omiljena tetka bila je tetka Tili, mrzela je svoje pravo ime, Matilda, i zabavljala me je pričama o tome kako je otišla od kuće kako bi se pridružila cirkusu pre nego što je pobegla i udala se za lokalnog sveštenika. Pričala je sjajne priče.

Žozet se nasmejala. – Vidiš, rekla sam ti da nemam pojma. Nisam ja za ekcentričnu tetku. Ne mogu da se nadmećem s takvim istorijatom.

Gordon je stao i, stavivši ruke na njena ramena, okrenuo je ka sebi. – Nije to nadmetanje. Budi ono što jesi. Imala si zanimljiv život i znam da si već jako draga Karli.

– Vila krije mnogo duhova za mene – rekla je Žozet, odmahujući glavom.

– Vila je započela novu eru s Karlom. Moraš da zaboraviš na prošlost i živiš u trenutku. Iznenadićeš se kad vidiš koliko je to lako uz vežbu.

– Biće potrebno mnogo vežbanja u mom slučaju.

– Verovatno, ali moraš da pokušaš. Hajde da isporučimo te fotografije.

Karla je sedela na terasi kada su stigli i skočila je sa osmehom punim dobrodošlice.

– Žozet. Konačno si došla. Napraviću kafu, ali u kuhinji je neko koga prvo moraš da upoznaš.

Žozet je bila svesna Gordonovog nežnog dodira na leđima kojim ju je vodio napred dok je oklevala pre nego što je pošla za Karlom do kuhinje.

Mače, koje je spavalo u udobnom krevetu koji mu je Karla kupila, otvorilo je oči kada je čulo glasove, zevnulo, proteglo se i prišlo Žozet, koja ga je, nakon što je stavila koverte s fotografijama na sto, sa osmehom uzela u ruke.

– Zdravo, ti. Dugo ovde nije bilo mačaka. Poslednja se zvala... Star, čini mi se. Pa kako se ti zoveš, mališa?

– Još nema ime. Žoel kaže da će pravo ime naići samo od sebe – reče Karla, stavljajući kafu u aparat. – Za sada se to nije desilo, tako da je svaki predlog dobrodošao.

– Slažem se sa Žoelom – odgovori Žozet. – Mače će ti reći kako želi da se zove.

– Ista si kao Žoel – rekla je Karla. – Završiće kao Mače ako ovako nastavimo. Jesu li to koverte s fotografijama koje sam ranije donela? Žozet klimnu glavom. – Mislila sam da je bolje da ih držiš ovde.

– Medi nije imala priliku ranije da ih vidi, pa će biti zabavno gledati ih, pogotovo sada kada si mi rekla ko su neki od tih ljudi. – Karla baci pogled na Žozet pre nego što je rekla Gordonu. – Planiram sve da vodim u Kan na slavljenički ručak sledeće subote – da li bi voleo da nam se pridružiš?

– Šta proslavljate u subotu...? – Žozetin glas je utihnuo kad je shvatila koji je to datum. – *Oh non, non, non.* Uglavnom ne slavim rođendan.

– Žao mi je, ali ove godine počinjemo s novom tradicijom i definitivno ćeš ga slaviti – reče Karla. – Bez pogovora.

21.

Tog jutra kada je trebalo da stignu Medi i Sem, Karla je ustala rano. Želela je da sve bude savršeno za Medinu prvu posetu. Smatrala je da vila dobro izgleda, ali želela je da kupi cveće i poseban sapun sa zanatlijskog štanda na pijaci za njihovu sobu, kao i sastojke za salatu i baget za ručak. Medi je rekla da bi trebalo, ukoliko let ne bude kasnio, da stignu oko dva i trideset nakon što prođu kroz terminal za dolaske i preuzmu iznajmljeni auto.

Lutajući po pijaci i kupujući stvari koje je želela, Karla je pokušavala da potisne zabrinutost koja joj se vrtela po glavi zbog Medinog dolaska. Toliko je želela da se Medi svidi vila, njen novi dom, i da bude srećna zbog nje. Da shvati da je Karla dobro uradila doselivši se ovde.

Kupila je dva eklera s kafom sa štanda pekare i krenula prečicom kroz obližnju uličicu do Žozetine kuće – iznenadna želja da vidi Žozet nadvladala je potrebu da se vrati u vilu.

– Tvoji omiljeni ekleri s kafom – rekla je Karla kada je Žozet otvorila vrata, pokazavši joj kutiju s kolačima. – Želiš li kafu uz njih?

Slušajući zujanje pčela oko cveta jasmina u dvorištu, Karla se trudila da se opusti.

– Ne mogu da verujem koliko imam tremu zbog ovog vikenda – rekla je, uzimajući šolju kafe od Žozet.

– *C'est naturel.*[45] Porodica ti je važna.

– U koje vreme dolaziš da upoznaš Medi?

Žozet odmahnu glavom. – Nisam planirala da dođem danas. – Odbacila je Karline prigovore. – Vas dve ćete imati o puno toga da razgovarate. Osim toga, i ja imam tremu zbog upoznavanja s Medi.

---

[45] Fr.: To je prirodno. (Prim. prev.)

– Oh, Žozet, žao mi je, zaboravila sam da nikada nisi upoznala Medi – ili Eda – uživo, samo si videla fotografije. Molim te dođi do vile i upoznaj Medi danas.

Žozet slegnu ramenima. – Sve je to sad prošlost. – Oklevala je. – Možda da dovedeš večeras Medi i Sema ovde na piće?

– To bi bilo divno. – Karla brzo prihvati poziv kako se Žozet ne bi predomislila. – Mogu li nešto da ponesem?

– *Non merci*. Samo unuku moje sestre i njenog momka.

Kada se vratila u vilu, Karla je stavila u kupatilo sapune koje je kupila i gomilu cvetova ukrasnog graška u kristalnu vazu na sto u spavaćoj sobi. U dnevnoj sobi u prizemlju, stavila je suncokret, kojem nije mogla da odoli, u veliki ćup od terakote i postavila ga pored francuskih vrata koja vode u baštu, gde je voda u bazenu na sunčevoj svetlosti delovala kao privlačna oaza.

Sto na terasi bio je postavljen za ručak, flaša rozea bila je u hladnjaku, činije sa salatom bile su u kuhinji, sir na dasci već je bio na sobnoj temperaturi i pokriven poklopcem, kao i izbor suhomesnatih proizvoda u frižideru.

Karla se sagnula kako bi pomazila mače, koje joj se vrtelo između nogu. – Zdravo, maco. Jel' i ti planiraš da im poželiš dobrodošlicu? – rekla je, podigavši ga. – Volela bih da požuriš i kažeš nam kako se zoveš. Ne mogu da nastavim da te zovem „maco".

Preo je dok ga je mazila po glavi pre nego što joj je iskočio iz naručja kad su oboje čuli auto koji pristiže, i otišao pod zaštitu žbuna plumbaga, kako bi mogao da ih posmatra.

– Mama, ovo je prelepo – rekla je Medi kada je izašla iz auta i pritrčala da zagrli mamu. – Nisam očekivala da će ovako izgledati. I ti izgledaš mnogo bolje. Jako francuski. Sviđa mi se kako si se obukla.

– To su samo kul letnje stvari s pijace – reče Karla. – Gotovo da je pravilo ovde nositi bele bermude i majicu na pruge preko dana. Seme, lepo je videti te ovde – rekla je, zagrlivši i njega. – Hajde, dozvolite da vam sve pokažem – dodala je, vodeći ih unutra. – Dnevna soba, kuhinja, salon, donje kupatilo i još dve sobe. Ovo je moja soba, budući da je plan da ceo sprat bude za goste – nasmejala se Karla. – Osećam se kao agent za nekretnine koji vam pokazuje prostor.

– Čudno je videti ovo ovde – reče Medi tiho, gledajući u sliku pijace negde u Provansi, koju je Karla okačila na jedan od zidova u dnevnoj sobi. – Navikla sam da je viđam u dnevnoj sobi kod kuće.

Karla klimnu glavom. – Pretpostavljam da jeste. Tata je na kraju insistirao na tome da uzmem sve što želim ali... – slegnula je ramenima. – Nove stvari za nov početak, ali uvek sam volela tu sliku. Da pređemo na sprat. Za vas sam pripremila veliku spavaću sobu s pogledom na bazen.

– Opa – rekla je Medi kada je Karla otvorila vrata. – Prosto opa.

– Ostaviću vas da se malo osvežite. Jel' u redu ručak na terasi za deset minuta? – I Karla se okrenula i vratila u prizemlje kako bi završila s postavljanjem stola za ručak.

Kada su se Medi i Sem spustili niza stepenice, Karla je u sobi uzimala svoj šešir.

– Rekla si da je ovo još jedna spavaća soba? – upita Medi, spremajući se da otvori vrata Žoelove sobe.

– Da, ali ne možeš tu da uđeš – to je Žoelova soba.

Šokirana, Medi se okrenula kako bi je pogledala. – Žoel?

– On je moj baštovan i vodi računa o bazenu. Nije imao gde da živi kada mu je stanodavac rekao da mora da izađe.

Medi ju je gledala razgoračenih očiju.

– Žozet ga poznaje godinama, tako da nije kao da stranac iznajmljuje sobu. – Mada, kada je to rekla, Karla je shvatila da nikada nije popričala o stanarini sa Žoelom. Ali isto tako mu nije ni platila za sav dodatni posao koji je obavljao u bašti i za održavanje bazena. Odlučila je da će popričati s njim kada prođe vikend, kako bi to izgladili. – Svakako je privremeno, dok ne pronađe nešto drugo – dodala je. – Hajde da pronađemo Sema. Seme, da li voliš vino – ili bi radije hladno pivo?

– Roze je u redu. Oh, imate mačku – rekao je Sem.

– Nisi alergičan, zar ne?

Sem odmahnu glavom.

– U tom slučaju, upoznajte macu kojoj treba ime, ako imate neku ideju? Žoel ju je spasao pre nekoliko nedelja. Čini se da mu se dopadaš – rekla je Karla, gledajući kako se mačka ugnezdila u Semovom krilu.

Tokom ručka su pričali o novostima i Karla im je rekla da ih je Žozet pozvala na piće te večeri. Kada je Medi otišla na pet minuta da uzme svoj ajped kako bi Karli pokazala neke slike, Karla se okrenula ka Semu.

– Dobro utičeš na moju ćerku. Nikada je nisam videla ovako srećnu.

– Mislim da se njen otac ne slaže s tim – kazao je Sem. – Gotovo mi se i ne obrati kada ga vidim.

– Ne brini se zbog Dejvida. Medi bi mogla da se zabavlja s princem i on bi se i dalje durio – reče Karla. – Ona je uvek bila njegova mala devojčica i ubeđen je da zna šta je najbolje za nju. Biće sve u redu kada shvati koliko je Medi ozbiljna u vezi s tobom.

Njih troje su proveli ostatak popodneva sedeći, pričajući i plivajući u bazenu kada im je postalo prevruće.

– Ovo je savršeno – uzdahnu Medi. – Ne mogu da verujem da je ova vila zaista tvoja i Žozetina.

– Hoćeš li onda proširiti to dalje za mene kada dođeš kući? Reci svojim prijateljima da mogu da mi budu zamorčići ako žele da provedu vikend u *Vili Mimoza*, možda krajem godine ili početkom sledeće, kada se malo bolje organizujem, i daću im popust.

– Mama, istog trenutka će prihvatiti takvu ponudu!

Karla pogleda na sat. – Kada već pominjemo Žozet, bilo bi bolje da se istuširamo i spremimo za polazak.

Medi ju je pogledala. – Mama, kakva je ona, ta moja nepoznata baba-tetka? Je li plašljiva, kao što je nekad baka znala da bude?

Karla je odmahnula glavom i nasmejala se. – Definitivno nije. Toliko je drugačija da je teško poverovati. Ali nije lako bolje je upoznati. U jednom trenutku mislim da se zbližavamo, a u sledećem smo ponovo na početku. Čini se da joj je stalo da deo sebe zadrži na distanci i za sebe. Još nisam sigurna zašto. Stoga ne očekuj veselu dobrodošlicu.

Sat vremena kasnije Karla ih je vodila duž bedema u pravcu Žozetine kuće. Budući da je temperatura i dalje bila dvadeset devet stepeni celzijusa, bilo je to divno letnje veče i Karla je uživala pokazujući im zanimljiva mesta dok su šetali. Kad su prolazili pored impozantnog starog dvorca u kome se nalazio Pikasov muzej, rekla im je: – I te kako vredi posetiti ga – ako ne sad, onda sledeći put kad dođete.

Malo dalje putem, pre nego što su skrenuli desno u uzanu uličicu koja vodi do Žozetine kuće, pokazala im je još jednu znamenitost, kolibu na bedemu u kojoj je živeo pisac Pol Galiko.

Žozetina vrata su bila odškrinuta i Karla je dobacila veselo: – *Coo-coo* – kada ih je otvorila.

– Uđite – doviknula je Žozet.

Žozet je, na Karlino olakšanje, delovala srećno što ih vidi, pozdravila je nju i Medi zagrljajem i osmehom, a sa Semom se rukovala. Posmatrajući Medi i Žozet kako veselo ćaskaju i polako se upoznaju, Karla je počela optimistično da razmišlja da će se Žozet kad-tad opustiti i postati draga tetka kakvu je oduvek želela.

Žozet je odbila poziv da se s njima vrati u vilu na večeru, ali kad su odlazili priznala je da se raduje ponovnom viđanju u subotu. – Ignorisala sam svoj rođendan godinama, i svakako nisam očekivala da ću ga ikada više slaviti s porodicom – rekla je i glas joj je blago pukao dok se zagrljajem pozdravljala s Karlom.

Medi je ćutala dok su šetali ka *Vili Mimoza* i Karla ju je pogledala. – Jesi li dobro?

– Bila si u pravu. Žozet nimalo nije kao baka. Mnogo je lakše pričati s njom. Ne osećaš se kao da te stalno osuđuje.

Karla ju je iznenađeno pogledala. – Nikada nisi rekla da si se tako osećala. Baka jeste nekad bila čudna, ali volela te je.

– Znam da jeste, ali zaista se radujem tome da bolje upoznam tant Žozet.

Kada su se vratili u vilu, Žoel je bio kod kuće i plivao slobodnim stilom u bazenu. Kada je izašao i uzeo peškir da se obriše pre nego što ih Karla predstavi, Medi je šapnula Karli. – Opa. Ko je to?

– Žoel.

Medi je pogleda. – Stvarno? Kada si rekla da Žoel vodi računa o bazenu, nisam očekivala da ovako izgleda! Svaka čast, mama.

– Medi, budi pristojna. Nije tako.

– Zašto ne? Možda bi trebalo da bude – rekla je Medi. – Izgleda... fino – rekla je kad je nasmejani Žoel počeo da im prilazi.

– Jeste fin – reče Karla. – I dobar je prijatelj. Prijatelj – ponovila je kako bi to naglasila. – I dalje sam udata žena. – Mada za nekoliko nedelja to više neće biti: biće neudata i ponovo slobodna, bila je odlučna da će uživati u tom statusu. Iako bi blisko, posebno prijateljstvo s muškarcem bilo divno, nije imala nameru da se s namerom trudi nekoga da upozna. Ako se desi, desilo se. Ako ne, uživaće u svom novom životu u Francuskoj i vredno će raditi na tome da vilu pretvori u uspešan pansion.

22.

Tog jutra na Žozetin rođendan, Karla i Medi su u kuhinji ukrašavale tortu koju je Karla spremila za uz rođendanski čaj. Sem je čitao pored bazena, s mačkom ponovo ušuškanom u krilu.

– Sem ima obožavatelja – rekla je Karla, gledajući kroz prozor.

– Mmm – reče Medi.

Nešto u njenom glasu nateralo je Karlu da se okrene i pogleda ćerku. – Jesi li dobro?

– Ko bi rekao da ćemo prvi rođendan bez bake slaviti u Francuskoj s tant Žozet – reče Medi tiho, gledajući u Karlu dok je mešala puter i šećer za glazuru. – Misliš li da se baka prevrće u grobu? Mislim, nikada nije imala ništa lepo da kaže o svojoj bliznakinji, zar ne?

– Ne, nije – priznala je Karla. – I rođendani su uvek bili naporni s njom – nadam se da će danas sa Žozet biti zabavno.

– Iako su bliznakinje, nikada nisu bile slične, zar ne? Ne samo izgledom. Čak i kada je baka bila fina, i dalje je postojalo nešto. Mnogo je lakše biti s tant Žozet. – Medi baci pogled na Karlu. – Je li pričala s tobom o tome kako je bilo odrastati u ovoj kući kao bliznakinja?

Karla odmahnu glavom. – Ne baš, ali mislim da su kao deca bile bliske – zapravo, dok nisu potpuno odrasle i dok nije počela svađa. I dalje se nadam da će mi Žozet reći nešto o porodičnoj istoriji, ali čini se odlučnom u tome da ostavi prošlost u prošlosti. – Karla je pažljivo namazala puterastu glazuru preko torte pre nego što je napisala *Bon Anniversaire*[46] u sredini i iza toga stavila jednu svećicu. – Eto ga. Šta misliš?

---

[46] Fr.: Srećan rođendan. (Prim. prev.)

– Odlično izgleda, mama, podseća me na torte koje si nekada pravila za mene i Eda. Znam da ne bi trebalo, ali poješću ostatak glazure iz činije. Hoćeš malo?

– Ne, hvala ti. – Karla je pogledom punim ljubavi gledala ćerku kako prstom prelazi po činiji i liže glazuru. – Da se vratimo na pomisao o baki koja se prevrće u grobu – ne može to da radi. Njen pepeo je u mojoj sobi.

Medi je zurila u nju. – Donela si ga ovamo?

Karla slegnu ramenima. – Niko kod kuće nije mogao da odluči gde da ga prospemo, pa sam pomislila da bi se baki svidelo da se vrati u Francusku. Razmišljala sam o tome da ga prospem ovde u bašti, ali kada sam to pomenula Žozet, ućutala se i rekla da će razmisliti. Zasad nije rekla ni da ni ne, niti je dala neki drugi predlog.

– Zašto to samo ne uradiš, a da joj ništa ne kažeš?

– Verovatno ću tako uraditi, mada ne želim da uznemirim Žozet, a imam osećaj da joj se ne sviđa ideja o prosipanju Amelijinog pepela u bašti. Bilo kako bilo, to je problem za drugi put. A sada, obećaj mi da nećeš pominjati tortu i rođendansku čajanku ovog popodneva.

– Obećavam. Zašto uopšte idemo u Kan? Zašto ne u restoran u Antibu?

Karla je oklevala. – Videla sam fotografiju mlade Žozet s jednim muškarcem u Kanu, i mislim da su joj, tokom godina, nestale lepe uspomene na to mesto. Želim da joj pružim lepu uspomenu iz sadašnjosti. Uz porodicu – dodala je.

Nekoliko sati kasnije, dok su sedeli u restoranu *Garden* hotela *Karlton*, Karla je podigla svoju čašu vina i pozvala sve da požele Žozet „veoma srećan rođendan“. Gosti za obližnjim stolovima su to čuli i podigli svoje čaše uz osmeh u Žozetinom pravcu. Dirnuta Žozet je odgovorila sa suzama u očima i tihim: – *Merci*.

Karla je prepoznala jednog čoveka koji je sedeo za stolom bliže prozoru i zurila je u njega kad je ustao i krenuo kroz restoran ka njima. Nasmešila se i ustala da ga pozdravi.

– Bruno, lepo je videti te ponovo. Dozvoli mi da te upoznam sa svojom tetkom, madam Žozet Rondo, njenim prijateljem Gordonom, mojom ćerkom Medi i njenim momkom Semom. Izvini, ne znam tvoje puno ime?

– Bruno Grimo. *Enchanté*, drago mi je što sam vas sve upoznao.

– Bruno je čovek koji me je spasao da me ne pregaze kad sam prvi put došla ovde – rekla je Karla. – Pretpostavljam da mu dugujem život. Hoćeš li nam se pridružiti na piću?

– *Merci, mais non*. Moram da se vratim svojim gostima, ali drago mi je što te ponovo vidim i što sam ti upoznao porodicu.

– Sada živim u Antibu, u staroj porodičnoj vili, pa ćemo se možda ponovo sresti – reče Karla.

Bruno je pogledao u nju. – Nadam se da hoćemo. Voleo bih to. Uživajte u nastavku rođendana, madam Rondo – rekao je, osmehnuvši se Žozet pre nego što se okrenuo i vratio svojim prijateljima.

– Nisam sigurna da ćeš biti bezbedna sada kad živiš ovde – kazala je Medi. – Pored svih ovih seksi muškaraca. Prvo Žoel, a sada Bruno.

– Medi, prestani – reče Karla. – Rekla sam ti, nisam zainteresovana.

– Možda trenutno nisi, ali kada budeš, imaćeš i previše izbora – rekla je Medi, opako mrdajući obrvama prema majci pre nego što je uzela svoju čašu.

Prošlo je tri sata dok su završili ručak i Karla je zamolila recepcionera da im pozove taksi. – Sada je vreme za poklone i tortu u vili – rekla je Karla tetki. – Bez pogovora – dodala je, podigavši ruku. – Danas je dan kad treba da te razmazimo.

Sedeći u taksiju na putu nazad u Antib, Žozet je zamišljeno gledala kroz prozor dok je auto jurio duž obale mora. Kako je stranac po imenu Grimo mogao da joj donese toliki nemir? Bilo je to često italijansko ime. Znala je da ima na hiljade Italijana koji žive blizu francuske granice. Ali Brunovo prezime bilo je neočekivani šok, od kojeg joj je čitavo telo zadrhtalo.

Današnji rođendan je ispao ni nalik ijednom koji je iskusila u poslednjih pedeset godina. Karla i ostali su se toliko potrudili da joj dan učine posebnim, da se zbog toga osetila voljenijom nego ikad pre. Kako uopšte da razmišlja o tome da kaže Karli – i Medi – porodičnu tajnu iz prošlosti, kad je bila ubeđena da bi to uništilo svaku bliskost koja se među njima uspostavljala. No je li bolje da istina izađe na videlo sada, pre nego što postanu previše bliske?

– Zemlja zove Žozet? Slušaš li me? – kazao je Gordon, nežno je gurnuvši.

– Izvini, razmišljam o nečemu što bi možda trebalo da uradim i ne mogu da odlučim kada bi bilo najbolje vreme za to, ako odlučim to da uradim. Šta sam propustila?

– Upravo sam objašnjavao tvoj rođendanski poklon. Moraćeš da sačekaš utorak kad budemo išli na ručak, i posle toga ćeš dobiti svoj poklon, u redu?

– Gordone, ne moraš ništa da mi pokloniš – rekla je Žozet. – Ručak bi, doduše, bio divan.

– Imam osećaj da te nisu mnogo mazili u životu – reče Gordon tiho. – A ja sam jako voljan da ti udovoljim. – Uhvatio ju je za ruku i čvrsto je držao ostatak puta.

Žozet mu se osmehnula pre nego što se opet okrenula da gleda kroz prozor. Hoće li joj i dalje biti prijatelj kad sazna tajnu njene prošlosti? Život joj je trenutno bio dobar, a kada bi podelila tu tajnu, bila bi na milost i nemilost drugim ljudima, i bilo bi nemoguće predvideti kako bi oni reagovali. Bilo je bolno razmišljati o tome da ponovo bude odbačena.

– Jel' stvarno misliš da je ispravna stvar živeti u trenutku? Ili makar pokušavati? – upitala je, iznenada se okrenuvši ka njemu. – Šta ako to izazove probleme? Šta ako...?

– „Najbolje je biti iskren" uvek je bio moj moto – kazao je Gordon. – Lakše je ići napred i graditi poverenje kada su stvari zasnovane na istini, a ne na lažima.

– Jel' to za tebe znači život u trenutku? Živeti otvoren i iskren život? Gordon klimnu glavom. – Verujem da se na to na kraju svede.

Žozet se naslonila na kožno sedište taksija. – Volela bih da sam samouverena u vezi s tim kao ti.

Gordon joj je ćutke stegnuo ruku.

Kada su se vratili u vilu, Karla je sve oterala na terasu dok su ona i Medi pripremale rođendansku tortu i šampanjac. Kada su se pojavile s tortom i upaljenom svećicom, Žozet je srećno zapljeskala.

– Danas ste me stvarno razmazili – rekla je. – Karla, ne mogu dovoljno da ti se zahvalim. – Žozet je pogledala u Karlu i Medi, svoju porodicu, i pokušala da obuzda suze koje su navirale. Da li je ovo bio pravi trenutak da im kaže? Možda bi bilo bolje sačekati da bude nasamo s Karlom. Da joj kaže istinu nasamo.

Odjednom su joj samo osećanja i Gordonove reči u taksiju bile na pameti. Iskrenost treba da bude najvažnija. Morala je da prekrši obećanje i otkrije tajnu. Samo će tada biti slobodna da svesno živi u sadašnjosti. Duboko je udahnula.

– *Bien.* Gordon me je ohrabrivao da zaboravim na prošlost i živim u trenutku.

Svi su se okrenuli kada su čuli njene reči i pogledali je.

– Odlučila sam da je sada vreme da budem hrabra i kažem vam porodičnu tajnu. Ali, prvo, mogu li, molim vas, dobiti još vina kako bi me dodatno ohrabrilo? – Žozet je pokazala svoju praznu čašu.

– Imaš li pri ruci koverte s porodičnim fotografijama? – pitala je Karlu dok joj je Sem sipao piće.

Karla je uzela koverte iz svoje sobe i pružila ih Žozet, koja je počela da ih prelistava.

– Fotografija koju želim da pogledaš ponovo je... ova. – I Žozet izvuče jednu i dade je Karli.

– To sam ja kao beba u kolicima ovde u bašti, s mamom, tatom i bakom, koji me gledaju – reče Karla. – Ne razumem?

Žozet odmahnu glavom. – *Non.* Beba u kolicima nisi ti. To je tvoj brat. Robert mlađi. Uvek smo ga zvali Bobi.

– To je glupost! Ja nemam brata – rekla je Karla, prvo zureći u sliku, pa onda u tetku, zbunjena.

Žozet je gledala u nju. – Imala si ga. Amelija je bila trudna kad se udala za tvog oca. *C'etait un marriage de fusil de chasse.*[47] Mislim da se to u Engleskoj zove *shotgun wedding.*

---

[47] Fr.: To je bilo venčanje na brzinu. (Prim. prev.)

– Pa gde je on sada? Taj moj brat? – pitala je Karla.

Vladala je kratka tišina pre nego što je Žozet progovorila.

– Bobi je umro ubrzo nakon svog drugog rođendana.

Karla je ponovo zurila u fotografiju. – Zašto mi niko od njih nije rekao za njega?

– Bojim se da nemam odgovor na to pitanje. Ono što znam jeste da su ga obožavali i da ih je taj gubitak jako pogodio. Nisu mogli čak ni ime da mu pomenu.

– Zašto je umro? Jel' bio bolestan? Desila se nesreća?

– Od meningitisa. Amelija je krivila sebe što ga nije dovoljno brzo odvela kod doktora. Doživela je nervni slom zbog toga – rekla je Žozet.

– Ni to mi nikada nisu rekli – reče Karla. – Posle koliko vremena nakon njegove smrti sam se ja rodila?

– Mislim da je bilo prošlo tek malo više od godinu dana – kazala je Žozet. – Tvoje rođenje je svima promenilo život.

– Kako?

Žozet je skrenula pogled, a zatim duboko udahnula kako bi pokušala da smiri glas od drhtanja. Osetila je da joj je Gordon pružio ruku i čvrsto je držao.

– To je težak i važan deo tajne koji moram da ti kažem. Amelija nije bila tvoja majka. – Reči joj je progutao tajac iznenađenja koji je, činilo se Žozet, potrajao čitavu večnost.

Karla je, gledajući širom otvorenih očiju u Žozet, prva progovorila. – Naravno da jeste. Tata nikada ne bi... – zaustavila se kada je videla izraz na Žozetinom licu. – O bože. To si ti, zar ne?

Žozet se ugrizla za donju usnu kad je kratko klimnula glavom. – Da. Ja sam... Ja sam tvoja majka – a ne tetka.

Eto, konačno je rekla malo istine kad je trebalo. Nije se usuđivala da razmišlja o tome šta će se sada desiti. Gledajući u more šokiranih izraza lica, Žozet se zabrinula da je dozvolila da joj previše vina ode u glavu i da je napravila veliku grešku rekavši istinu. Znala je zbog izraza na Karlinom licu da se zadugo neće igrati srećne porodice.

23.

– Mislim da ću skuvati šolju čaja. Želite li vas dvoje malo? – rekla je Karla, gledajući u Medi i Sema. Kada su oboje kratko klimnuli glavom, ustala je i uputila se u kuhinju. Sve troje su na terasi ostali da sede u tišini od šoka kada je uznemirena Žozet ustala i rekla: – Žao mi je. Mislim da je bolje da odem. Hvala vam za danas. – Gordon se tiho pozdravio sa svima, uhvatio je za ruku i otišao s njom.

Karli se nikada manje nije pio čaj, ali morala je da uradi nešto konkretno kako bi uverila sebe u to da i dalje vodi normalan život sada kad je delovalo kao da joj se ceo svet srušio. Znala je da se i Medi mučila s prihvatanjem kolosalnosti onog što je rečeno.

Dan je tako lepo tekao dok Žozet nije odlučila da je rođendanska čajanka pravi trenutak da podeli tajnu iz prošlosti. Zašto li je to uradila danas? Posledice priznavanja njenog pravog statusa u porodici zauvek će joj upropastiti rođendan.

Kada je podigla čajnik kako bi sipala ključalu vodu, Žoel je ušetao u kuhinju i Karla ga je pogledala.

– Izgledaš ozbiljno.

Žoel je oklevao. – Taman sam hteo da vam se pridružim na terasi kada je Žozet bacila svoju malu bombu. Žao mi je, nisam mogao da ne čujem.

– Nisam sigurna da je „mala bomba" dobar opis. Više liči na nuklearnu eksploziju – reče Karla, uzdahnuvši. – Ponašamo se kao pravi Britanci i pijemo čaj. Želiš li da nam se pridružiš? Ima i torte. – Karla je postavila četiri šolje, tanjire, nož, mleko i šećer na poslužavnik kad je osetila da se Žoel ustručava da prihvati poziv, ne želeći da se nameće. – Molim te da nam se pridružiš – tiho je rekla dok je Žoel oklevao. – Zaista bih cenila to. Moći ćemo da se pretvaramo da je i dalje obično nedeljno popodne na Rivijeri.

Žoel joj je uzeo poslužavnik i odneo ga na sto na terasi. Svećica je izgorela i neko ju je sklonio s torte i stavio sa strane.

Karla je pažljivo isekla četiri parčeta i podelila ih, nadajući se da će neko nešto reći i prekinuti neugodnu tišinu koja je zavladala. Kada niko to nije uradio, prigušeno se nasmejala i rekla: – Pa, makar ste bili pošteđeni mog falš pevanja rođendanske pesmice, tako da imamo na nečemu i da budemo zahvalni.

– Mama, veruješ li Žozet? – upita Medi tiho. – Deluje kao prevelika laž da bi ostala sačuvana pola veka.

Karla je uzdahnula i klimnula glavom. – Pa, uvek smo znali da postoji neki veliki razlog zbog kog su bile u svađi toliko dugo, i mama nikada nije, izvini, Amelija, nikada nije pričala sa ili o Žozet, tako da, da, verujem joj.

– Osim toga, pretpostavljam da niste imali s kim da pričate o tome kada su vam umrli baba i deda – rekao je Sem, zamišljeno.

– Uvek sam tu bila ja! Ali niko od njih nije ni pomislio da je dovoljno važno da ja ili moja porodica znamo istinu – rekla je Karla.

– Misliš li da je baka Amelija saznala da ne može da ima više dece kada je njeno dete umrlo, i da se Žozet ponudila da bude surogat? – Medi je, skoncentrisana, napućila usne. – Ali zašto su onda od tebe krili istinu – i odbijali da pričaju s njom ili da je vide? Oh!

– Nadam se da ne misliš ono što mislim da misliš – reče Karla oštro. – Zato što tvoj deda nikada ne bi... – Ali Medi ju je prekinula.

– Možda je Žozet imala aferu s dekom, ostala trudna, i on ju je preklinjao da on i Amelija odgajaju dete kao svoje kad je rekla da će se otarasiti bebe.

Pošto se igrala parčetom torte umesto što ga je jela, Karla je gurkala ostatke po tanjiru. – Nemam ideju šta se desilo. Ono što znam jeste da ću morati da se suočim sa Žozet i zatražim da popriča sa mnom o prošlosti i kaže mi celu istinu – koliko god se bojala da čujem detalje.

– Šta god Žozet bude rekla, to je jedna strana priče – reče Medi. – Sada je prekasno za razgovor s nekim drugim o tome i njihovu verziju onoga što se desilo.

– Bilo jednostrano ili ne, to neće promeniti istinu o mom poreklu – odgovorila je Karla. – Ali nadam se da će objasniti... – Oklevala je. – Nekoliko stvari o kojima sam se pitala u prošlosti.

Medi ju je pogledala, ali Karla je odmahnula glavom.

– Moram da popričam sa Žozet o odnosu između mojih roditelja. Da je nateram da mi objasni nekoliko stvari koje sam primetila tokom godina – ako može, naravno.

– Verovatno će ti reći više od onoga što želiš da čuješ – rekla je Medi, ustavši. – Idem da se presvučem i malo plivam. Treba mi malo fizičke aktivnosti kako bih razbistrila glavu.

Sem je takođe ustao. – Ja idem da istražim onaj irski bar koji sam ranije video. – Bacio je pogled na Žoela. – Želite li da mi se pridružite na piću?

– Zvuči dobro – reče Žoel.

– Večera je oko sedam – rekla im je Karla. – I ti si pozvan, Žoele.

Sedeći sama na terasi nakon što su oni otišli i gledajući kako Medi ljutito pravi krug za krugom u bazenu, Karli su se misli, naravno, vrtele oko šokantnih vesti. Vesti koje su vodile ka pitanju ko joj je otac, ako je Žozet njena majka? Je li Medi bila u pravu s teorijom o surogatu? Ili je ona bila plod afere između Žozet i njenog tate? Nije u to mogla da veruje. Karla je umorno pokrila lice rukama i duboko udahnula. Žozet nije mogla da baci takvu bombu na način koji jeste i da ne očekuje dodatna pitanja. Pitanja na koja su Karli bili potrebni odgovori, čak i ako se bojala da ih čuje.

Što se tiče Žozet, da li će današnje saznanje o njihovom odnosu majke i ćerke zauvek uništiti drugarstvo za koje se nadala, i verovala, da su ga gradile dok su bile samo tetka i sestričina? Još važnije, da li je i dalje želela bolje da upozna Žozet? Šta ako je bilo još tajni koje nisu bile otkrivene?

Žozet nije mogla da zaustavi jaku drhtavicu koja joj je obuzela telo kada je napustila vilu. Ignorišući prigovore da je dobro i da samo želi da ide kući, Gordon ju je odveo u svoj stan. – Krajnje je vreme da vidiš gde živim – rekao je. – Upozoravam te, ima stepenica.

Gordonov stan na najvišem spratu bio je u jednoj od četvorospratnih kuća smeštenih u starom gradu s pogledom na Sredozemno more. Dok ju je Gordon vodio do terase na krovu, Žozet je rukom prešla po velikom belom klaviru koji je zauzimao veći deo stana.

– Pišeš li muziku na ovome? Mora da je bila noćna mora popeti ga uza stepenice!

Gordon klimnu glavom. – Pišem. I jeste. Na kraju smo morali da ga unesemo kroz prozor. Sledećeg dana sam mnogima morao da se izvinjavam zbog dizalice koja je dugo blokirala ulicu. Čokolada i vino za sve koštali su me čitavo bogatstvo. Čak i sada sam previše fin prema lokalnoj žandarmeriji.

Dok je Gordon sipao malo lekovite rakije, za koju je insistirao da joj je potrebna, Žozet je stajala na terasi na krovu i dolazila do daha posle penjanja uza stepenice i upijala pogled na udaljene planine iza Nice prekoputa zaliva.

– Divan je stan. Mislila sam da živiš u jednom od onih modernih naselja pored marine – rekla je Žozet.

Gordon odmahnu glavom. – Gde je sve od stakla i s liftovima? Nije to za mene.

Pruživši joj piće, Gordon ju je gledao i čekao dok ga je pijuckala. Drhtavica joj se smirila i ubrzo potpuno prestala.

Žozet je uspela da se osmehne i tiho rekla: – Hvala ti.

– Nećeš brzo zaboraviti današnji rođendan, zar ne? – reče Gordon.

– Definitivno jedan od najupečatljivijih koje sam ikad proslavila. – Žozet se složi uz kiseo osmeh. – Ne znam šta me je nateralo da danas kažem istinu. Bilo mi je tako lepo sa svima vama u Kanu, gde ste me potpuno razmazili. Ono što si rekao o iskrenosti u taksiju me je nateralo na razmišljanje... ne krivim te ni za šta, naravno – brzo je dodala, gledajući ga. – Samo sam shvatila da imam priliku da oprostim sebi zbog prošlosti i da Karla sazna istinu kako bismo napredovale ka iskrenoj i otvorenoj budućnosti. – Otpila je ostatak pića pre nego što je rekla: – Ali sigurno tome neće pomoći to što sam tako naglo rekla istinu. Zapravo, ubeđena sam da me sada mrzi.

– Mislim da joj se trenutno razne emocije vrte po glavi. Ljubav. Bes. Mržnja. Shvataš li da će želeti da dobije odgovore na mnoga pitanja, koja će ti sigurno postaviti?

Žozet je klimnula glavom. – Takođe znam da će odgovori na ta pitanja verovatno povući još teža i bolnija pitanja. Moraću dobro da se potrudim da pronađem hrabrost kako bih razgovarala s Karlom i molila je da mi oprosti.

– Pretpostavljam da će i Medi želeti da priča sa svojom bakom – rekao je Gordon, gledajući je.

Žozet uzdahnu. – Šta li sam uradila? Kakva Pandorina kutija. Ne želim ponovo da budem odbačena.

– Razumem to. Mogu li da te pitam nešto?

Žozet je klimnula glavom. – *Bien sûr.*

– Prebledela si i zaćutala kad je Karla predstavila Bruna Grimoa. Pitao sam se zašto?

Žozet je, iznenađena što je primetio njenu reakciju, oklevala pre nego što je odgovorila: – Ime Grimo je bilo jako često u mom detinjstvu, a sada ga retko čuješ. Pretpostavljam da je stara generacija pomrla i da se većina mladih odselila zbog posla. Šokirala sam se kada sam ga čula – vratilo mi je još uspomena iz prošlosti.

– Dobrih ili loših?

– Oh, znaš kakve su tinejdžerske uspomene – mešavina svega – reče Žozet, nadajući se da je Gordon neće dalje ispitivati.

Gordon je klimnuo glavom. – Znam. A sada, šta misliš o tome da večeras odemo u bioskop i posle se vratimo ovde na večeru?

I upravo kad je htela da kaže da bi radije otišla kući i razmišljala o svemu, Žozet se predomislila. Zapravo nije želela da bude sama sa svojim mislima. I dalje joj je bio rođendan, odlazak u bioskop bio bi sjajan i uživala je u Gordonovom društvu.

– Večera ovde pod zvezdama?

– Ako želiš.

– Zvuči kao savršen završetak rođendana – rekla je Žozet. Stojeći na terasi na krovu, gledajući u more dok joj je Gordon prebacio ruku preko ramenâ i stegnuo ih kako bi je umirio, Žozet je uzdahnula. Iako nikada neće moći da poništi nekoliko poslednjih sati i iako će biti posledica, kako poznatih tako i nepredvidivih, na čudan način se osećala lakše nakon što je Karli i Medi rekla istinu. Ovoga puta neće je kazniti odbacivanjem. Ovoga puta će ustati i suočiti se s tim.

24.

Nakon što je sledećeg dana ispratila Medi i Sema kada su krenuli u Nicu da uhvate večernji let kući, Karla je osetila kako joj raspoloženje pada. Kakav je to vikend bio. Ona i Medi su pričale i pričale o Žozet i situaciji u kojoj su se našle. Medi je, i dalje ošamućena zbog vesti, želela da svrati da vidi Žozet i sazna još detalja, ali Karla ju je ubedila da to ostavi za sledeću posetu.

– Dotad ću pričati sa Žozet i, nadam se, saznati više o tome šta se desilo – rekla je.

Dok je Medi bila zgranuta novim saznanjima, Karla je bila iznenađena i ljuta. Celog života je živela u laži, verujući da je prava ćerka svojih roditelja. Otkriće da je Žozetina vanbračna ćerka – jer kako god se okrene, to je ono što je bila – zapanjilo ju je. Nije ni čudo što se Amelija trudila da ih razdvoji. Ili je to Žozet radila? Uvek se protivila njihovom bliskom kontaktu onim svojim stavom „samo u slučaju krajnje nužde".

Bilo je toliko neodgovorenih pitanja o prošlosti, njenom detinjstvu i onome što je u glavi počela da zove lažnim životom poslušne ćerke, da nije znala odakle da počne. Moraće da napravi spisak pitanja pre nego što ode da vidi Žozet. Da precrtava jedno po jedno. Nije kao da je bila spremna da se suoči sa Žozet, iako je obećala Medi da će uskoro otići da je vidi.

Kada joj je zazvonio mobilni telefon, Karla je samo bacila pogled na ekran, očekujući da će ugledati Dejvidov broj. Počeo je da je zove nedeljom uveče, pa je ona njega počela da ignoriše. Na njeno iznenađenje, zvao ju je Ed. Karla je progutala uzdah. Očigledno je Medi prenela vesti bratu. Sama Karla je želela da sačeka da joj se slegnu stvari u glavi pre nego što pozove sina.

– Šta se dešava, mama? Meds mi je prenela neku načisto iskrivljenu priču o tome kako nam baka nije baka.

– Da, tako je. Izgleda da je vaša baka tant Žozet. Žao mi je što si morao da saznaš na ovaj način. Bio je to šok za Medi i mene – reče Karla pre nego što je duboko udahnula i rekla Edu ono malo što je znala o otkrivenoj porodičnoj drami. – Moći ću da ti kažem više kada se vratiš kući – rekla je. – Dotad ću dobiti više detalja od Žozet.

Tipično za Eda, više se brinuo o tome kako je ona nego o starim porodičnim svađama. – Mora da je to bio veliki šok za tebe – rekao je. – Je li Žozet poblesavila, rekavši to tek tako na slavlju? Mogla je makar da ti kaže nasamo.

– Žozet i te kako ima kontrolu nad sobom, ali moguće je da je nekoliko čaša šampanjca uticalo na tajming otkrivanja tajne – rekla je Karla. – Pričaj mi šta ima novo kod tebe. Uživaš li i dalje u životu tu?

– Da, ali radujem se dolasku kući, iako ne znam gde ću se za to vreme stacionirati zbog tvog i tatinog razvoda.

– Tata je zadržao kuću, tako da je tvoja soba i dalje tamo. Sigurna sam da ćeš biti dobrodošao, kao i obično – reče Karla tiho. – I, naravno, i više si nego dobrodošao u *Vili Mimoza*.

– Meds kaže da je to prava vila s juga Francuske. Jedva čekam da je vidim, što će sigurno biti kad-tad ove godine.

Posle još nekoliko minuta razgovora o Edovom poslu i o tome koliko je uživao u privremenom radu u Južnoafričkoj Republici, bilo je vreme da završe.

– Nemoj previše da se brineš zbog situacije sa Žozet. Verovatno će ta novost biti kratkog veka i onda preći u zaboravljenu porodičnu istoriju. Čuvaj se, mama – rekao je Ed.

– I ti, volim te – rekla je Karla, znajući da malo sentimentalnosti može da prođe preko telefona. – Hvala ti što si zvao.

Karla je kroz dnevnu sobu izašla na terasu, gde je sela gledajući u baštu. Da li je Ed u pravu kad kaže da je otkriće da njena porodica nije onako tradicionalna i homogena kao što je mislila zapravo samo „svako čudo za tri dana“? Pretpostavila je da će s vremenom to prestati da joj dominira mislima i da će se pomiriti s tim, prosto zato što nije ništa mogla da uradi kako bi to promenila. Ali o toliko toga mora da se razgovara pre nego što to bude moglo da se desi.

Žoel je izašao iz svoje sobe, s peškirom u ruci, spreman za večernje plivanje. Pogledavši u nju, oklevao je pre nego što je rekao: – Fizička aktivnost pomaže da se razbistri glava. Možda bi i ti mogla na plivanje?

Karla odmahnu glavom. – Ne večeras.

Žoel slegnu ramenima. – U redu.

Karla ga je posmatrala kako odlazi do dalje ivice bazena i glatko, skoro nečujno, zaranja, pre nego što je negde na polovini bazena izronio na površinu i otplivao do drugog kraja. Nije joj bilo do plivanja, ali prijalo bi joj Žoelovo društvo na večeri.

Kada je izašao iz bazena deset minuta kasnije, Karla je ustala. – Pridruži mi se na večeri večeras? Neće biti ništa fensi. Nešto s dinstanim krompirom jer mi se jede nešto što volim.

– Hvala ti. Trebaće mi oko pet minuta – rekao je Žoel.

Karla je ogulila krompir i stavila ga da se kuva pre nego što je potražila inspiraciju u frižideru. Izvukla je malo kupusa, rukole, paradajza i maslina. Sredila je taj zdravi deo. Pronašla je školjke u zamrzivaču i uključila rernu kako bi bile spremne za ubacivanje u nju kad izdinsta krompir.

Dok je pet minuta kasnije cedila krompir, ruka joj je skliznula i ključala voda ju je isprskala po prstima. Žoel je čuo njen bolan jauk kad je ušao u kuhinju, video šta je uradila, i brzo izašao rekavši: – Drži ruku pod hladnom vodom dok se ne vratim.

Vratio se kroz nekoliko sekundi s otkinutim listom nalik onom od kaktusa. Nakon što joj je nežno osušio ruku ubrusom, pocepao je list i razmazao joj hladnu pulpu po ruci.

– Šta je to? – pitala je Karla.

– Aloe vera – ona velika biljka pored plumbaga, znaš već. Ako ćeš često da se pečeš, staviću ti je u malu vazu, pa možeš da je držiš na prozoru u kuhinji. Takođe je dobra i za crvenilo. Jel' se osećaš bolje?

Karla klimnu glavom. – Hvala ti.

– Da isečem krompir na komadiće za dinstanje i stavim ih u tiganj? – pitao je Žoel.

– Hvala.

Kada su školjke bile u rerni i krompir se dinstao u tiganju, Karla je podesila tajmer i izašli su na terasu s čašom vina dok se večera kuva.

– Je li sve bilo u redu danas kad su Medi i Sem krenuli? – upitao je Žoel.

– Da. Obećali su da će doći ponovo za nekoliko nedelja. Mislim da je to najviše zato što Medi želi da priča sa Žozet – uzdahnula je Karla. – Moram reći, njoj je više do toga nego meni. Znam da moram i ja ali... – glas joj je utihnuo i odmahnula je glavom.

– Biće puno toga što ćeš hteti da kažeš, i pitaš, Žozet – reče Žoel. – Ako ti nešto znači, moj savet je da ne žuriš s tim dok se još osećaš toliko poljuljano. Bolje je da popričate kada se navikneš na činjenicu, i prihvatiš je, da ste ti i Žozet povezane na način o kome nikad nisi ni sanjala.

– Prihvatanje se trenutno čini jako daleko – rekla je Karla. – Imam toliko pitanja na koja su mi potrebni odgovori.

Žoel je nekoliko sekundi ćutao. – Seti se da su prava žena u Francuskoj mnogo kasnila. Nisu mogle da glasaju do 1944 – dvadeset godina nakon što je to dozvolila Engleska. Čak i tokom kasnih šezdesetih godina, žene su i dalje i te kako bile na milosti i nemilosti svojih porodica – naročito očeva. Što verovatno znači da Žozet nije imala mnogo izbora u pogledu sopstvene trudnoće.

– Mogu to da razumem, ali ne mogu da shvatim zašto mi nisu rekli istinu kada su mi umrli baba i deda, ili kada sam napunila osamnaest godina? – Pre nego što je Žoel imao priliku da odgovori, Karla je ustala. – Dosta je zasad o mojim problemima. Hajde da vidimo kako napreduje večera. Uzgred, jesi li video macu danas?

Žoel je pokazao u pravcu drveta trešnje. – Voli da se krije tamo gore. Verovatno sada čuči na grani izvan našeg vidokruga i posmatra nas. On je definitivno *un chat*[48] koji voli da se penje i bude *le roi* svega što vidi!

– *Le roi* znači kralj, zar ne? – Karla reče zamišljeno.

_____

[48] Fr.: mačak. (Prim. prev.)

Žoel je pogleda, iznenađen. – *Oui.*

– Možemo ga zvati kraljem, ali to zvuči previše britanski – reče Karla. – Ali mislim da je ime Liroj savršeno. Zar ne?

Žoel prasnu u smeh. – *Je adore*[49] tvoj izgovor! Onda će se zvati Liroj.

---

[49] Fr.: obožavam. (Prim. prev.)

25.

Kada je Žozet pozvala Gordona kako bi otkazala ručak s njim u utorak, nije joj to dozvolio.

– I da te ostavim da tuguješ kod kuće? Ne. Osim toga, rekao sam ti, spremio sam ti rođendanski poklon za posle.

– Upozoravam te, trenutno nisam baš dobro društvo – rekla je Žozet, ustuknuvši u sebi zbog sećanja na rođendan.

– Rizikovaću – rekao je Gordon. – Pokupiću te u dvanaest i trideset. Obuj udobne cipele.

Žozet je popustila, previše umorna da bi se raspravljala. Jedva da je spavala od rođendana. Čak i kada ju je Gordon ispratio do kuće u jedan ujutru u nedelju posle bioskopa i večere na terasi na krovu, iscrpljenu, nije mogla da spava. Sinoć se vrtela po krevetu, uporno razmišljajući o svemu, dok nije čula zvuk grada kako se budi dok je sunce izlazilo i onda je zaspala, samo da bi je posle sat vremena probudio oštar udar sata na gradskoj većnici u sedam sati.

Dok su se noćni sati razvlačili, Žozet je grdila sebe što je uopšte pomislila na kršenje pakta koji je sklopila pre toliko godina. Trebalo je tajnu da odnese u grob, kao što je uvek planirala. Jedino što je sada uradila jeste da je upropastila dobar odnos koji su ona i Karla gradile kao tetka i sestričina. Već je shvatila da postoje posledice njenog dela koje se ne mogu kontrolisati i koje će ih dugo držati razdvojenim. Ali budući da je ona ta koja je izazvala taj grozni nered, na njoj je bilo da pokuša da popravi stvari. Kada bi samo mogla da smisli kako.

Idući na sprat kako bi se spremila za ručak s Gordonom, pitala se gde će ići. Setivši se da joj je rekao da obuje nešto udobno, odlučila je da upari svoje omiljene plave bermude s brodaricama, i da obuče belu majicu s dugim rukavima. Gledajući svoje podočnjake, uzela je korektor i potrudila se da sakrije *Je n'ai pas dormi depuis des jours*[50] izgled.

Gordon je pokucao na vrata dok je mazala sjaj za usne i požurila je niza stepenice.

– Je li ovo dobro, za šta god si isplanirao? – pitala ga je dok ju je Gordon ljubio u oba obraza.

– Savršeno si se obukla, kako za ručak, tako i za posle toga.

Dok su šetali duž obale mora, Gordon je rekao: – Mislio sam da ručamo na plaži. Tako je savršen dan.

Deset minuta kasnije, dok su sedeli za stolom pod velikim suncobranom metar ili dva daleko od talasa koji su zapljuskivali obalu, Žozet je gledala oko sebe. Daleko na horizontu, Il de Lira se kupao u sunčevoj svetlosti, a brodovi svih veličina jedrili su zalivom. Nad njihovim glavama proletali su motorni zmajevi, a visoko iznad njih ukrštali su se tragovi aviona. U tom trenutku je shvatila da joj je, šta god joj budućnost donela, drago što ponovo živi tu.

Na Žozetino iznenađenje, umesto da zatraži flašu rozea uz hranu, Gordon im je samo naručio po čašu svakom. – Želim da oboje budemo pribrani kako bismo uživali u popodnevu. Previše vina moglo bi da smanji doživljaj – objasnio je. – Stoga, nek ti ova čaša potraje. Proslavićemo kasnije.

– Hoćeš li mi dati nagoveštaj pre nego što se desi to, šta god to bilo? – rekla je Žozet.

– Pa, poprilično sam siguran da će ti se svideti ono što sam isplanirao. Svakako je nešto što će te podići. – Gordon je šaljivo podigao čašu da joj nazdravi.

– Uglavnom volim iznenađenja, ali počinjem da se brinem zbog ovog, toliko si tajnovit – reče Žozet.

– Opusti se. Imamo više od sat vremena do termina.

Posle četrdeset pet minuta, kada je obavezan plažni obrok od dagnji i pomfrita pojeden, Gordon je ustao i pružio ruku Žozet.

– Hajde. Čeka nas kratka šetnja uz plažu i onda je vreme za tvoj rođendanski poklon.

---

[50] Fr.: Danima nisam spavala. (Prim. prev.)

Posle pedeset metara, zastao je kod kioska za vožnje čamcem do ostrva Il de Lira.

– Vozićemo se čamcem do ostrva? – upita Žozet.

– Ne baš voziti – rekao je Gordon. – Ali videćemo ostrva. – I odveo ju je do čamca koji ih je čekao pored pontona.

– Ne idemo na parasejling valjda? – pitala je Žozet, shvativši tada kakav je to čamac. Radosno se nasmejala kada je Gordon klimnuo glavom. – Jao, kakva zabava!

Nekoliko minuta kasnije, sedeli su na zadnjem delu čamca, stavljajući sigurnosne prsluke i pričvršćujući brojne kopče i kaiševe. Žozet je stegnula Gordonovu ruku kad su upalili motor čamca i odmakli od obale na otvoreno more. Dok su ubrzavali, jedan član posade je pustio uže i padobrani su počeli da ih uzdižu sve više i više, dok nisu leteli visoko iznad mora.

– Obožavam letenje i ovo je tako dobro – rekla je. Uzbuđeno je uhvatila Gordonovu ruku. – Pogledaj. Vidim *Vilu Mimoza*. Kako je to divno!

Klizeći iznad ostrva pre nego što se čamac okrenuo kako bi ih vratio prema obali, Žozet je poželela da zauvek ostane na nebu – ili makar dok se njeni porodični problemi ne reše sami od sebe. Znala je i da je malo verovatno da se to desi bez njene pomoći. Kakve i kako, doduše, i dalje joj je izmicalo.

Možda se od starijih ljudi očekuje da znaju kako da se nose sa stvarima zbog njihove mudrosti i godina, ali ona lično nije imala pojma kako da popravi svoj odnos s Karlom. Dođavola, u poslednje vreme je bilo češće zbunjena i neodlučna nego ikad.

Nekada je zaista bedak biti star. Uz godine ne dolazi zagarantovan zdrav razum – pogotovo ako ga nikada nisi ni imao. Trenutni poraz s Karlom to je bez sumnje dokazivao. Žozet je uzdahnula. Trebalo je da ćuti, da sačuva tajnu – ili prvo da umre. Jer Amelija sigurno ne bi progovorila.

Rekla je sebi da se sabere. Neće uništiti svoj rođendanski poklon negativnim mislima. Dok se čamac kretao duž obale nazad do pontona, Žozet je gledala u stari provansalski hotel.

– Kad sam bila dete onaj hotel je još bio otvoren. Bilo je toliko priča po gradu o poznatim ličnostima koje su tu odsedale, tada i u prošlosti. Zamisli kakve bi priče mogao da ispriča.

– Kada sam prvi put posetio Žuan le Pen kasnih šezdesetih, tamo sam odseo – mislim da je to bila godina kad su ga zatvorili. Niko nije ni pomišljao da nikad neće biti ponovo otvoren kad su ga zatvorili zbog renoviranja – reče Gordon.

– Srećniče, bio si unutra. Uvek sam se nadala da ću dobiti tu priliku – rekla je Žozet, okrenuvši se da ga pogleda. – Otišla sam odavde kasnih šezdesetih. Pitam se da li bismo se sreli pre svih tih godina da sam ostala.

– Moguće da bismo – rekao je Gordon.

Dok je čamac usporavao i približavao se pontonu, vitlo ih je polako spustilo dok im se stopala odjednom nisu našla u moru, i bezbedno su ponovo bili na čamcu i skinuli pojaseve pre nego što su se iskrcali.

– Bilo je divno – reče Žozet, podigavši se na prste kako bi poljubila Gordona u obraz. – Pravi osveženje. Hvala ti.

Dok su Žozet i Gordon leteli iznad obale, Karla je bila zauzeta u bašti vile. Volela je da posluje po njoj, da čupka zalutali korov, da podreže nešto što je zaraslo, da ubere nekoliko cvetova za dnevni boravak. Proverila je sa Žoelom da li mu to smeta, i on joj se nasmejao.

– Karla, to je tvoja bašta. Možeš da radiš šta god želiš.

– Znam, ali ti si pravi baštovan i radiš sve kako bi izgledala lepo. Ja sam početnik u poređenju s tobom.

Našla je tri divne visoke saksije od terakote tokom poslednjeg odlaska na buvljak na obodu grada, i jedva je čekala da ih napuni biljkama. Juče je na pijaci kupila posude s belim radama, bršljanom, lavandom, iglicama i nekoliko hristovih venaca, za koje se nadala da će se uspuzati uza stub na kraju terase. Provela je jutro sadeći ih i trudeći se da ne razmišlja o Žozet. Pokazalo se da je to nemoguće.

Prošla su tri dana otkad joj se svet srušio zbog Žozetinog otkrića. Tri dana tokom kojih je izbegavala da priđe Žozetinoj kući, ili bilo kom kafiću blizu pijace koji je znala da Žozet voli, kako je ne bi srela. Deo nje je očekivao da će je Žozet posetiti ili je pozvati, želeći da priča s njom i kaže joj više. Umesto toga, nije joj bilo ni traga. Možda je zažalila što je obznanila svoju sramnu tajnu? Možda je čekala da Karla prva stupi u kontakt.

Karla je pažljivo prevrnula plastičnu saksiju, izvadila izraslu belu radu i stavila je u sredinu jedne od vaza od terakote, zasadivši je što je dublje mogla. Da li da ona napravi prvi korak? Ili da posluša Žoelov savet, da ne žuri i pusti da joj se osećanja slegnu kako bi mogla racionalno da posmatra stvari? Ako taj dan ikada dođe.

Razmišljajući o Žoelu, Karla se nasmešila. Nije mogla da nađe boljeg cimera. Bio je pažljiv, ljubazan i dobro društvo, i bilo joj je lepo s njim u blizini. Povremeno bi, dok sede na terasi i večeraju zajedno, primetila tužan izraz na njegovom licu, ali kad bi ga upitala da li je sve u redu, on bi klimnuo glavom, osmehnuo se i neizbežno počeo da priča o nečemu što se desilo na poslu. U tim trenucima ga nikada nije pritiskala, misleći da će pričati s njom o tome ako i kada bude želeo. Nadala se da u njoj vidi prijatelja kojem se može obratiti, kao što je ona u njemu.

Stavivši tri bršljana na jednaku udaljenost u odnosu na belu radu, Karla je sve zalila i stavila na terasu pored poslednje saksije, blizu stuba uz koji se nadala da će se hristov venac popeti. Kada je uzela peškir i ostatke komposta, pogled joj je pao na divlji deo bašte pored kućice za bazen. Bele ruže i plavi krasuljci razmnožili su se još više nego kada ih je prvi put videla, i razmišljala je da tu pospe Amelijin pepeo. Bilo je to zaista lepo, tiho mesto. Sâm bog zna šta je Žozet smetalo u vezi s tim.

Zamišljena, Karla je zasadila dva hristova venca, obmotala ih oko stuba i zalila ih. Eto. Za nekoliko nedelja saksije će izgledati divno.

Nakon što je počistila i oprala ruke, Karla je otišla u spavaću sobu. Nasmešila se kada je videla Liroja sklupčanog na parčetu sunčeve svetlosti na njenom krevetu. – Ovog popodneva nisi na drvetu trešnje, Liroj? – rekla je, nežno ga pomazivši pre nego što je uzela urnu s poda u ćošku pored kreveta.

Ponovo u bašti, osmotrila je divlji deo. Da li bi se Ameliji svidelo da je ovde prosuta? Ili bi radije bila hiljadama milja daleko? Karla je pažljivo hodala između ruža i belih rada dok nije stigla do žbuna u zadnjem delu bašte. Podigavši kamen, zaravnila je površinu i stavila urnu na nju, pritisnuvši je jako o tlo kako bi stajala pravo. Ovako će moći da pospu pepeo neki drugi put, ako Žozet predloži neko drugo, bolje, mesto. I o tome je morala da razgovara s njom. Makar je sada pepeo bio van njene sobe, gde je počela da mrzi njegovo gotovo zlokobno prisustvo.

Idući nazad ka kući, setila se da nije proverila sanduče zbog današnje pošte. I dalje se navikavala na to da ima kutiju zakačenu za glavnu kapiju na kraju prilaza umesto sandučeta na ulaznim vratima pa je često zaboravljala da proveri poštu. Sada je, otključavajući kutiju, izvukla gomilu promotivnih letaka i pismo sa italijanskom markicom – upućenu madam Žozet Rondo, *Vila Mimoza*, Antib.

Karla uzdahnu. Da li je ovo znak da ona mora da napravi prvi korak, ili je to samo loš tajming? Da li bi joj možda Žoel ovo uručio? Ne, neće ga pitati to. Sama će joj ga uručiti; ne mora da kuca i dâ ga Žozet, može samo da ga stavi u sanduče i ode.

Karla je okrenula pismo, pitajući se koga to Žozet poznaje u Italiji. Na poleđini je o pošaljiocu pisalo ime i poštanski broj. Karla se namrštila kad je videla ime. Zašto joj je bilo čudno poznato?

26.

Uprkos rolnama filma koje je Žozet kupila za svoj *nikon* foto-aparat, još nije uslikala nijednu fotografiju. Ono što je otkrila ostalima na rođendanu, i reakcije na to, oterale su joj sve druge misli iz uma.

Uzevši foto-aparat iz futrole, nije mogla da veruje koliko se lako odrekla jedine stvari koja je uvek činila da se oseća živom. Godinama je fotografisanje bilo njen smisao života. Nekada davno ne bi izašla iz kuće bez svog foto-aparata, koji bi joj bezbedno visio s kaiša oko vrata. Gledanje na stvari kroz objektiv foto-aparata, hvatanje nečije suštine na filmu, beleženje sveta koji nestaje i radost fotografisanja hvatali su je kao što je ona hvatala slike u koje bi uperila objektiv. Zašto je onda ta strast nestala? Da li joj je starost prosto iscrpla energiju i pretvorila je u ravnodušnost?

I dalje je mogla da nabroji razloge koje je upotrebila kako bi ubedila sebe da je vreme da prestane. Bila je umorna od takmičenja s paparacima koji su se borili za jednu sliku koja će ih proslaviti. Stalna putovanja uzela su danak; ostajanje na jednom mestu postajalo joj je sve privlačnije. Takođe je bilo lakše napraviti mesta za mlade, koji su upola mlađi od nje i imaju goruću želju za uspehom, nego se takmičiti s njima. Ali potpuno se odreći fotografisanja iako joj je uvek pružalo toliko zadovoljstvo? Zašto li je to uradila kada se vratila u Antib? Nije postojao logičan odgovor na to pitanje. Foto-aparat u ruci uvek joj je davao životnu snagu. Takođe nije postojalo logično objašnjenje zašto je pre deset minuta uzela iz sobe futrolu s foto-aparatom, ispunjena iznenadnom željom da ponovo fotografiše.

U dvorištu, Žozet je držala foto-aparat uz oko i objektiv uperila ka pčeli koja je marljivo sakupljala nektar iz cveta orlovog nokta visoko na zidu. Pčela je odletela dalje od cveta i zida pre nego što je uspela da pritisne dugme i ovekoveči taj trenutak. Žozet iznervirano uzdahnu. Sama je kriva, bila je previše spora, ali biće još puno prilika sada kad je ponovo uzela u ruke foto-aparat.

Te večeri, kada su ona i Gordon otišli u šetnju po Kap d'Antibu i do Žuan le Pena, Žozet je uzela foto-aparat pre nego što je izašla iz kuće. Možda će biti prilike da uslika more nekoliko puta, ili siluete bora pod večernjim nebom, nešto što bi je uverilo da i dalje ima dobro oko za fotografisanje i podsetilo je da ume da kadrira fotografiju i instinktivno pritisne dugme u pravom trenutku. U suštini, morala je da vidi ume li i dalje da pravi umetnost od svakodnevnog života. Da li je nešto u njenom životu i dalje ostalo isto. Gordon nije pominjao foto-aparat koji joj je visio s ručnog zgloba, ako ga je primetio.

Zaboravila je da se bliži vreme džez festivala, ali dok su se ona i Gordon približavali Žuan le Penu, primetili su da već postavljaju tribine za koncerte i da je već vladala festivalska atmosfera, uz muzičare amatere koji su pevali i svirali po uličnim ćoškovima.

Žozet je zadovoljno udahnula. Zasigurno će doći ovde kada festival počne. Uslikala je toliko muzičkih zvezda u prošlosti: Dizija Gilespija, Saru Von i, kasnijih godina, Džejmija Kaluma i Noru Džouns, da nabroji samo četvoro. Čak je i upoznala svog idola, Elu Ficdžerald, jedne nezaboravne večeri na zabavi posle koncerta.

– Obožavam vreme festivala – rekla je, podigavši aparat kako bi uslikala mladu tamnoputu devojku koja je svirala bongo bubnjeve na ćošku Pined Goulda.[51] Dalje niz ulicu, jedan par je nežno pevao duet dok je muškarac svirao gitaru. Ponovo podigavši aparat, Žozet je odsutno rekla Gordonu dok je gledala kroz objektiv: – Nikada mi nisi rekao koju vrstu muzike voliš, ili kakve pesme pišeš.

– Volim džez i, možda staromodnu, sving muziku. A što se tiče vrste pesama koje pišem – slegnuo je ramenima – nekoliko mojih pesama postale su hitovi. – Gordon je bacio pogled na nju, pre nego što je počeo tiho da pevuši melodiju poznatog hita.

Žozet ga je pogledala, očiju razrogačenih od iznenađenja. – Opa. To je jedna od tvojih? Jedna mi je od omiljenih. Kao da se

---

[51] Park u Žuan le Penu poznat po džez festivalu. (Prim. prev,)

meni obraća, davala mi je nadu. Te reči – tamo gde je život, može postojati i ljubav – dugo je bila moja mantra.

– Oh, Žozi, zašto se nismo upoznali pre mnogo godina, kad smo bili mladi? – rekao je Gordon, obgrlivši je rukom i privukavši je u zagrljaj.

Žozet se umirila u njegovom zagrljaju kada je čula kraću verziju svog imena. Zbog Gordonovog škotskog naglaska, ne mnogo drugačijeg od izvesnog italijanskog od pre mnogo godina, nadimak je zazvučao nežno. Iako nije znala puno toga o njegovoj prošlosti, znala je da gaji duboka osećanja prema Gordonu. Da li su njegove reči značile da on oseća isto? Podigla je pogled ka njemu i udahnula duboko. Njena nova filozofija o življenju u trenutku moraće za puno toga da odgovara ako pogreši i u vezi sa ovim. – Možda je sada pravo vreme za nas?

Gordon joj je uputio nedokučiv pogled pre nego što se osmehnuo i uhvatio je za ruku. – Hajde. Moramo da proslavimo to što smo pronašli jedno drugo.

Žozet se nasmejala. – Važi. Kuda idemo?

– Nazad u moj stan, naravno. Imam flašu šampanjca u frižideru koja će nam dobro poslužiti.

Žozet se sledećeg jutra uspavala, probudivši se u osam sati uz zvuke sata na gradskoj većnici. Ležala je, zatvorenih očiju, nekoliko trenutaka nakon što je zvuk zvona utihnuo, prisećajući se užitaka od prethodne večeri.

Gordon je otvorio šampanjac i sedeli su na terasi na krovu u sumrak, pili i nežno flertovali jedno s drugim dok su gledali kako se mesec podiže. Ostalo je bilo pola flaše kad je Gordon ustao, stavio čašu na mali stočić, pružio joj ruku i odveo je u svoju spavaću sobu.

Žozetine usne su se razvukle u osmeh kad su joj misli odlutale ka ostatku večeri.

Prošlo je tri sata ujutru kada ju je Gordon ispratio do kuće praznim ulicama, nežno je poljubio i rekao: – Vidimo se kasnije.

– Želiš li da uđeš? – upitala je Žozet.

Gordon je odmahnuo glavom. – Bolje ne. Imam sastanak za doručak s nekim – ako ostanem s tobom, Žozi, nikada neću otići. – Otišao je posle još jednog poljupca.

Na trenutak se zapitala da li je imao ugovoreni doručak s nekim koga ona poznaje, pre nego što je odbacila tu misao. To se nje ne tiče. Danas je bio dobar dan; početak nečega novog. Skinuvši pokrivače sa sebe, ustala je iz kreveta i otišla da se istušira.

Deset minuta kasnije, kada je uključila aparat za kafu i ubacila u toster dva parčeta hleba umesto kroasana, čula je zveckanje sandučeta. Pogledala je na sat u kuhinji. Pošta je počela da stiže sve ranije i ranije ovih dana, ali prvi put je stigla ovoliko rano. Prvo će popiti kafu pre nego što otvori sanduče i izvuče sadržaj, koji se verovatno sastojao od brojnih promotivnih letaka i računa. Sedeće u dvorištu, doručkovati i razmišljati o lepim stvarima. Ali dok je uzimala prvi gutljaj kafe, u mislima joj se pojavila otuđenost od Karle, nakon čega joj je lepo raspoloženje bilo uništeno.

Nadala se da će Karla doći i tražiti da joj ispriča celu, odvratnu priču, što je Žozet prihvatila kao njeno pravo, ali bilo joj je muka od same pomisli o izgovaranju tih reči naglas. Daće sebi još nekoliko dana i, ako je Karla do tada ne pozove, moraće da ode do vile, ispriča joj celu priču najbolje što ume i moli za oproštaj.

Dok je mazala puter na poslednje parče tosta, Žozet je ponovo čula otvaranje sandučeta. Sada je bilo bliže normalnom vremenu za dolazak pošte, pa je možda ranije vetar otvorio poklopac. Ustala je i otišla da uzme poštu. Kao što je očekivala, pronašla je gomilu promotivnih letaka, ali ispod njih se nalazila koverta s njenim imenom i adresom vile. Žozet se srce steglo kad je shvatila da je očigledno Karla dostavila pismo, ne želeći da pokuca i lično joj ga uruči. Očito još nije bila spremna za razgovor.

Gledajući u italijansku poštansku markicu na koverti, šokirana Žozet je uzdahnula kad je ugledala adresu ispisanu rukopisom koji joj je nekada bio toliko poznat, i drhtavim rukama je okrenula na drugu stranu. Ime napisano na poleđini potvrdilo je njene strahove i zastao joj je dah. Zašto se sada javio? I zašto je morala da primi to pismo prvog dana kada se osećala zahvalno i srećno posle mnogo godina i bila ispunjena verom koja se u njoj budila da će, uprkos brizi za budućnost, sve biti u redu?

27.

Dok je stajala ispred Žozetine kuće, Karla je na trenutak oklevala i zamalo pokucala na vrata pre nego što je odlučno ubacila pismo u sanduče na zidu. Iako je prošlo skoro nedelju dana otkad joj je Žozet raznela ceo svet svojim priznanjem, nije bila spremna da se suoči s njom i zatraži odgovore. Osim toga, ovog jutra nije imala vremena za to, morala je da se vrati u *Vilu Mimoza*.

Na putu ka kući kupila je kroasane i tri kriške hleba s bademom, pored uobičajenog bageta. Žoel je dosad otišao na posao, znala je, ali sačuvaće mu jedan kolač.

Kada se vratila u vilu, Karla je sipala kafu, stavila kroasane i dve kriške hleba s bademom u okruglu korpu za hleb i postavila ih, zajedno s tanjirima i šoljama za kafu, na sto na terasi, trudeći se da smiri nervozu. Ugovaranje tajnog sastanka za doručak, čak i s prijateljem, činilo se tako tajnovitim.

Pretpostavljala je da bi, ako bi Žozet s nekim razgovarala o svom ispadu na rođendanskoj zabavi, to bio Gordon. Bila je to impulsivna odluka da zamoli Gordona da porazgovaraju, i on je pristao, ali predložio je da bi najbolje bilo naći se na doručku ako ne želi da Žozet za to sazna. Da li će hteti da razgovara s njom tog jutra tek će videti.

Kada je Gordon stigao, Karla nije mogla da ne prokomentariše kako izgleda. – Danas baš sijaš – rekla je dok su razmenjivali poljupce.

Nasmešio joj se. – Život je dobar.

Karla je uzela kafu i seli su za sto.

– Bašta ti izgleda prelepo – rekao je Gordon. – Kako je živeti sa Žoelom?

Karlini obrazi su se zarumeneli od neočekivanog pitanja. – Dobro je. Lepo se slažemo. Sviđa mi se s njim ovde. Definitivno će mi nedostajati kada se iseli. – Gurnula je kroasane prema Gordonu. – Nije kao da se puno viđamo. On stalno radi, a kada je ovde voli da radi po bašti.

– Žozet ima samo lepe stvari da kaže o njemu – rekao je Gordon. – A sada, draga moja, koliko god bilo lepo biti ovde, znam da želiš da razgovaraš sa mnom o Žozet, tako da hajde, navali.

– Značio bi mi savet – Karla reče. – Ne znam šta da radim. Da li da odem da vidim Žozet – ili da čekam da ona dođe da vidi mene? Mora da mi ispriča celu priču, jer sigurno postoji mnogo više od onoga što nam je rekla. Takođe moram da znam zašto je posle svih ovih godina odlučila tek tako da objavi celom svetu činjenicu da mi je majka, a ne tetka. – Odgurnula je netaknut kroasan od sebe. – Teško mi je da prihvatim koliko veliku stvar je krila sve ove godine.

Gordon je uzeo gutljaj kafe.

– Jel' ti Žozet nešto rekla? Da li bi mi rekao da jeste? – pitala je Karla. – Ako ti je nešto ispričala u poverenju, naravno, ne očekujem da ćeš to prekršiti, ali ako postoji nešto što bi mogao da mi kažeš? Bilo šta što bi mi pomoglo da shvatim. Jesi li je video od rođendana?

– Da. Video sam je nekoliko puta.

Kad Gordon nije dodao ništa više, Karla je rekla: – Kako je ona?

– Brine se zbog toga kako je na tebe uticala ta vest. Brine se da li je dobro postupila. Brine se da je uništila bilo kakvu šansu da izgradi dobar odnos s tobom. Brine se što nije odnela tu tajnu sa sobom u grob. Zabrinuta je, da tako kažemo. – Gordon pogleda u Karlu. – Nije imala mnogo prilike da vežba da bude deo porodice poslednjih pedeset godina. Veoma si joj draga, iako nije bila u tvom životu toliko godina.

– Vidiš, tako nešto moram da znam. Sigurno je mogla da insistira da mi se kaže istina kada budem dovoljno odrasla?

Gordon odmahnu glavom. – Ne znam. Kao što kažeš, moraš da razgovaraš s njom. Možda daj sebi još jednu nedelju, i onda, ako ona ne dođe k tebi, ti ćeš morati da budeš ona koja je hrabra. Ono što znam jeste da mrzi pomisao o tome da ponovo ne bude deo porodice.

– Misliš li da je spremna da razgovara sa mnom? Da mi ispriča o prošlosti? Prošlosti koju je očito želela da ostavi skrivenom.

– Mislim da je spremna za tvoja pitanja, ali uplašena zbog toga kako ćeš reagovati na odgovore.

Karla je uzdahnula. – Ove nedelje je stiglo pismo za Žozet. Jutros sam joj ga ubacila u sanduče. Italijanska markica je bila na njemu. Prezime na poleđini mi je bilo poznato, ali ne mogu da se setim čije je tačno. Zamalo sam joj pokucala na vrata i dala joj ga, ali sam odustala.

– Da li je možda to bilo prezime Grimo? – pitao je Gordon.

– Jeste. – Karla iznenađeno pogleda Gordona. – Kako si to znao?

Gordon slegnu ramenima. – Bilo je to samo nagađanje. Doduše, interesantno je. To je prezime tvog prijatelja Bruna. Navodno ih je bilo puno s prezimenom Grimo ovde pre mnogo godina.

– Naravno – reče Karla. – Zaboravila sam mu prezime. Ali zašto bi on pisao Žozet? Prvi put ju je upoznao u *Karltonu*.

Gordon je slegnuo ramenima. – Ko zna? Oboje ćemo morati da budemo strpljivi i sačekamo da nam Žozet kaže. A sada moram da idem. Imam let kasnije.

Žozet je stavila neotvoreno pismo na sto i sipala sebi još jednu šolju kafe. Sedeći tu i pijuckajući kafu, nije mogla da ne gleda u kovertu koja ju je mamila njenim imenom ispisanim odlučnim rukopisom. Kakvo li će pismo pronaći unutra?

Ako je to bila osoba koja je duboko u sebi znala da jeste, hoće li tražiti odgovore na ono što je uradila pre više od pedeset godina? Ili je pismo bilo pomirljive prirode, u stilu „bilo pa prošlo"? Hoće li predložiti susret zarad starih vremena?

Da li da ga uopšte otvori? Može da ga pocepa na komadiće i baci u smeće. Da porekne da ga je ikada primila, bude li morala. Ne, ne može to da uradi. Time bi samo dodala još laži u svoju već tužnu životnu priču. Ali nije morala da ga otvori. Ako je neotvoreno, može da živi u neznanju o sadržaju. Pažljivo ga je uzela sa stola i pridigla se kako bi ga stavila u fioku pre nego što je ponovo sela. Koliko god bolno bilo, mora da ga otvori.

Pažljivo je otvorila kovertu i izvukla snop papir za pisanje, sa imenom i adresom odštampanim na vrhu. Ime je bilo ono koje je očekivala i koje se nadala da će videti. Mario Grimo. Nije prepoznavala adresu. Bila je negde u San Remu. Nije to bilo dugačko pismo. Bilo je direktno i odmah prešlo na stvar. Čula mu je glas u glavi dok je čitala reči.

Mia cara[52] *Žozi,*

Ne znam kako da počnem ovo pismo, osim da kažem da mi je mnogo drago što sam čuo vesti o tebi od svog nećaka Bruna. Moja najveća želja je da se ponovo sretnemo, da saznam kakav ti je život bio – nadam se da je bio srećan. Nikada nisam shvatio zašto si otišla bez reči, ali prihvatio sam da si sigurno imala svoje razloge za to. Tvoji roditelji su odbijali da mi bilo šta kažu i nikada više nisu razgovarali sa mnom o tebi. Uporno sam se nadao da ćeš se vratiti i reći mi šta te je nateralo da neočekivano odeš. Ali život ide dalje i čovek shvati da nekim stvarima nije bilo suđeno. Ono što nikada nisam zaista prihvatio jeste odsustvo tvog prijateljstva u mom životu, prijatelja koji si mi uvek bila, ako ne supruga, što sam želeo da mi budeš. Možda sam i ja tebi malo nedostajao? Možemo li se sastati kao prijatelji? Bio bih veoma srećan kada bih ponovo video ljubav svog života.

Amore, Mario. Xxx

Ispod njegovog potpisa nalazio se italijanski telefonski broj.

Žozet je stavila pismo na sto i obrisala suze koje su joj lile niz obraze. Nije je optužio, ni krivio, samo joj je izjavio ljubav koja nikada nije nestala, uprkos tome što ga je okrutno ostavila pre mnogo godina. Pismo joj nije reklo ništa o njemu. Da li se ikada oženio? Da li je imao porodicu? Nije znala ništa više o njegovom životu nego što je on o njenom. Da li bi mogla da podnese da se sastane s njim? Da vidi kakav je muškarac postao. Da ga ponovo primi u svoj život?

---

[52] It.: Draga moja. (Prim. prev.)

Da li će biti razočaran u nju? Da li bi prijateljstvo moglo da pruži zadovoljavajući zaključak njihovoj staroj ljubavi?

Mariovo pismo je u njoj budilo druge uspomene, vraćalo je nazad u mladost, na posledice one noći kada je obećala da će se videti, ali je umesto toga bila primorana da ode. Na uspomene na Roberta i Ameliju. Amelija. Kako je mogla da bude toliko naivna da očekuje da će njena bliznakinja razumeti i prihvatiti ono što je uradila? Kada bi se sastala s Mariom, morala bi da mu kaže istinu o tome zašto je otišla bez reči. Istinu koja je ponovo unela razdor između nje i Karle, pridružujući ga onom koji je Amelija hranila godinama.

Žozet je zatvorila oči i udahnula duboko. Da li bi išta promenilo kada bi Mario saznao istinu posle svih tih godina? Istina ne bi promenila uticaj koji su njeni postupci imali na njihov život. Bio je rizik sastati se s muškarcem koga je ostavila za sobom kako ga ne bi povredila svojom izdajom, ali makar bi to nekako zaokružilo taj posebni deo njene prošlosti. Ali bilo kakvo sastajanje mora da sačeka dok ona i Karla ne porazgovaraju.

Pošto je ustala i otišla u kuhinju, Žozet je otvorila fioku komode. Originalni „privatno i poverljivo" paket koji je Karla donela pre svih onih nedelja i dalje je bio na vrhu silnih stvari koje su bile u fioci, neotvoren. Izvukavši ga, Žozet je tražila po sadržaju fioke dok nije našla gumicu. Stavivši Mariovo pismo preko paketa, spojila ih je gumicom. Jednog dana, uskoro, odgovoriće Mariju i prihvatiti da ga vidi, ali ne još. Trenutak nije bio pravi.

28.

Dan nakon doručka s Gordonom, Karla je u poštanskom sanduč etu pronašla razglednicu. Pre nego što ju je bacila u kantu za otpatke u kuhinji, misleći da je to nešto za bacanje što joj je promaklo prošle nedelje, na brzinu ju je pogledala.

Bila je to slika luke u Kanu i bila je upućena „Karli u *Vili Mimoza*, u Antibu", zajedno s 06 poštanskim brojem. Poruka je bila kratka i jasna. „Jedno veče bih voleo da te izvedem na večeru. Pozovi me ako bi se i tebi to dopalo. Bruno Grimo." Čitko napisan broj telefona se nalazio na dnu.

Sedeći na terasi, s Lirojem u krilu, Karla je razmišljala o razglednici i pozivu na večeru. Nikada nije rekla Brunu svoje prezime ili adresu. Da li je on taj Grimo koji je pisao Žozet? Ako jeste, zašto? Setila se da mu je rekla da sada živi u vili, da li je prosto pretpostavio da bi došlo do nje nešto što je poslato ovamo? I zašto je želeo da je vodi na večeru?

Bruno joj se svideo od trenutka kada ju je spasao sigurne povrede pre svih onih meseci, ali nije znala ništa o njemu, osim da živi u Kanu. Mogao je i da bude oženjen, a ukoliko je tako, nije bilo šanse da pristane na večeru s njim. Karlino lepo vaspitanje je prevagnulo. Ne može da ignoriše poziv. Moraće da ga pozove, makar samo kako bi se zahvalila i ljubazno odbila.

Dok je telefon zvonio, Karla se pitala da li da govori engleski ili da se pomuči s francuskim. Bruno je rešio taj problem kada se javio na engleskom.

– Bruno Grimo. Kako mogu da vam pomognem?

– Ovde Karla. Primila sam tvoju razglednicu danas.

– Nadao sam se da ćeš zvati – rekao je Bruno. – Kada možeš da odeš na večeru sa mnom?

Karla je oklevala. Delovalo je nepristojno samo preći na pitanja koja je želela da mu postavi pre nego što pristane na poziv. – Nisam sigurna. Zašto želiš da ideš na večeru sa mnom?

– Zato što mi se sviđaš – odmah je odgovorio. – Nije li to dovoljan razlog da muškarac pozove privlačnu ženu na sastanak?

Karla je ignorisala i kompliment i pitanje, i umesto toga rekla: – Kako si pronašao moju adresu?

– Bilo je relativno lako kada sam saznao ime tvoje tetke one subote u *Karltonu*. Ako želiš, reći ću ti više na večeri. Imaš li još pitanja?

– Jedno važno. Jesi li oženjen?

– Više nisam.

Karla udahnu duboko. – Važi, rado bih išla na večeru s tobom, ako možemo da je organizujemo negde u Antibu? – Tako će lako moći da se vrati kući, ako loše prođe.

– Naravno. Jesi li slobodna u subotu veče? Rezervisaću nam sto i pokupiti te u sedam i trideset. I, Karla? Veoma se radujem toj večeri i našem boljem upoznavanju.

Dok se pozdravljala s njim, Karla je shvatila da se već raduje suboti i Brunovom društvu. Takođe će biti interesantno čuti kako mu je Žozetino ime olakšalo pronalaženje njene adrese.

Karla je te večeri napravila veliku činiju testenine i kada je Žoel stigao kući zajedno su večerali na terasi. Karla je primetila da Žoela nešto muči, budući da je bio tiši nego inače.

– Naporan dan na poslu? – upitala je dok mu je sipala pun tanjir testenine prekrivene velikom količinom pesto sosa. Gurnula je ka njemu činiju salate i rendalicu za parmezan. – I dalje radiš u Kap D'Antibu?

Žoel klimnu glavom. – U drugoj vili, *mais oui*, i dalje smo tamo. Mada, nisam siguran koliko još dugo. Kruže glasine da firma za koju najčešće radim ima finansijskih problema. – Uzeo je rendalicu i izrendao sir preko testenine pre nego što je pogledao u Karlu. – Što znači da će biti još teže naći mesto koje ću moći da iznajmljujem zastalno. Zbog njih sam imao dovoljno velik stalan prihod kako bih bio pouzdan stanar. Imam još nekoliko privatnih klijenata ali... – Žoel slegnu ramenima.

– Znam da želiš ponovo da imaš svoj stan, ali soba ovde će ti biti na raspolaganju dokle god ti bude potrebna – rekla je Karla.

– *Merci.* Ne želim da smetam, ali zaista mi je lepo ovde s tobom. – Žoelov glas je bio tih i čvrsto je pogledao u Karlu. – Ali nećeš želeti da zauvek živim u tvojoj gostinskoj sobi – *particulièrement*[53] kad budeš imala svoj pansion.

– Nisam više sigurna da će se to desiti ove godine – kazala je Karla. – Moram da razgovaram sa Žozet i prihvatim da više nisam osoba koja sam mislila da jesam pre nego što budem mogla da se osećam dovoljno prijatno da se ponašam civilizovano prema potpunim strancima. – Trepćući, odvojila je pogled od njegovog i posegla za čašom vina. Da li je pridavala više značaja tom čvrstom pogledu i komentaru „lepo mi je ovde s tobom" nego što je trebalo?

– Znaš, pre mnogo godina nije bilo neobično da žena odgaja dete svog brata ili sestre kao svoje, ili da ga rodi kao surogat – rekao je Žoel. – Porodica je bila tu da se nađu jedni drugima kada je teško.

– Ali moja se raspala –usprotivila se Karla. – Čak i ako je to bio slučaj.

– *Peut-être* njihova svađa nije imala veze s tobom. Mogli su da postoje drugi, duboko ukorenjeni razlozi za to – reče Žoel. – Nemoj dozvoliti da vas razdvoji saznanje da tvoja majka nije žena koja te je odgojila. Veruj mi – imaš više sreće nego neki ljudi koji saznaju da im porodica nije toliko bliska kao što su uvek mislili.

Karla ga je pogledala, iznenađena njegovim ozbiljnim izrazom lica. – To zvuči kao lično iskustvo?

Žoel je klimnuo glavom. – Možda ću ti jednog dana ispričati o tome. Ali zaista moraš uskoro da popričaš sa Žozet.

Karla je uzela još malo salate. – Gordon kaže da se ona brine da je pogrešila što mi je rekla, da me je time zauvek udaljila od sebe. Moram da je vidim i ubedim da nije, ali... – Karla odmahnu glavom. – Moram da znam istinu o tome kako sam začeta pre nego što uopšte budem mogla da razmišljam o tome da joj ponovo budem prijatelj. – Pogledala je Žoela. – Nažalost, mislim da ne postoji brzo rešenje za ovu situaciju.

---

[53] Fr.: posebno. (Prim. prev.)

29.

Žoel je u subotu uveče sedeo u dnevnom boravku kada je Karla izašla iz sobe. Premišljala se oko toga šta da obuče za večeru s Brunom. Na kraju se odlučila za letnju haljinu krem boje s plavim različcima, dubokog okruglog izreza i asimetričnih krajeva. Espadrile i plavi bolero, u slučaju da zahladi, upotpunili su joj kombinaciju. Nadala se da se prikladno obukla za gde god ju je Bruno vodio.

Pogled koji joj je Žoel uputio bio je neočekivan, kao i njegove reči.

– Izgledaš divno – rekao je. – Ideš na neko lepo mesto?

– Nadam se. Idem na večeru s Brunom. – Kada ju je Žoel zbunjeno pogledao, Karla je shvatila da on ne zna ko je Bruno i brzo je objasnila. – To je čovek koji me je povukao sa ulice kada je auto nailazio u Antibu. Sreli smo ga u Kanu na dan katastrofalnog rođendanskog ručka. Nisam sigurna kuda idemo. Oh, stigao je. Vidimo se kasnije. Uživaj u večeri. – I Karla je otišla ka Brunu.

– Znam da si tražila da večera bude u Antibu – rekao je Bruno, otvarajući suvozačka vrata sivog kabrioleta koji je parkirao u prilazu. – Nadam se da to uključuje i predgrađe? Rezervisao sam sto u jednom od svojih omiljenih restorana u Žuan le Penu.

Karla, koja je sedala na suvozačko sedište, uspela je da klimne glavom. Brunov auto je bio ozbiljan, najnoviji model, i dok su se vozili južno duž obale mora, činilo joj se da tačno zna u koji restoran je vodi. Budući da je bio jedan od najprestižnijih restorana u tom delu, bio je favorit među poznatim ličnostima koje su tu dolazile leti. Kada je Bruno stao ispred i livrejisani vratar joj otvorio vrata, duboko je udahnula i potrudila se da smiri osećaj zastrašenosti koji se budio u njoj. Nije navikla na ovakva mesta. Iako Bruno očigledno jeste.

Nakon što je livrejisanom vrataru dao ključeve od auta kako bi ih parkirao, Bruno ju je uhvatio za ruku i uveo unutra. Menadžer ga je pozdravio po imenu i odveo ih pravo do stola uz prozor. Karla je znatiželjno pogledala oko sebe. Budući da je još bilo rano, restoran je bio poluprazan, ali Karla je bila sigurna da je prepoznala nekoliko poznatih lica za susednim stolom.

– Veoma si ćutljiva – rekao je Bruno. – Jesi li dobro?

– Kada si me pozvao na večeru, nisam očekivala da ćeš me odvesti u restoran s Mišlenovom zvezdom – rekla je Karla. – Ili da ćeš doći u tako luksuznom automobilu. – Nasmešila mu se, jako želeći da mu pokaže da je srećna. – Razmazićeš me.

Tada je došao somelije, koji im je sipao dve čaše šampanjca i diskretno otišao. Bruno je podigao čašu ka njoj. – Za nova prijateljstva.

– Za nova prijateljstva. – Karla je ponovila pre nego što je uzela gutljaj ledenog pića. Da li bi ona i Bruno zaista mogli biti prijatelji? Jaguar koji on vozi je tip automobila koji bi Karla mogla da zamišlja samo u svojim najluđim snovima. I ovaj restoran? Bilo je toliko očigledno da se osećao potpuno opušteno, dok je ona, pa, umalo se nije uštinula kad su poznati francuski pevač i njegova mlada pratilja seli za sto blizu njih. Ovo mesto je bilo previše daleko od njenog normalnog života. Da li će njihova različita porekla biti prepreka tom prijateljstvu?

Uzela je još jedan gutljaj pre nego što je spustila čašu šampanjca na sto i pogledala u Bruna. Bilo je vreme da se sabere.

– Hteo si da mi objasniš kako si tako lako pronašao moju adresu?

– Veliki trag bilo je upoznavanje tvoje tetke u *Karltonu*.

Karla je čekala dok je Bruno gledao u svoju čašu, delovalo je kao da razmišlja o sledećim rečima, pre nego što je rekao: – Trebalo bi da si primila pismo upućeno Žozet, sa adresom vile, prošle nedelje.

Karla klimnu glavom. – Da. Ja... odnela sam ga do njene kuće. – Reći mu da ona i Žozet trenutno ne razgovaraju nije imalo svrhe. – Primetila sam da je prezime na poleđini koverte Grimo. Je li pismo od tebe?

– Ne, ali tvoja tetka je uvek bila prisutna u mom životu. Kada si izgovorila njeno ime dok si nas upoznavala onog dana, bio sam zatečen. Nisam mogao da poverujem da se rukujem sa ženom o kojoj je moja porodica uvek pričala s tugom. I takođe mi je predstavljalo dilemu šta da radim u vezi sa tim.

– Zašto?

– Morao sam da odlučim da li da kažem svojoj porodici da sam upoznao Žozet. Da se vratila u Antib. Plašio sam se da će te vesti uznemiriti neke ljude – naročito mog strica. Na kraju sam razgoravao sa ocem o tome i odlučili smo da kažemo svima. – Bruno slegnu ramenima. – Ima nedovršenog posla između naših dveju porodica.

Karla je gledala u njega. – Ta rečenica, budući da dolazi od nekoga ko je povezan sa Italijanima, jako me brine.

Bruno ju je gledao, zbunjeno, pre nego što je shvatio na šta je mislila i počeo da se smeje. – Kunem se da nismo mafija. – Popio je malo šampanjca pre nego što je nastavio. – Pismo koje si odnela Žozet poslao je moj stric Mario. Pre pedeset godina, svi su očekivali da će se tvoja tetka i moj stric venčati, bili su nerazdvojni, ali onda je Žozet prosto nestala iz njegovog života, bez pozdrava. Njena porodica mu je okrutno rekla da je napustila Antib kako bi započela nov život, i ništa više od toga. Mario posle svih ovih godina silno želi da zna istinu o tome što se desilo.

Karla ga je gledala, sa osećanjem nelagode koji je postajao sve jači. Da li je njeno rođenje odgovorno za razaranje još jedne porodice?

– Ali zasad Žozet još nije odgovorila. Možda bi ti mogla da je ubediš? – rekao je Bruno. – Puno bi značilo mom stricu da zna istinu, čak i ovako kasno.

Karla je bila zahvalna što je tada došao konobar s predjelom, poštedevši je odgovora Brunu. Kako da mu kaže da misli da je ona razlog što je život njegovog strica uništen pre svih tih godina? Progutala je uzdah, prihvativši ono što više ne može da odlaže. Sutra će otići da razgovara sa Žozet.

Trgla se kada je Brunova ruka prekrila njenu na stolu i kad ju je zabrinuto pitao: – Karla? Jesi li dobro? Prebledela si.

Karla je uspela da mu uputi umirujući osmeh. – Ne znam zašto, budući da sam dobro. Ovo izgleda veoma ukusno – rekla je, gledajući u predjelo sa školjkama i uzevši pribor u ruke.

Bruno ju je posmatrao još nekoliko sekundi pre nego što je rekao: – *Bon appétit* – i uradio isto. Nekoliko trenutaka su jeli u tišini pre nego što je Bruno rekao: – Sada kad znaš kako sam te pronašao, mogu li da te uverim da nisam to uradio samo zbog povezanosti između tvoje tetke i mog strica, već jer sam želeo ponovo da te vidim. Voleo bih da budemo prijatelji.

Karla mu se nasmešila. – Mislim da već jesmo, zar ne? – Zadržala je za sebe misao: *Iako živimo u potpuno drugačijim svetovima.* Bruno je bio odlično društvo i uživala je u posmatranju njegovog privilegovanog sveta.

Do kraja večeri je uspela da ostavi po strani sve misli o Žozet i porodičnim stvarima koje ih čekaju.

Posle večere, Bruno je predložio šetnju po plaži. Kada ju je uhvatio za ruku dok su šetali, Karla je srećno uplela svoju s njegovom. Bližila se ponoć kada ju je odvezao kući i parkirao se na prilazu ispod glavnog spoljašnjeg svetla, koje je pažljivi Žoel ostavio upaljeno.

– Hvala ti na divnoj večeri – rekla je.

– Bilo mi je zadovoljstvo. Ponovićemo to uskoro – kazao je Bruno. – Sledeće nedelje?

Karla se smeškala dok je odmahivala glavom. – Sledeće nedelje sam zauzeta. Planiram malu proslavu uskoro – možda bi želeo da dođeš? Pozvaću te kad se taj dan približi, može?

Nagnuo se ka njoj i poljubio je u obraz. – Radujem se tome.

Kada je ušla unutra, Karla je čula kako se vrata Žoelove sobe zatvaraju. Uglavnom je do deset bio u krevetu jer ujutru ustaje rano. Da li je čekao da se bezbedno vrati kući? Ako jeste, zašto se nije pozdravio za laku noć?

30.

Karla je lutala po pijaci sledećeg dana, pokušavajući da raspore-
di misli i pitanja koja mora da postavi Žozet. I trudeći se da ubedi
sebe da je danas dobar dan da ode da popriča s njom.

Budući da još nije bilo ni osam sati, pijaca je bila tiha i neki pro-
davci su još pripremali svoje tezge. Karla je u pekari kupila nekoliko
peciva s čokoladom i kroasana za doručak, nadajući se da će je Žozet
ponuditi kafom. Blizu pekare, žena koja je radila u cvećari praznila
je kombi pun cveća koje je doneto s velike cvetne pijace na obali u
Nici. Karla je na trenutak stajala i posmatrala mnoštvo ruža raznih
boja, ljiljana, belih rada, frezija i suncokreta postavljenih zajedno na
drvenom stolu. Suncokret. Jedan od Žozetinih omiljenih cvetova.

Pet minuta kasnije, Karla je stajala ispred Žozetinih ulaznih
vrata, držeći cveće suncokreta i čekajući, puna strepnje, da ih Žozet
otvori. Kada su se vrata otvorila, Karla je gurnula cveće ka Žozet. –
Za tebe su. Možemo li da razgovaramo? Donela sam doručak.

Žozet klimnu glavom. – To bi bilo dobro. Hvala ti za cveće.

– Staviću kroasane na tanjir, dok ti budeš pravila kafu? – rekla je
Karla. Uzevši tanjire, krišom je bacila pogled na tetku, pokušavajući
da odgonetne kakvog je raspoloženja. Bilo je nemoguće razaznati,
ali primetila je da Žozet izgleda umorno, imala je podočnjake.

– Kako si? – upita Karla tiho.

Žozet slegnu ramenima. – *Ça va.* Bila sam i bolje. Puno toga mi
je na pameti.

– Takođe. Ni ja ne spavam dobro – rekla je Karla.

U sve većoj tišini između njih, Žozet je sipala kafu i gurnula
jednu šolju ka Karli. Nekoliko trenutaka su obe sedele i pile kafu,
zadubljene u misli, i nijedna od njih nije želela prva da započne

težak razgovor koji su znale da ih čeka. Na kraju je Karla duboko udahnula i progovorila.

– Bila sam na večeri s Brunom pre neko veče. Rekao mi je da je pismo koje sam ti donela prošle nedelje od njegovog strica Marija, koji je izgleda tvoj stari prijatelj, i nadao se da će te videti sada kada si se vratila u Antib. Rekao je da još nisi odgovorila?

Iznenađena, Žozet odmahnu glavom. – Ne. Odgovoriću kada... kada neke stvari budu sređene.

– Da li te „stvari" koje želiš da se srede uključuju i to što sam ja vanbračno dete? – rekla je Karla. – U nemiru sam od tvog rođendana. Ošamućena, šokirana, ljuta, puna pitanja na koja su mi potrebni odgovori. Očigledno prvo pitanje je – zašto si progovorila posle pedeset godina i sada mi rekla da si mi majka?

Žozet ju je staloženo pogledala. – Zato što sada živiš ovde i prvi put nam se životi prepliću. I zato što Amelija više nije živa i istina ne može da je povredi. Želim da se naš odnos zasniva na iskrenosti. Želim da ljudi znaju da je naša povezanost veza majke i ćerke. Čak i ako odlučiš, sada kada sam ti rekla istinu, da ne možeš da mi oprostiš i da me ne želiš u svom životu, želim da mogu da kažem ljudima da imam ćerku.

– Ćerku koju si dobila tako što si izneverila sopstvenu sestru – rekla je Karla.

– Nisam mislila da ikoga izneveravam. Mislila sam da pomažem mužu svoje voljene sestre da se oporavi posle tragedije.

Karli je zastao dah. – Dakle, ako je tata moj pravi otac, imala si aferu s njim?

Žozet klimnu glavom. – Da, on jeste tvoj otac, ali to se desilo samo taj jedan put, tako da nije bila baš afera. Nisam imala želju da spavam s Robertom. Nikada to ne bih uradila svojoj sestri. *Jamais.*[54] Osim toga, bila sam toliko srećna s Mariom. Trebalo je da se venčamo. Ono što sam uradila koštalo me je svega što sam volela. To je nešto što... što se desilo, i ti si bila neočekivani ishod. – Žozet uzdahnu. Ruka joj se tresla dok je uzimala lonac za kafu i napunila im šolje.

---

[54] Fr.: Nikad. (Prim. prev.)

Karla je zurila u nju. – Pa reci mi kako se ta neočekivana afera, veza, ili kako god to želiš da nazoveš, desila.

– To je duga priča i volela bih da ne moram da ti je ispričam – rekla je Žozet, doboko udahnuvši. – Kada je Bobi umro, Amelija je doživela nervni slom. Misleći da će joj to pomoći da se oporavi, Amelija se vratila kući na nekoliko meseci. Robert je dolazio kad god je mogao da uzme slobodne dane na poslu, možda tri puta za šest meseci. Njih dvoje su emotivno bili jako loše. Amelija jedva da je mogla da gleda Roberta, a kamoli da deli krevet s njim – rekla je Žozet. – Posle nekog vremena, naši roditelji su odlučili da je vreme da se Amelija vrati Robertu u Englesku i da pokuša da nastavi dalje sa svojim životom. Amelija se bunila da još nije dovoljno dobro, ali insistirali su. Robert je došao po nju.

Žozet je ćutala na trenutak, prisećajući se vikenda kada je Robert došao da odvede svoju ženu kući. Odvezla je Ameliju na aerodrom kasno uveče kako bi ga sačekala na poslednjem letu tog dana iz Engleske za Nicu. Setila se koliko je bila šokirana njegovim izgledom te večeri. Nekoliko nedelja je prošlo od njegovog poslednjeg dolaska, i linije iscrpljenosti i tuge urezale su se još dublje na njegovom licu, kosa, neočešljana i prošarana sedim, padala mu je po okovratniku, dok su mu bezizrazne oči delovale još više utonulo u lice zbog velikih podočnjaka.

– Tvoj jadni muž izgleda užasno. Mislim da su mama i tata u pravu – potrebna si mu kod kuće – rekla je Žozet, okrenuvši se prema Ameliji.

Njena bliznakinja je zurila u nju. – Nisam mu ja potrebna, već Bobi. Ne mogu da pomognem, jer je to ono što je i meni potrebno.

Amelija nije mogla da ne ustukne kad se Robert sagnuo da je poljubi u obraz i tužno je zatvorio oči pre nego što je zakoračio unazad uz žalosno odmahivanje glavom.

Kada su ušli u auto, i Amelija i Robert su besciljno zurili kroz prozor dok je Žozet vozila pored obale mora. Stvari nisu bile ništa bolje ni kada su stigli u vilu. Amelija je rekla Robertu da je krevet u njenoj sobi njegov – ona će spavati u gostinskoj sobi. Sledeća dvadeset četiri sata, Amelija i Robert su bili previše fini jedno prema drugom u prisustvu njenih roditelja, a van njihovog prisustva su se ignorisali.

Žozet baci pogled na Karlu. – Bio je to užasan vikend. Imala sam sastanak s Mariom te subote uveče i bilo mi je drago što ću se odvojiti od njih. Bilo je jako kasno kada sam došla kući. Bili smo na zabavi u Kanu. Dok sam se pela uza stepenice, videla sam da su vrata Robertove sobe bila odškrinuta i slabu svetlost koja je dolazila s njegovog noćnog stočića. Kad sam pogledala unutra, Robert je stajao leđima okrenut ka meni i gledao u mračnu baštu, telo mu se treslo dok je jecao. – Uznemirena, Žozet je gurala netaknuti kroasan po tanjiru dok ju je Karla gledala i čekala.

Prošao je minut ili dva pre nego što je Žozet ponovo progovorila.

– Ušla sam u sobu, naslonila se na njegova leđa, obavila ruke oko njega kako bih ga čvrsto zagrlila i rekla mu da mi je mnogo žao. – Žozet je zatvorila oči, trudeći se da zaustavi suze koje su navirale. – Nisam očekivala da će me zgrabiti, misleći da sam Amelija koja je konačno došla da ga uteši.

– Pomešao te je sa Amelijom? I nisi mu rekla?

Žozet je umorno klimnula glavom. – Mogla sam da ga zaustavim, da ga odgurnem od sebe, ali svesno sam odlučila da to ne uradim, bio je čovek u žalosti. Bila mu je potrebna uteha.

– Odlučila si da utešiš – da spavaš – s mužem svoje sestre zato što je bio u žalosti, tek tako? – Karli je bilo teško da održi glas neutralnim, da spreči da joj se nepoverljivost čuje u glasu.

– Bilo mi ga je toliko žao. Činilo se da je Amelija primala sve saosećanje zbog gubitka Bobija. Bilo je kao da su ona i svi ostali zaboravili da je i Robert izgubio sina. Od njega se očekivalo da sve vreme održava tu britansku staloženost. Da sam znala kakve će posledice imati moje ponašanje, štetu koju će naneti... – Žozet je prigušila suze. – Mislila sam da taj jedan put neće škoditi i da će mu pomoći. – Bacila je pogled na Karlu. – Pre nego što bilo šta kažeš, znam koliko sam bila naivna. – Žozet obrisa suze rukom pre nego što je ustala i gurnula stolicu. – Posluži se s još kafe ako želiš. Odmah se vraćam.

Karla je klimnula glavom kada je Žozet ušla unutra, shvativši koliko joj je tetka uzrujana. Sedeći tu i trudeći se da analizira stvari koje je upravo čula, i sama Karla je bila na ivici suza. Istina je da je na neka pitanja dobila odgovore, ali odgovori su samo potegli još pitanja. Odgovori na nova pitanja verovatno će biti isto toliko bolni kao i prethodni. Saznavanje i analiziranje pedeset godina stare porodične istorije i shvatanje da se ona ne može promeniti nije je činilo ni prihvatljivijom ni lakšom za podneti. Karla je uzdahnula. Plivala je u moru osećanja koja su pretila da je utope ako im se prepusti.

Kada se vratila deset minuta kasnije, Žozet je delovala staloženije. – Da napravim još kafe? Čaja?

Karla odmahnu glavom. – Ne, hvala, dosta mi je. – Uputila je zabrinuti pogled Žozet. – Možemo li da nastavimo? Ili da se vratim drugi put? Postoji još stvari koje moram, i želim, da znam.

Kada je Žozet umorno klimnula glavom i rekla: – Hajde da završimo s tim. – Karla je duboko udahnula.

– Kada je tata shvatio da ti nisi Amelija?

Žozet je oklevala pre nego što je tiho rekla: – Mislim da je verovatno shvatio tokom prvih trideset sekundi, ali pošto nisam ni pokušala da ga zaustavim... – slegnula je ramenima. – Bilo je neprijatno posle toga.

Karla ju je gledala i čekala.

– Robert je plakao dok me je držao za ruku i molio me za oproštaj, rekavši da se to nikada neće ponoviti, preklinjući me da nikada nikome ne kažem šta se desilo. „Niko, pogotovo ne Amelija, ne sme da sazna, to mora da bude naša tajna", rekao je. Obećala sam mu da, ne samo da se to više nikada neće ponoviti već i da nikome neću reći. Naravno, kada sam pet nedelja kasnije shvatila da sam trudna, ispostavilo se da je to bilo obećanje koje nisam mogla da održim.

– Ali jesi – rekla je Karla. – Pedeset godina si čuvala tajnu od mene. Trudnoću, doduše, nisi mogla da sakriješ.

– Kada sam rekla roditeljima da sam trudna, preuzeli su stvari u svoje ruke. Nije bilo šanse da dozvole da činjenica da je njihova druga neudata ćerka trudna postane opštepoznata i ukalja porodično ime. – Žozet je nekoliko trenutaka nervozno prelazila prstima preko šoljice za kafu pre nego što je nastavila.

– Roditelji su mi dali tri opcije. Ako zadržim dete, više neću biti njihova ćerka i moraću da nađem neko drugo mesto za život. Mogu da abortiram. – Žozet je zastala. – Ili mogu odmah da krenem za Englesku, rodim dete kada dođe vreme i dam ga Ameliji i Robertu da ga odgajaju kao svoje.

– Oni su te podstakli da me daš ma... Ameliji? Zar se nisi bunila? Pokušala da me zadržiš?

Žozet odmahnu glavom. – U to vreme se još radilo ono što ti roditelji kažu – naročito ako i dalje živiš pod njihovim krovom i po njihovim pravilima. Osim toga, kako sam mogla da te zadržim? Nisam imala ni novac, ni mesto za život, ni mogućnosti. U jednom trenutku su predložili da odem da živim sa ocem deteta ali... – Žozet uputi Karli umoran osmeh. – Abortus nikada zaista nije bio mogućnost – tiho je dodala. – Takođe su verovali da će predaja bebe Ameliji pomoći da ona prežali Bobijevu smrt i da se oporavi. To je bila očigledna odluka za mene.

Žozet je nekoliko sekundi ćutala. – Odmah su me poslali u Englesku, kako bih živela sa Amelijom i Robertom, i rečeno mi je da ostanem tamo dok ne rodim tebe, i da ću onda moći da se vratim kući ako budem želela – ali da nikada neću smeti da im pomenem da sam rodila bebu. Što se njih tiče, ti si uvek zaista bila Amelijino i Robertovo dete.

– Jesi li im rekla ko je otac?

– Ne.

– Šta li je bilo s tatom? Znao je da mi je on otac, zar ne?

Žozet je klimnula glavom. – Da, i zajedno smo odlučili da je najbolje da nikome to ne kažemo. Amelija bi se osećala kao da smo je oboje izdali kada bi znala. U početku je obećala da ćeš moći da znaš da sam ti ja majka „kada bude pravo vreme za to". Nažalost, to vreme nikada nije došlo. Takođe je nekoliko puta pokušala da me nagovori da joj kažem ime oca, ali to se nikada ne bi desilo – rekla je Žozet.

– Kako se Amelija u početku osećala povodom svega ovoga? Da li me je zaista želela? Ili su je baka i deka prisilili da pristane na to?

– Mislim da je Amelija u početku bila malo ogorčena i da je smatrala da je iskorišćavam. Ali pogled joj je u trenutku kad te je

videla i prvi put te uzela u ruke bio ispunjen zapanjenošću i ljuba-
vlju. Ona i Robert su te zaista voleli – pomogla si im da se oporave i
ponovo postanu porodica.

– U tom slučaju, zašto onda nemam mlađu braću i sestre?

– Amelija nije mogla da rodi više dece. Nešto je pošlo po zlu
tokom Bobijevog rođenja. To je, između ostalog, bio veliki deo nji-
hovog problema – reče Žozet. Ustala je i odšetala do cveta orlovog
nokta, i počela da se bavi dugačkom žilicom koja je visila s njega. –
Kada sam te rodila i predala njima, otišla sam od Amelije i Roberta.
Dolazila sam u posetu nekoliko puta svake godine i uvek sam bila
dobrodošla. Doduše, za mene su te posete bile teške. Zbog njih sam
shvatila čega sam se odrekla. Svaki put kad bih došla u posetu čvr-
sto bih te zagrlila, sanjala sam o danu u budućnosti kada ću moći da
ti kažem da sam ti ja prava majka. Onda bih otišla na nov honorarni
zadatak na nekoliko meseci – što dalje od Engleske i Francuske. To
mi je pružalo vremena da se saberem do sledeće posete. Ali one go-
dine kada ti je baka umrla, sve se raspalo.

Uznemirena, Žozet otkinu poslednjih nekoliko centimetara or-
lovog nokta dok je gledala u Karlu.

– Kada je baka umrla – rekla je Karla. – Sećam se da je ma...
Amelija bila jako neprijatna prema tati kada je insistirao da idem
u Francusku s njima. Smatrala je da sam previše mlada i da nema
potrebe da prisustvujem tome.

Žozet klimnu glavom. – Dan bakine sahrane bio je dan kada mi
je Amelija rekla da ne želi više da ima veze sa mnom, i kada mi je
zabranila da kontaktiram s njom i s tobom. Tog vikenda mi je slo-
mila srce. Bio je to poslednji put da sam te videla pre našeg sastan-
ka u Parizu mnogo godina kasnije. Ni dan-danas ne znam zašto
se Amelija tako iznenada okrenula protiv mene. Robert je pokušao
da sazna zašto, ali Amelija je odbijala čak i njemu da kaže. – Žozet
nesigurno baci pogled na Karlu. – Od tada me je Robert obavešta-
vao o tvom životu, uprkos Amelijinim pokušajima da prekine svaki
kontakt između nas. Iako su to bile informacije iz druge ruke, čula
sam sve o važnim trenucima u tvom životu, rođendanima, ispiti-
ma, venčanju, rođenju blizanaca. Duhom sam bila uz tebe u svemu

u čemu majka žudi da učestvuje. Samo mi nije bilo dozvoljeno da budem prisutna – čak ni kao tetka.

– Volela bih da mi je tata rekao da je i dalje bio u kontaktu s tobom – mogla sam i ja da ti pišem u tajnosti. Uvek sam želela bolje da te upoznam.

– Pa, sada znaš celu tužnu priču o tome kako je jedan moj glup, impulsivan potez promenio život svih umešanih – reče Žozet. – Kako se sada osećaš u vezi sa svim? Da li me i dalje želiš u svom životu, sada kada si saznala istinu?

– Kao što si ranije rekla, životi nam sve više postaju isprepletani –rekla je Karla zamišljeno. – Trebaće mi vremena kako bi mi se sleglo sve što si mi danas rekla, ali makar su sada stvari utemeljene na iskrenosti. Nemam pojma koliko će mi vremena trebati da prestanem da mislim o tebi kao o Žozet, mojoj ekscentričnoj tetki odmetnici, i da prihvatim da si mi zapravo majka. Biće potrebni meseci kako bismo se upoznale kako treba. – Uputila je Žozet ozbiljan pogled. – Jedna stvar koja je konstantna u priči mog života jeste da je tata i dalje tata. Samo bih volela da je i dalje živ i da mogu da popričam s njim o svemu.

Žozet je posegla za njenom rukom. – Drago mi je što konačno znaš istinu.

Karla je jako stegla ruku koja je držala njenu pre nego što se približila i nežno poljubila Žozet u obraz. – I meni je drago. Drago mi je što živim ovde u Antibu i što imam tebe u životu, ali ima još mostova koje treba da izgradimo.

31.

Karla je ošamućeno lutala gradom nakon što je otišla od Žozet, pokušavajući da upije i prihvati stvari koje je upravo saznala. Nimalo nije sumnjala u to da Žozet žali zbog načina na koji je ono što je uradila te noći pre mnogo godina promenilo tok njenog života, ali nije bila ogorčena zbog toga. Nastavila je dalje i živela život najbolje što je mogla, krijući istinu o Karlinom začeću, čije otkriće bi samo izazvalo još bola njenoj bliznakinji.

Žozet nije bila ogorčena, ali Karla je shvatila da Amelija jeste. S dobrim razlogom, Karla je sada znala. Gubitak Bobija, voljenog sina, i nemogućnost da rodi još dece bio je dovoljan razlog da bilo koja žena postane ogorčena. Ali kada je bila devojčica, bezuslovno je volela svoju mamu i uzimala je zdravo za gotovo ljubav koju joj je ona uzvraćala. Dok jednog dana nije shvatila da je ta ljubav postala jednostrana – Amelijino ponašanje prema njoj se promenilo.

Želela je rođendansku zabavu... mora da joj je to bio deveti rođendan, onaj pre bakine smrti. Amelija je istog trenutka odbila da joj je organizuje, rekavši joj da, koliko god besnela i koliko god se durila, to neće ništa promeniti i da neće biti više zabava. Karla se setila kako je plakala Robertu, ali ni on nije uspeo da natera Ameliju da se predomisli.

Na dan rođendana odveo je Karlu i njenu drugaricu u zoološki vrt, a zatim na picu u gradu. Uživala je u svakom minutu i rekla je to Ameliji kada je došla kući. – Provela sam prelep dan s tatom. Drago mi je što ti nisi išla s nama. Upropastila bi ga. – Amelija ju je ljutito gledala, čvrsto stegnutih usta, pre nego što se okrenula i gotovo neprimetno slegnula ramenima.

Kada je sada o tome razmišljala, posle četrdeset jedne godine, Karla je shvatila da je taj poseban rođendan predstavljao prekretnicu u njenom odnosu sa ženom koju je celog života zvala majkom. Tada je u očima svoje majke počela sve da radi pogrešno, koliko god se trudila, i to se podudaralo sa onim što joj je Žozet rekla o vikendu sahrane.

To što je Žozet rekla da je Amelija obećala da će joj zajedno reći istinu kada bude dovoljno odrasla povlačilo je pitanje zašto se Amelija predomislila? Mora da je Žozet bila jako uznemirena i neizmerno povređena zbog ponašanja svoje bliznakinje prema njoj, budući da joj je bilo zabranjeno da kaže Karli istinu, iako joj je to bilo obećano. Još jednom je situacija u kojoj se našla zasigurno bila neverovatno teška. Nije ni čudo što je izmislila zavrzlamu s kontaktom „samo u slučaju krajnje nužde“, kako bi pokušala da zadrži Karlu na distanci, iako je žudela da joj kaže ko je ona zapravo.

Duboko u mislima, Karla nije obraćala pažnju kuda je išla i iznenadila se kada ju je gurnula žena koja je džogirala, dobacivši ljubazno: „Desolé“ i nastavivši bez zaustavljanja. Pogledavši oko sebe, Karla se iznenadila kad je shvatila da je blizu malog kafića u kome je prvi put upoznala Bruna. Nije bila svesna da je otišla toliko daleko. Okrenuvši se, počela je da hoda u pravcu *Vile Mimoza*. Bilo je vreme da se vrati kući i prihvati celu priču o svom rođenju.

Nakon što je Karla otišla, Žozet se umila hladnom vodom kako bi pokušala da smiri crvenilo i naduvenost koje su izazvale suze tog jutra. Kratak pogled na sat dao joj je do znanja da će zakasniti na sastanak s Gordonom ako ne požuri.

Zvao ju je telefonom nekoliko puta od one noći koju su proveli zajedno, proveravajući kako je i izvinjavajući se što mora da otputuje na nekoliko dana, ali rekavši joj da će je danas čekati na njihovom uobičajenom mestu za ručak. Brzo je podigla kosu u uobičajenu i urednu punđu, prsnula parfem, i bila je spremna.

Kada je stigla, Gordon je već sedeo za stolom koji je brzo postajao „njihov“ sto u restoranu.

– Mnogo si mi nedostajao poslednjih nekoliko dana – rekla je, smešeći mu se, kad je ustao da je pozdravi poljupcem. – Tako mi je drago što si se vratio.

– Naručio sam nam po aperitiv. Nadam se da je to u redu? Jesi li dobro? – pitao je Gordon. – Izgledaš...

– Umorno? Iscrpljeno? Jesam malo – priznala je Žozet. – Prošle nedelje mi je stiglo neočekivano pismo, a onda je, jutros, Karla došla da me vidi.

– Od koga se ispostavilo da je pismo iz Italije? – reče Gordon.

– Kako znaš da je stiglo iz Italije? – upitala je Žozet, uverena da nije Gordonu pominjala pismo.

– Karla mi je rekla. Razgovarala je sa mnom o tome što si joj majka pre nego što sam otišao – želela je da me pita da li znam više od nje. Što, naravno, ne znam – rekao je. – Drago mi je što ste razgovarale.

– Makar zna istinu o tome kako se to dogodilo. Videćemo hoće li joj biti lako to da prihvati i oprosti. – Žozet uzdahnu. – Mogu samo da čekam i da se nadam da možemo izgraditi novi odnos.

Gordon ju je uhvatio za ruku. – Nekada su stvari kojih se najviše plašimo samo sitnice – možda velike sitnice, ali sitnice u poređenju sa svim ostalim. Dozvoli da prođe nekoliko nedelja i siguran sam da ćeš se iznenaditi koliko ste ti i Karla napredovale na putu oporavka odnosa između majke i ćerke. Zajedno ćete uspeti.

Žozet mu se nasmešila, zahvalna na njegovoj podršci i u sebi se nadajući da je u pravu. – Što se tiče pisma iz Italije. Bilo je od starog prijatelja, Marija Grimoa. U srodstvu je s Brunom. Izgubili smo kontakt pre mnogo godina i želi da se vidimo. Još nisam odgovorila.

– Zašto?

Žozet je nekoliko sekundi ćutala pre nego što je tiho rekla: – Zato što je Mario moj *l'esprit d'escalier*. Duh na stepenicama mog života. – Pogledala je u Gordona. – Mislim da je, trenutno, bolje da tamo i ostane. Stvari su već dovoljno komplikovane. – Uzela je parče hleba iz korpe na stolu i otkinula deo. – Kad-tad ću mu pisati. Ne mogu da budem nepristojna i da ga ignorišem. Naročito zato što su se, igrom slučaja, Karla i Bruno sprijateljili.

U tom trenutku se pojavio konobar sa aperitivima i uzeo im narudžbine.

Kada su ponovo bili sami, Žozet je rekla: – Dakle, reci mi gde si tako neočekivano nestao?

– U London. Agenti su konačno našli kupca za moju kuću tamo i morao sam da se vratim kako bih potpisao dokumenta, otarasio se nekih stvari i obavestio razne prijatelje o tome. Sada je sve završeno i Francuska je zvanično moj dom.

Žozet je podigla čašu uvis. – U tom slučaju, čestitam i dobro došao u srećan i dug život u Francuskoj.

Gordon je kucnuo čašu o njenu. – *Vive la France.*[55]

---

[55] Fr.: Živela Francuska. (Prim. prev.)

32.

Dok je spuštala telefon pošto je naručila picu za večeru za sebe i Žoela, Karla je shvatila da su im te letnje večeri u vili, nesvesno, postale prijatna rutina. Retki su bili dani koji se ne završe zajedničkim sedenjem pored bazena, večerom i pićem pred spavanje. Jedno od njih bi napravilo večeru, ili je naručilo, i sedeli bi i razgovarali do sumraka, gledajući ponekog zalutalog slepog miša kako leti oko bašte i nadstrešnica kuće. Osim Prvog maja s Gordonom i Žozet i večere s Brunom, Karla nije izašla uveče otkad se uselila. Što se tiče Žoela, činilo se da ni on nije imao neki naročit društveni život. Ni za jedno od njih se nije moglo reći da „žive život" na Rivijeri, ali Karla je znala da se, dok Žozet nije podelila svoju priču iz prošlosti, godinama nije osećala toliko srećno.

Čekajući da se Žoel vrati kući, Karla se i dalje u mislima vrtela oko stvari koje joj je Žozet rekla. Znala je da će joj razgovor sa Žoelom, uz njegov pribran i zdravorazumski pristup životu, pomoći da stavi stvari u perspektivu. Sedeći pored bazena s Lirojem u krilu, razmišljala je o Žozetinom dolasku kući te sudbonosne večeri i njenom pokušaju da uteši Roberta. Pogledavši u prozore spavaćih soba u zadnjem delu vile, na trenutak se zapitala koji... Ne, neće dozvoliti da joj misli odlutaju ka tome. Na skali o važnosti značaja ta se informacija nalazila daleko ispod nule.

Žoel je došao kasnije nego obično. On i pica su stigli u isto vreme. Znajući da Žoel voli da pliva čim dođe kući, Karla je ubacila picu u rernu koja se grejala i postavila čaše i tanjire dok je on odrađivao svojih rutinskih dvadeset krugova.

Dvadeset minuta kasnije, dok su oboje jeli, Karla je rekla: – Žozet mi je ispričala više o porodičnoj istoriji.

Žoel ju je pogledao. – *Vraiment?* Slušam.

– Iza same činjenice da mi je Žozet majka leži mnogo skrivenog bola i komplikacija. Moje rođenje je razdvojilo živote nekoliko ljudi – ne samo Žozetin – rekla je Karla i ispričala Žoelu sve što je saznala. – Tužna je to priča, zar ne? – zaključila je.

– Jeste, ali takođe je i u prošlosti – uništiće tvoj sadašnji život samo ako joj to dozvoliš – rekao je Žoel.

Karla je pojela zalogaj pice pre nego što je uzdahnula i rekla: – Ne želim da uništim život više nego što on to već jeste u poslednje vreme, ali trenutno se mučim s mnoštvom pomešanih osećanja, trudeći se da prihvatim istinu nakon slušanja laži celog života. – Bacila je pogled na Žoela. – Neverovatno mi je žao zbog Žozet, život joj se tako dramatično promenio, a jedina namera joj je bila da uteši mog oca zbog svega kroza šta je prolazio. – Odgurnula je od sebe tanjir s nedovršenim parčetom pice. – Kaže da jeste bilo naivno ne priznati da je ona pogrešna bliznakinja kada su stvari izmakle kontroli. – Podigla je čašu vina i otpila veliki gutljaj. – Što me, naravno, vodi do tatinog udela u svemu ovome. Ne možemo ga optužiti da je primorao Žozet na to protiv njene volje, zato što ga ona nije odgurnula, ali svakako nije nedužan. Oh, volela bih da je sve ovo izašlo na videlo pre mnogo godina i da sam mogla da razgovaram s njim... sa svima umešanim u ovo. Da sam čula njihovu stranu priče.

– Ali to ništa ne bi promenilo, zar ne? – upitao je Žoel. – Žozet je osoba koja je u srcu svega ovoga i verujem da ti je iskreno rekla sve što se desilo te noći.

Karla je uzdahnula. – Sigurna sam da jeste i razumem da joj je bilo teško kada Amelija nije održala obećanje da će mi reći ko mi je prava majka, ali i dalje mi je teško da oprostim bilo kome od njih što mi nisu rekli istinu pre mnogo godina.

– Mislim da je srećan kraj sa svojom ćerkom najmanje što Žozet zaslužuje – reče Žoel tiho.

– A šta je s mojim srećnim krajem?

– Iz onoga što si mi rekla, ne mislim da ti je žena koju si smatrala majkom pružila naročito srećno detinjstvo. *Vrai?*[56]

---

[56] Fr.: Tačno? (Prim. prev.)

Karla je klimnula glavom. – Istina. Bila sam bliža sa ocem. Mama... Amelija ga je uvek grdila da me je razmazio. Sada mislim da je samo želeo da znam koliko me je voleo – čak i ako Amelija nije – ili nije mogla.

Žoel ju je pogledao. – Uspostavljanje odnosa majke i ćerke sa Žozet bio bi tvoj srećan kraj, *n'est pas*?

Karla je zatvorila oči i duboko udahnula. – Da, bi, ali dok je Žozet godinama i godinama znala istinu, ja sam je tek sada saznala. Ove obmane su temelj celog mog postojanja i neko vreme ću misliti o njima. Biće potrebno vreme kako bih nastavila dalje i prihvatila novu porodičnu dinamiku.

– Slažem se, ali biće potrebno onoliko vremena koliko dozvoliš – rekao je Žoel.

Karla je otvorila oči i okrenula se ka njemu. – Medi će doći na odmor krajem meseca, za moj rođendan. To će biti teško. Znam da zna činjenicu da joj je Žozet baka, ali biće joj teško da čuje kako se to desilo i da se nosi s tim.

– Sem dolazi s njom?

– Nadam se, dopada mi se on. Polažem velike nade u tu vezu.

– Sad govoriš kao prava majka – kazao je Žoel uz osmeh.

U tom trenutku je zazvonio fiksni telefon i Karla je utrčala unutra kako bi se javila.

Kada se vratila Žoel je sedeo na istom mestu, s čašom vina u ruci, zamišljen, nedokučivog izraza lica.

– Jesi li dobro? – pitala je.

Žoel slegnu ramenima i pokaza ka mobilnom telefonu na stolu. – Upravo mi je stigla poruka. Sećaš li se firme za uređenje za koju sam ti rekao da često radim? Konačno je bankrotirala. Od ovog trenutka zvanično imam pet privatnih klijenata. Deset manje od onoga koliko mi je potrebno kako bih ostao finansijski stabilan, dvadeset manje ako ikada planiram da zaradim dovoljno novca i ponovo stanem na noge.

– Oh, tako mi je žao – rekla je Karla. – Makar je tvoja soba ovde tvoja dogod je želiš. I ukoliko mogu da pomognem na bilo koji način, samo reci.

– *Merci*, Karla.

– Nekima od klijenata koji su ostavljeni na cedilu biće potreban baštovan, zar ne? Možda ćeš moći da dobiješ nekoliko klijenata.

– Lepa je to zamisao, ali većina njih živi ili u Kap d'Antibu ili u Kap Feratu, gde je izgled najvažniji.

– Što znači?

– Što znači da se čak i od skromnog baštovana očekuje da dođe u odgovarajućem vozilu. Uvek smo išli na poslove u jednom od firminih najnovijih 4x4s, koji je, iako prekriven zemljom i uvek mu je trebalo pranje, i dalje uspevao da izgleda skupo. Mom prastarom kombiju ne bi bilo dozvoljeno da prođe kroz kapiju većine tih vila.

– To je budalaština.

– Možda, ali tamo je uglavnom tako. Moraš makar da izgledaš uspešno. To je društvo materijalista gde gledaju novac. – Otpio je veliki gutljaj. – Možda je vreme da odustanem. Da pronađem neki drugi posao.

– Jesi li oduvek baštovan?

Žoel odmahnu glavom. – *Non*. U drugom životu bio sam oficir u francuskoj mornarici. Kada sam završio poslednji zadatak, sledio sam san o radu sa zemljom. Dobio sam diplomu kursa hortikulture, i pet godina kasnije postao sam baštovan.

– To je baš velika promena – reče Karla.

– *C'était merveilleux.*[57] Prvi posao mi je bio u vili na obali. Kao jedan od šest baštovana, dosta sam plevio korov i podrezivao živu ogradu. Što mi je ostavljalo dosta vremena da razmišljam o tome kako mi se život raspadao. – Pogledao je u Karlu. – Trebalo bi da ti kažem da sam tada bio oženjen.

– Šta se desilo?

– Miranda nije mogla da podnese promenu od žene oficira u mornarici do žene baštovana bez stalnog posla. Smanjenje prihoda bilo je veliko, ali nju je najviše ubio gubitak statusa. Uvek je želela da živi iza neke od onih otmenih elektronskih ograda u Kap d'Antibu.

– Tužno je pogledao u Karlu pre nego što je uzeo flašu i sipao sebi

---

[57] Fr.: Bilo je divno. (Prim. prev.)

još jednu čašu. – Poslednje što sam čuo je da je u vezi s progamerom milionerom i da uživaju u životu u Švajcarskoj.

– Jeste li imali dece?

– *Non*, što je dobro, s obzirom na to kako su stvari ispale. Miranda se klela da ih želi dok smo bili u braku, ali uvek je bila previše zauzeta i previše zabrinuta zbog gubitka linije da bi stvarno želela decu. Voleo bih da sam imao svoju porodicu. *C'est la vie.*

Karla je, osetivši neizgovorenu tugu ispod njegovih reči, poželela da mu kaže da saoseća s njim, kad je Žoel nastavio.

– Je li to bila Medi na telefonu? Brine se za svoju majku, zar ne?

– Ne, to je bio Bruno. Želeo je da ponovo izađemo na večeru, ali ove nedelje je to nemoguće – zapravo, nemoguće je do posle mog rođendana. Pozvaću ga na slavlje. Ne poznajem dovoljno ljudi kako bih to zvala zabavom. Oh, možda je trebalo prvo da proverim sa Žozet. Nisam razmišljala.

– Žozet neće smetati da on dođe – rekao je Žoel. – Kog je tačno datuma tvoj rođendan?

– Tridesetog, stoga se postaraj da tog dana budeš slobodan. Srećom, to je nedelja – rekla je Karla. – Planiram porodični ručak – samo za nas šestoro, i onda malu zabavu uveče.

Žoel ju je pogledao. – Pozvan sam na porodični ručak?

– Da, naravno – reče Karla. – Ne mogu da zamislim to bez tebe. – Što je zapravo istina, naprasno je shvatila. – Smatraj sebe mojim pratiocem za tu priliku, podižeš broj gostiju, ako ćeš se zbog toga osećati bolje – rekla je, brinući se da previše traži od njega. – Naravno, razumeću ako imaš planove, ali zaista se nadam da ih nemaš.

Žoel je prasnuo u smeh. – Planove? Kad sam poslednji put imao planove vikendom? *Non*, nemoj da odgovaraš na to, *s'il vous plaît*. Ako će tebe to učiniti srećnom, više sam nego srećan da ti budem pratilac tog dana. *Merci.*

Karla mu se nasmešila. – Dobro. Dogovoreno, onda.

33.

Karla skoro da nije primetila koliko su brzo dani prolazili do kraja meseca i njenog velikog rođendanskog slavlja. Radovala se dolasku Medi i Sema. Uživala je u svom novom životu u Francuskoj. Osećala se zdravije, što je bilo zahvaljujući svakodnevnom plivanju, više hodanja i mediteranskoj ishrani punoj svežeg povrća i ribe. Takođe je napredovala i u francuskom jeziku, zahvaljujući Žoelu. Svake večeri dok su zajedno sedeli na terasi, Žoel ju je terao da malo razgovara s njim na francuskom.

Žoel. On je sve to vreme bio veliki deo njenog života i mnogo joj je bilo lepo s njim u blizini. Kada mu je rekla da ne može da zamisli proslavu rođendana bez njega, bila je iskrena. Večeri kada je radio do kasno za privatne klijente i nije stizao kući do devet, ili čak deset sati, bile su usamljene i prazne bez njega.

I uprkos svim otkrićima o porodici, Karla se osećala dobro. Daleko bolje nego što se osećala početkom godine. Bila je dobra odluka preseliti se u Francusku.

Dvadeset četiri sata kasnije i samo jedan sat pre nego što je trebalo da stignu Medi i Sem, Karla je precrtala poslednju stavku sa spiska stvari koje je trebalo da uradi. Sve je bilo organizovano za sledeću nedelju. Frižider je bio pun hrane i bilo je i previše specijaliteta i luksuznih poslastica na policama. Mali frižider za vino bio je pretrpan rozeima i belim vinima, uz nekoliko flaša šampanjca. Bilo je vreme da se odmori, pliva, istušira se i obuče.

Karla je otplivala nekoliko krugova pre nego što se popela na plutajuću ležaljku. Ležeći na njemu, na stomaku, plutajući po bazenu i slušajući zvuk neprimetnih cikada negde visoko na drveću u bašti, osećala je čisto blaženstvo. Iz nekog razloga, palo joj je na pamet sećanje na prošli, loše proveden rođendan.

Dejvid je bio otputovao na službeni put. Nešto čemu nije trebalo toliko da se raduje kao što jeste. Obavezni veliki buket ruža je stigao i stavila ga je propisno u ružnu vazu od brušenog stakla koju joj je Dejvidova majka poklonila za davni rođendan, i postavila ga na sto u trpezariji, gde su svi mogli da ga vide. Blizanci su poslali čestitke – Medi je u svojoj poslala i vaučer za spa tretman, a uz Edovu je stigao svileni šal.

Vreme je bilo užasno – *orage*,[58] što bi rekli Francuzi. Putevi su bili poplavljeni, grad veličine klikera padao je na automobile i prozore. Grom koji je udario tokom oluje koja je trajala pet sati bio je spektakularan, i bilo je kasno popodne kada se usudila da izađe na kišu i odšeta do Amelije. Kada je oluja konačno prošla, vazduh je bio hladan. Kao i način na koji ju je Amelija dočekala.

Budući da je već patila od zdravstvenih problema i bila u početnom stadijumu Alchajmerove bolesti, Amelija nije bila gostoprimljiva. Kućna pomoćnica koja joj je dolazila jednom nedeljno sigurno je bila juče, znala je Karla, ali dnevni boravak je već bio neuredan i po radnoj površini u kuhinji već je bilo prosutih žitarica od doručka, mrva od tosta, tanjira, prljavog pribora za jelo i delića polomljenog porcelana. Kad su joj đonovi zakrckali po linoleumu, Karla je shvatila da je polomljeni porcelan zapravo ono što je ostalo od činije za šećer.

– Mama, mogla si da počistiš šećer nakon što ti je ispala činija – rekla je Karla, uzdahnuvši i uzevši đubrovnik i četku za čišćenje. – Svuda si ga raznela.

– Znala sam da ćeš ti to uraditi kada dođeš – rekla je Amelija, slegnuvši ramenima pre nego što je pokazala na papirnu kesu na stolu. – Šta je u tome?

– Dva kolača koje ćemo jesti uz čaj. Pošto mi je danas rođendan, želela sam da se počastimo. – Karla je pogledala u majku. Sigurno će joj sada poželeti srećan rođendan?

– Onda požuri i skuvaj nam čaj, umirem od gladi – rekla je Amelija i vratila se u dnevni boravak, smejući se crtanom filmu na televiziji.

---

[58] Fr.: grmljavina. (Prim. prev.)

Karla je stavila kolače na tanjire, sipala čaj u porcelansku šoljicu za Ameliju i običnu šolju za sebe, i odnela ih u dnevni boravak. – Malo ću utišati zvuk – rekla je, posegnuvši za daljinskim upravljačem.

Amelija ju je ljutito gledala i uzela jedan od kolača.

– Poželećeš mi srećan rođendan, mama? – upitala je Karla.

Amelija je uzela zalogaj kolača pre nego što je rekla: – Neću, i ti nisi moja ćerka.

– Ako nisam tvoja ćerka, ko sam onda?

– Ne znam. Socijalna služba?

– Oh, u redu – reče Karla. Bilo je uzaludno raspravljati se sa Amelijom.

– Ovaj kolač je preukusan. Trebalo je da mi doneseš više.

Sat vremena kasnije, dok je odlazila, Karla je shvatila da je to popodne označilo prekretnicu u životu obe. Nije bilo šanse da Amelija nastavi da živi sama. Stanje uma joj se očigledno pogoršavalo. Bilo je vreme da za nju nađe starački dom, što je Karla znala da je početak pravog kraja njene majke.

Razmišljajući sada o tom popodnevu dok je plutala na dušeku po bazenu, Karla je shvatila koliko su stvari bile drugačije samo godinu dana kasnije. Koliko je ona bila drugačija.

Izašavši iz bazena kako bi se istuširala i spremila da sačeka Medi i Sema, odjednom joj je u glavi odzvanjao Amelijin glas. – Ne, ti nisi moja ćerka. – Je li to zaista bio momenat Alchajmerove bolesti? Ili je zbunjena Amelija samo govorila istinu? Bilo je nemoguće znati, ali šta god bila istina, sve je to bilo tako tužno.

Deset minuta nakon dolaska, Medi i Sem su sedeli na terasi, Medi sa čašom hladnog rozea u ruci a Sem s pivom.

– Lepo je ponovo biti ovde – rekla je Medi, srećno uzdahnuvši. – Ne mogu da ti opišem koliko sam se radovala ovom odmoru. – Otpila je malo vina. – Da li se tata javljao?

Karla odmahnu glavom. – Ne, hvala nebesima. Jesi li mu rekla da dolaziš ovamo?

– Da. Zvao je kako bi me pitao gde slaviš rođendan, pa sam mu rekla.

– Kako je on?

Medi je slegnula ramenima. – Dobro, pretpostavljam. Trenira i dosta je smršao. Nadam se da ste ti i Žozet razgovarale? – rekla je, promenivši temu i pogledavši u Karlu.

– Da, razgovarale smo – kazala je Karla. Znala je da mora da kaže Medi sve što joj je Žozet ispričala, ali nadala se da će moći makar nekoliko sati da odloži taj trenutak.

– To je dobro. Moći ćeš kasnije da mi ispričaš sve grozne detalje – rekla je Medi, kao da joj je pročitala misli. – Prvo moram malo da plivam. Seme?

– Uskoro ću ti se pridružiti – odgovorio je Sem. – Za sada mi je jako lepo ovde.

Dok su Karla i Sem posmatrali Medi kako pravi nekoliko brzih krugova pre nego što se okrenula na leđa i zaplutala po površini, Karla je rekla: – Čini se da je Medi prihvatila promenu u dinamici naše porodice. Prvo moj i Dejvidov razvod, moju selidbu u Francusku, onda sve ovo sa Žozetinom pričom. – Okrenula se prema Semu. – Mislim da joj je dosta pomoglo to što si ti bio uz nju. Hvala ti.

Sem je odbacio njene reči. – Samo sam je slušao. Budući da su i moji roditelji razvedeni, mogao sam da razumem kroza šta prolazi. Što se tiče Žozet, mislim da se Medi nada da će je bolje upoznati tokom ovog odmora – misli da će biti sjajna baka. Jeste li videli Žozet u skorije vreme?

– Ne otkad mi je ispričala priču o mom rođenju. Mislim da smo obe odlučile da nam je potrebno malo prostora kako bi se stvari slegle. Doduše, nadam se da će ona i Gordon ovde provesti dan u nedelju.

– Želim da je vidim pre toga – rekla je Medi. Nisu primetili da je doplivala do ivice bazena i sada se držala za kamenu ivicu i posmatrala ih. – Mislim da nam je potrebno da izađemo negde, nas tri. Radi malo zbližavanja između bake, mame i ćerke. – Nasmešila se Semu. – Ti ćeš uživati lutajući po Antibu sâm, zar ne? Dobro, onda ćemo tako uraditi. Možemo kasnije da prošetamo do Žozet i isplaniramo dan. Ako odemo u Kan, moći ćemo da se prepustimo i kupovini. Jedva čekam da istražim sve radnje u Ulici Antib o kojima se priča.

34.

Žozet se iznenadila kada je otvorila vrata i ugledala Medi i Sema na pragu.

– *Bonjour* – rekla je, poljubivši Medi u oba obraza pre nego što se okrenula ka Semu i uradila isto. – *Bienvenue et entre.*[59] – Rukom im je pokazala da uđu.

– Hvala ti, ali nećemo ulaziti. Došla sam da te pozovem na dan porodičnog zbližavanja – reče Medi. – Što znači da ti, mama i ja idemo u Kan na ručak i u kupovinu. Molim te reci da ćeš doći. Možeš da izabereš dan koji tebi odgovara?

– Bilo koji dan – rekla je Žozet, iznenađena.

– Onda će to biti sutra. Dođi u vilu oko deset i zajedno ćemo ići na stanicu. Ćao. – Medi je zgrabila Sema za ruku i otišla.

Sada, sedeći u vozu koji je išao uz obalu na kratkom putu ka Kanu, Žozet je posmatrala dve žene koje su sedele prekoputa nje i smeškale se. Išla je sa ćerkom i unukom u porodični izlazak. Bilo je to nešto što je smatrala jednako verovatnim kao mećavu u Antibu u avgustu. Sagnula se i izvadila foto-aparat iz torbe. – Mogu li da vas uslikam na brzinu? Ovo je tako poseban dan za mene. Dan proveden s ćerkom i unukom. – Pre nego što je bilo koja od njih mogla da se usprotivi, pogledala je kroz objektiv, fokusirala se i pritisla dugme. – Hvala. – Vrativši foto-aparat u torbu, pitala je: – Dakle, šta ste isplanirale za danas?

Medi slegnu ramenima. – Nemamo planove, mada obavezno moramo da odemo u Ulicu Antib. I na neko baš lepo mesto na ručak – koje nije poznato turistima, ako je to moguće, gde ćemo moći

---

[59] Fr.: Dobro došli i uđite. (Prim. prev.)

da pričamo i bolje se upoznamo. Ti ćeš znati najlakši put po gradu, pa ćeš nam reći kojim putem da idemo.

– *D'accord*[60] – rekla je Žozet, razmislivši na brzinu. – Prvo ćemo da odemo do Festivalske palate, onda u malo razgledanje izloga otmenih dizajnerskih prodavnica koje se tamo nalaze, prošetaćemo Kroazetom i onda odšetati do kraja Ulice Antib. Znam jedan dobar restoran tamo. Možemo da idemo u kupovinu posle ručka.

– Zvuči savršeno – reče Karla. – Hajde, stigle smo – dodala je kada je voz stao na stanicu.

Hodale su ulicama punih lokalaca i turista, i prešle ulicu do Festivalske palate. Medi je istog trenutka pozirala na čuvenim stepenicama i Žozet je ponovo izvadila foto-aparat iz torbe.

– Nema crvenog tepiha, ali, hej, svi će prepoznati stepenice na kojima stojim – rekla je Medi. – Kad se samo setim da je Kris Hemsvort stajao na istim ovim stepenicama pre nekoliko meseci. – Pravila se da pada u nesvest.

Žozet je slikala i slikala dok Medi nije prestala da pozira i zajedno su prešle ulicu kako bi se divile luksuznim stvarima u izlozima prodavnica *Šanel* i *Ermes*, samo dvema od dizajnerskih firmi o kojima su mogle samo da sanjaju. Prošle su i pored *Karltona* i pored hotela *Martinez* pre nego što im je Žozet rekla da skrenu levo, dalje od Kroazete, ka spoljašnjim ulicama grada. Deset minuta kasnije, Žozet je stala ispred restorana iz kog su izlazili mirisi najukusnijih aroma.

– *Voilà!* Na ovo mesto sam mislila. Ima uvučenu baštu s puno hlada.

– Dobro izgleda – rekla je Karla. – A ručak na otvorenom je ovde obavezan.

Sedeći u bašti restorana, pod senkom velikog drveta zelenog limuna, sa uslužnim konobarom koji im je doneo šampanjac koji je insistirala da naruče, Žozet je podigla svoju čašu uvis: – Za disfunkcionalne bake, ćerke i unuke svuda, ali naročito za nas! *Santé*. Neka ovaj porodični izlazak bude prvi od mnogih.

Medi je otpila gutljaj pre nego što je rekla: – Porodična imena. Moramo da se složimo kako ćemo te zvati. Da li ti se sviđa Žozet?

---

[60] Fr.: u redu, slažem se, prihvatam. (prim. prev.)

Još mi je rano da te zovem bakom, i prilično sam sigurna da će mami neko vreme biti teško da te naziva mamom. – Ignorisala je Karlin dubok udah i nasmešila se svojoj baki.

Žozet polako klimnu glavom. – Sviđa mi se to. A sada, pričaj mi o tebi i Semu. Jesi li zaljubljena u njega? Hoće li te zaprositi? Nemoj me tako gledati, Karla, kao baka imam pravo da postavljam neugodna pitanja.

Sva neugodna, brižna pitanja koja je žudela da pita Karlu svih ovih godina, ali nikada nije smela. Hoće li ona i Karla ikada biti dovoljno bliske da razgovaraju jedna s drugom kako treba po uspostavljanju novog porodičnog poretka? Znala je da je Karla kao na iglama u njenoj blizini, ali Medi nije bila ukočena, otvoreno je govorila sve što misli i Žozet je to cenila.

Žozet se vratila u mislima u sadašnjost kad je čula kako Medi govori: – Ne mora da me zaprosi, ali definitivno mislim da je on „onaj pravi", kojeg je mama uvek insistirala da ću upoznati – rekla je. – Čak i ako se tata ne slaže s tim. Budući da je uništio svoj brak, nije kao da je stručnjak za veze.

– U svemu postoje dve strane priče – reče Karla tiho.

– Zašto ga braniš? – zahtevala je Medi.

– Ne branim ga. On je i dalje tvoj otac i ne želim da naš razvod utiče na tvoj odnos s njim. Uvek te je obožavao. – Karla je duboko udahnula. – I, iskreno, ne priča mi se o ovome pred Žozet i u javnosti. – Pogledala je ka ostalim gostima restorana.

– Žozet je tvoja majka. Postoje stvari koje zaslužuje da zna o tebi. Kao to koliko si godinama bila nesrećna, to što te je tata varao i zašto nam se porodica raspala.

– Žozet već većinu toga zna. Možemo li da ne razgovaramo detaljno o tome ovde?

– Jeste li znale da me je Gordon vodio na parasejling za rođendan? – rekla je Žozet, odlučivši da bi bilo dobro sada promeniti temu razgovora.

Karla i Medi su se okrenule ka njoj, iznenađenih izraza lica. – Svaka čast – rekla je Medi, osmehujući se.

Karla ju je pogledala u neverici. – Ali...

– Ako ćeš mi reći da sam prestara za takve stvari, nemoj. Treba da probaš to. Predivno je. Osnažuje i čini da se osećaš živom. Uskoro ćemo ponovo ići. – Primetila je sumnjičav pogled na Medinom licu i pretpostavila o čemu je mislila.

– Mi smo samo prijatelji – rekla je. – Ti, mlada damo, sada možeš prestati tako da me gledaš. A sada, hoćemo li da naručimo ručak? – I uzela je jelovnik koji je konobar ranije stavio na sto.

Kada su poručile ručak i konobar im napunio čaše šampanjcem, Medi je ustala i insistirala da naprave selfi.

– Znam da ćeš imati puno fotografija – rekla je Žozet – ali želim da imam jednu fotografiju nas tri na telefonu. Suvenir koji će svuda ići sa mnom. – Kada je sela s velikim osmehom na licu, kazala je: – Hajde da razgovaramo o nedelji. Porodični ručak za nas četvoro, i Gordona. Koliko će ljudi biti na zabavi, mama?

– Pozvala sam Žoela da nam se pridruži na ručku, tako da će nas biti šestoro – rekla je Karla, ignorišući izraz na Medinom licu. – Pozvala sam susede sa obe strane vile na zabavu, iz pristojnosti. – Karla se okrenula prema Žozet. – Ti ih poznaješ bolje nego ja. Helena i njen muž su rekli da bi rado došli, Markus i Žoan će celog dana jedriti, ali rekli su da će svratiti kad se vrate. Takođe sam pozvala i Bruna, stoga će nas biti jedanaestoro.

– Bruno Grimo dolazi? – kazala je Žozet, iznenađena.

– Pozvala sam ga kad sam bila na večeri s njim pre neko veče – reče Karla. – To nije problem, zar ne?

Žozet odmahnu glavom. Ne još. Ali setivši se Mariovog neodgovorenog pisma kod kuće u fioci, zapitala se da li će njegov nećak probati da iskoristi priliku da pomogne svom stricu.

– Može biti rizično imati oba momka na zabavi – zadirkivala ju je Medi.

– Rekla sam ti – Žoel i Bruno su mi prijatelji. Prijatelji koji su, igrom slučaja, muškarci. Nikako mi nisu momci – odgovorila je Karla. – Dopadaju mi se obojica, ali Bruno, sa svim svojim novcem, vodi život potpuno drugačiji od mog. Žoel je mnogo više na zemlji. Znam da će mi nedostajati kad se iseli iz vile.

– Dobro je što ne moraš nijednog od njih da upoznaš s tatom – rekla je Medi. – Znaš koliki je materijalista. Žoel ga ne bi impresionirao, ali Bruno, naročito ako je bogat koliko misliš da jeste, bi. Zato držim Sema što dalje od njega – tiho je dodala. – Tako je mnogo lakše.

U tom trenutku su im stigle porudžbine i razgovor je stao kada su, uz zadovoljan uzdah, počele da jedu.

– Jeste li mislile na neki poseban vid kupovine kada završimo ovde? – upitala je Žozet. – Dugo se nisam počastila nečim novim. Osim na tvoju zabavu, idem na večeru s Gordonom i njegovom kumicom uskoro, i osećam potrebu da se lepo sredim. Oslanjam se na vašu pomoć za kupovinu odgovarajuće haljine.

– Nisam sigurna šta ću ja kupiti – rekla je Medi. – Ali sigurna sam da ću naći način da opravdam trošenje nekoliko evra.

– Ja ne nameravam ništa da kupujem, tako da ću vam rado pomoći – reče Karla.

– Mama, to je tako pogrešan stav. Činjenica da je u pitanju proslava tvog rođendana zahteva da kupiš novu, savršenu haljinu. I seksi cipele. Isuviše je lako u tvojim godinama ne upuštati se u nešto novo. – Prstom je grdila Karlu.

Posmatrajući i slušajući ih, Žozet je osetila tračak zavisti zbog njihove bliskosti. Ima li šanse da ikada to postigne s Karlom? Već je osećala da se zbližava s Medi. Možda je to bilo lakše zbog preskočene generacije? Da li je Amelija imala dobar odnos sa svojom unukom? Da li su se smejale i igrale igre zajedno? Sve su to bile stvari koje je ona propustila.

Žozet je odgurnula te podmukle misli. Neće dozvoliti žalu da joj upropasti dan – ili budućnost. Novi moto življenja u sadašnjosti bio je jedini način da se nosi sa ovim promenama u životu.

35.

Ujutro na svoj rođendan Karla se rano probudila i neko vreme je ležala razmišljajući, uživajući u miru svoje sobe, okupane jutarnjom sunčevom svetlošću. Danas puni pedeset godina. Nije se osećala kao da ima pedeset – iako nije znala kako treba da se oseća s pedeset godina. Ako bude imala sreće, tih pedeset godina će predstavljati polovinu njenog života i živeće do stote godine. Šta može da očekuje od ostatka života, ako bude imala toliko sreće? Verovatno je najbolje ne očekivati previše, na taj način se neće razočarati.

Prošle godine u ovo vreme, život joj je bio tako jednostavan. Brak joj nije bio sjajan, ali pretpostavljala je da su vrlo retki njeni prijatelji čije brakove ispunjava romantična ljubav posle skoro dvadeset pet godina. Postalo joj je normalno da ignoriše stanje odnosa između nje i Dejvida, da ga stavi u drugi plan i skoncentriše se na brigu o majci. Možda je trebalo da shvati da će se desiti ono neizbežno, znajući da je Dejvid imao niz afera iza sebe. Ali bežanje u Francusku nije ličilo na nju. Prvi put u životu je negde duboko u sebi pronašla hrabrost da se usprotivi. Da je znala da će to započeti igru s njenim starim životom nalik rušenju domina, da li bi odreagovala na isti način?

Odgovor je bio jedno veliko da. Dopadalo joj se sve u vezi sa životom u Francuskoj. Vreme, hrana, vila – naročito vila. Bila je njen dom. Godinama se nije osećala ovako živom, i čak je počela da prihvata Žozetino priznanje. Tome je zasigurno pomogla Medina ideja o danu u Kanu. Bio je to zabavan dan, i do kraja dana su počele da se opuštaju jedna s drugom. Bilo je jasno da je Medi već počela da se vezuje za Žozet, očigledno odlučivši da je njena nova baka kul i moderna.

Karla je, srećna zbog toga što se tako lepo slažu, osetila neočekivan tračak tuge zbog Amelije. Nikada nije bila baka sklona nežnostima, koja bi razmazila blizance poklonima šapnuvši im „nemojte reći majci za ovo". Nikada nije prihvatala neposlušnost ni od koga od njih, zahtevala je lepo ponašanje od svih u svakom trenutku. Karla je pretpostavljala da bi Žozet bila mnogo opuštenija baka čak i sada, i da bi razmazila blizance na razne načine, kad god bi imala priliku za to.

– Mama, jesi li budna? Donela sam ti doručak. – Medi je otvorila vrata i ušla, noseći poslužavnik. – Srećan rođendan – rekla je. – Jesu li proseko i kroasani po volji?

– Savršeni su – reče Karla. – Razmazićeš me.

Dok je kucala svoju čašu o ćerkinu, Karla je pomislila kolika je srećnica jer ima i Medi i novi život koji je stvorila za sebe u Francuskoj. Privikavala se na Žozetinu drugačiju ulogu u njenom životu, i nije imala razloga da sumnja u to da će, kad-tad, uspeti da poprave odnos – pogotovo uz Medinu pomoć. Jedina osoba koja je falila bio je Ed, ali on će se uskoro vratiti u Evropu – do Božića, u svakom slučaju.

Kada je sišla niza stepenice posle kupanja, Medi ju je isterala iz kuhinje. – Danas je za tebe ovo zabranjena zona, mama. Ja spremam ručak i sve organizujem za večerašnju zabavu. Sem i Žoel su zaduženi za roštilj. Sem mi sada pomaže, tako da nema ničega sa čime bi ti mogla da pomogneš. Sedi i opusti se dok Žozet i Gordon ne dođu na ručak.

Bilo je neobično sedeti na terasi i slušati aktivnosti u kuhinji u koje nije bila uključena. Medi i Sem su joj poklonili karte za balet u *Grimaldi forumu* u Monaku, kao i knjigu veličanstvenih fotografija bašta s juga Francuske. Gledajući sada u knjigu, nije mogla da dočeka da je pokaže Žoelu. Žoel. Gde li je on bio ovog jutra? Nadala se da nije zaboravio da je pozvan na današnji ručak.

Sem se pojavio pored nje sa šoljom kafe. – Ona koju moram slušati poslala me je sa ovim za vas.

– Hvala. I hvala ti za karte za balet i ovu divnu knjigu.

– Zadovoljstvo nam je. Ne mogu da se zadržavam. Moram da idem da nataknem na ražanj parčiće jagnjetine i čeri paradajz za večeras. Znate, vaša ćerka baš ume da zapoveda.

Karla se smejala dok se Sem vraćao unutra. O da, Medi je po prirodi volela da zapoveda. Iznenadila se što je Semu trebalo toliko vremena da to shvati.

Gordon i Žozet su stigli ubrzo posle toga. Žozet je, sa sjajem u očima, pružila Karli kovertu. – Od mene i Gordona. *Joyeux anniversaire, ma chérie.*[61]

Karla pažljivo otvori kovertu i izvuče vaučer za parasejling za dve osobe.

– Moraš to da probaš pre nego što postaneš prestara – rekla je Žozet, smejući se izrazu na Karlinom licu. – Veruj mi. Uživaćeš.

– Oh! Nepopravljiva si. Hvala ti. – Kratko zagrlivši Žozet kako bi se zahvalila, Karla nije mogla da ne razmišlja o tome koliko je Žozetin odnos prema životu bio drugačiji od Amelijinog, i koliko je bilo teško nasmejati Ameliju.

Žoel je stigao kući, odakle god, taman pred ručak.

– Mislila sam da si zaboravio na današnji ručak – rekla je Karla. – Tako mi je drago što nisi – dodala je, smešeći mu se, shvativši koliko bi bila razočarana da nije došao.

– *Joyeux anniversaire*, Karla – rekao je Žoel, poljubivši je u obraz i tiho rekavši: – Imam mali poklon za tebe kasnije.

Ručak od mešavine suhomesnatih proizvoda, sireva, salata i svežih bageta, bio je praćen hladnim rozeom. Na Karlino iznenađenje, Sem ga je sipao svima osim sebi.

– Da li bi ti želeo pivo umesto toga? – pitala je.

Sem odmahnu glavom. – Ne, hvala. Voziću popodne. Nadoknadiću to večeras.

– Oh. Kuda idete? – rekla je Karla, iznenađena. Očekivala je da će on i Medi provesti ostatak dana s njom u vili.

– Vodi me u Sen Pol de Vans – odgovorila je Medi. – Jedna od mojih klijentkinja tamo ima vikendicu i pozvala nas je da dođemo. Odgovara joj samo predveče.

– Pitala bih vas da pođem s vama – poseta tom gradiću je na mom spisku – ali naravno, ako je u pitanju klijent...

---

[61] Fr.: Srećan rođendan, draga moja. (Prim. prev.)

– Izvini, mama. Povešćemo te neki drugi put. – I Medi je gurnula ka njoj tanjir pun *charcuterie*.[62] – Uzmi malo svinjsko – preukusno je.

Karla je uzela parče mesa i stavila ga na svoj tanjir. Uopšte nije verovala Medi da tamo ima klijenta koji ima vikendicu. Instinktivno je znala da njena ćerka nešto smera. Zašto nije ranije pomenula da njih dvoje negde odlaze popodne? Nešto se nije poklapalo u njihovoj priči.

– Ti svakako ne možeš da ideš. Biće mi potrebna tvoja pomoć s lampicama za baštu večeras – rekao je Žoel, prekinuvši tišinu koja je nastala.

– Solarne lampice? Mislila sam da si rekao da nisu dobre za insekte? – reče Karla.

– Ne solarne. Dva-tri niza sijalica na baterije i sveće u teglama.

Ostatak ručka je proleteo u smehu i ćaskanju. Gordon ih je sve nasmejao do suza prepričavajući izvesni rođendan kada je bio opkoljenom grupom žena odlučnih u otkrivanju odgovora na staro pitanje: šta li Škot nosi ispod svog kilta?

– Na kraju sam skočio u reku i plivao do druge strane obale kako bih ih izbegao. Sledeći problem je bio kako preći četrdeset kilometara do kuće bez novca i potpuno mokar.

Prošlo je četiri sata popodne kad su Medi i Sem ustali i rekli da moraju da krenu. Žozet i Gordon su se takođe pozdravili.

– Vidimo se ovde ponovo u sedam sati – Karla reče, isprativši ih do prilaza.

Žoel je nestao kad se vratila na terasu i počela da odnosi prljave tanjire i čaše u kuhinju. Dok je zatvarala mašinu za sudove, Žoel je ušao u kuhinju, držeći malu kutiju.

– Srećan rođendan, ponovo. – I pružio joj je kutiju.

– Žoele, nisi morao da mi kupiš poklon. Znam koliko ti je teško trenutno – rekla je Karla, dirnuta gestom. Otvorivši kutiju, pronašla je u njoj staklenu saksiju među slojem krep papira. Staklenu saksiju

---

[62] Fr.: tradicionalni francuski pladanj s raznim narezanim sirevima, suhomesnatim proizvodima, bagetom, krekerima, koštunjavim plodovima, grožđem i drugim voćem i povrćem. (Prim. prev.)

kakvu nikada nije videla. Toliko boja je bilo pomešano zajedno, stvarajući vrtlog boja koje kao da su se međusobno gurale.

– Iz lokalne staklarije je, oni to zovu kreacijama s kraja dana – rekao joj je Žoel. – Svi preostali komadi stakla se zagreju, spoje i oblikuju u razne oblike. Pomislio sam da je ova savršene veličine za bosiljak pored prozora u kuhinji.

– Mnogo mi se sviđa. I u pravu si, savršena je. Hvala ti puno – rekla je Karla, impulsivno se nagnuvši kako bi mu se zahvalila poljupcem. Činilo se da je vreme stalo na nekoliko sekundi pre nego što se Žoel odmakao, i Karla je mogla samo da se pita šta se to upravo dogodilo.

– Drago mi je što ti se sviđa. – Žoel joj se osmehnuo. – Hajde, imamo posla u bašti.

Karla je ćutala dok je pratila Žoela u baštu. Ništa posebno nije želela da uradi poljupcem, samo je želela da mu dâ do znanja da joj se svidela saksija. Neočekivana osećanja koja su se pojavila u njoj su je iznenadila. S druge strane, Žoel nije delovao nimalo uznemireno.

Zajedno su postavili jedan set sijalica oko drveta višnje i stajali blizu jedno drugom, raspetljavajući drugi.

– Šta li je to s lampicama? Svake nove godine pažljivo pospremim lampice za Božić, i jedanaest meseci kasnije upletene su kao da sam ih samo bacila u kutiju – reče Karla smejući se. – Što je nešto što nikada ne bih uradila.

– Ja mogu da garantujem za to. Uvek si bila kraljica urednosti.

Karla je ispustila sijalice iz ruku i okrenula se. – Dejvide. Šta li, kog đavola, ti radiš ovde?

– Došao sam da ti poželim srećan rođendan. – Pružio joj je veliki buket ruža koji je držao. – Ipak je ovo važan rođendan.

Karla je zurila u njega dok je ćutke uzimala cveće.

– Dobro izgledaš – rekao je Dejvid. – Lepo ti stoji život u Francuskoj.

– Smršao si – rekla je Karla, razmišljajući o tome koliko mršavo izgleda, ali nije to izgovorila.

– Gde je Medi? Je li došla sa onim svojim momkom?

– Da, ona i Sem su ovde. Samo što trenutno nisu tu. Je li znala da si planirao da dođeš? – pitala je Karla, usplahirena. Je li zbog ovoga Medi odlučila da nestane ovog popodneva?

Dejvid odmahnu glavom. – Ne. Nisam imao šta da radim i razmišljao sam o vikendu u Francuskoj. Vidiš, umem i ja da budem impulsivan. – Okrenuo se prema Žoelu i pružio mu ruku. – Ja sam bivši muž. A ti si?

– Žoel, baštovan.

Karla je zurila u njih. Zašto je to rekao? On je više od baštovana.

– Radiš nedeljom? To je zaista posvećenost poslu – rekao je Dejvid.

– Žoel je moj dobar prijatelj i živi ovde – rekla je Karla, sa oštrinom u glasu.

Dejvid je gledao u oboje pre nego što je klimnuo glavom i osmehnuo se sa znalačkim pogledom. – Oh, malo unosiš duh Ledi Četerli, zar ne?

– To je bilo jako ružno od tebe i mislim da treba da se izviniš Žoelu, ako ne meni. I onda treba da odeš. – Karla je ljutito gledala u njega odbijajući da prva skrene pogled. Sekunde su prolazile dok je Dejvid uzvraćao taj pogled, i znala je da se pripremao za svoj sledeći potez.

Konačno je podigao ruke uvis. – Izvinjavam se oboma. Iskreno. Prešao sam granicu. Eto, jeste li sada srećni? – Pogledao je u sijalice koje je Žoel držao. – Jesu li to sijalice za zabavu večeras? Jesam li pozvan?

– Izgleda da si zaboravio na onaj deo o odlasku, pa ću ti olakšati. Ne, nisi pozvan. Zbogom, Dejvide – rekla je Karla.

Budući da Dejvid nije nameravao da se pomeri, Žoel je napravio korak unapred i tiho rekao: – Znaš gde je izlaz.

Dejvid je ljutito gledao u Žoela i okrenuo se da ode u istom trenutku kada je Sem došao do prilaza i parkirao se.

Karla je u neverici posmatrala kako Medi izlazi iz auta, a za njom...

– Ede. Kakvo divno rođendansko iznenađenje – potrčala je da zagrli sina.

– Ja nisam dobio tako lepu dobrodošlicu – promrmljao je Dejvid kad mu se Medi pridružila.

– Nisi ni očekivao da ćeš biti dobrodošao, zar ne, tata? Zašto si uopšte ovde? – upitala ga je Medi.

– Ovo je važan rođendan tvoje mame, mislio sam da ćemo se svi ponašati civilizovano u vezi s razvodom. – Dejvid slegnu ramenima. – Sada shvatam da sam pogrešio. Hteo sam da krenem kad si ti stigla. Želim da se pozdravim sa Edom pre nego što odem.

– Nisam sigurna da će biti srećan što te vidi. I on je ljut na tebe zbog toga kako si se ophodio prema mami, kao i ja.

– Znaš šta? I ja sam ljut na sebe – rekao je Dejvid. – I uporno pogoršavam stvari. – Bacio je pogled na Žoela, koji je, uz Semovu pomoć, stavljao drugi set sijalica po bašti. – Mama mi kaže da i on živi ovde. Jesu li zajedno?

– Ne. Trebalo mu je mesto za stanovanje i mama mu je ponudila sobu. Fin je. Pomaže mami oko vile. Što znači da ne živi ovde sama i usamljena.

Dejvid klimnu glavom. – To je dobro. Dobro izgleda.

– Mama se puno promenila u poslednje vreme. Mislim da uživa u samostalnosti i životu u Francuskoj. – Medi je bacila pogled na njega. – Zapravo mi, svaki put kad dođemo ovde, deluje srećnije nego ikad. Pogotovo sada kada se sleglo sve sa Žozet.

– U redu, razumeo sam – rekao je Dejvid. – Nema potrebe da mi to nabijaš na nos. Ali čisto da znaš, žalim zbog nekih stvari. Možemo li, molim te, da proglasimo primirje? I ti si mi nedostajala. Dođi da me posetiš uskoro kod kuće?

– Obećavaš da ćeš biti fin prema Semu? Bez sarkastičnih komentara o njegovom poslu.

Dejvid klimnu glavom. – Obećavam da ću se potruditi. Hoćeš li da odeš da kažeš Edu nešto lepo o meni? – Pogledao je ka Karli, koja je živahno razgovarala s njihovim sinom.

– Pokušaću, ali ništa ne mogu da ti obećam – rekla je Medi, krenuvši ka njima.

– Oh, sačekaj sekund. Šta si mislila pod onim „sve sa Žozet"?

– Sigurna sam da bi ti mama rekla da je želela da znaš – rekla je Medi i nastavila ka majci i bratu.

– Ede, tata želi da razgovara s tobom. Rekla sam mu da nam trenutno nije omiljena osoba, ali deluje da želi da izgladi stvari među nama.

– Hm. Kako se ti osećaš povodom toga, mama?

– Nije problem ono što ja osećam. Uvek vam je bio posvećen otac, uništilo bi porodicu kada biste ga isekli iz života. Ne znam zašto je došao danas, ali pretpostavljam da je više želeo da bude deo porodice nego da izaziva nevolje – iako je bio jako bezobrazan malopre – rekla je Karla, gledajući u usamljenog Dejvida, koji je stajao sâm i posmatrao ih.

Uzdahnula je. Bio joj je rođendan. I to ne bilo koji rođendan. Ovaj je bio važan. Nije želela da joj taj dan pokvare neprijatnosti, ona i Dejvid su jako dugo bili zajedno. Imaju iza sebe istoriju koju nisu mogli da ignorišu. Život joj je sada bio dobar. Mogla je da bude velikodušna.

– Idi i porazgovaraj s njim. Vi ste sve što mu je preostalo, i zapravo sam zbog njegovih afera sad srećnija nego što sam bila godinama unazad. Pitao me je ranije da li je pozvan na zabavu, i rekla sam da nije. Idi reci mu da može da dođe ako želi. U sedam sati. Ali reci mu da mora da prestane s bezobraznim komentarima. – I gurnula je Eda u očevom pravcu.

36.

Nekoliko sati kasnije, Karla je izašla iz sobe u dugačkoj haljini od šifona koju su i Medi i Žozet insistirale da treba da kupi u modernom butiku na koji su naišle u Kanu, zajedno s parom sandala s visokom potpeticom, koje su je već ubijale.

– Izgledaš sjajno, mama – rekao je Ed, dolazeći iz kuhinje s tacnom punom hrane s roštilja. – Idem da odnesem ovo Semu kako bi počeo s kuvanjem, onda ću se vratiti da ti sipam čašu šampanjca.

Žoel je bio zauzet paljenjem sveća koje su visile s raznog drveća i žbunja u bašti, kao i pored bazena i duž staza. Karla se radovala zalasku sunca, kada će sveće i sijalice moći da se pokažu, bacajući duge senke po bašti, stvarajući misterioznu, čarobnu atmosferu.

Žoel je zamenio šorts i majicu u boji, u kojima je navikla da ga viđa, tamnim farmerkama i belom košuljom, čije je rukave podvrnuo, otkrivši osunčane, mišićave ruke. Nasmejala se kad je videla Liroja kako ga prati po bašti. Nije tu bilo ništa novo. Kad god je Žoel bio kod kuće, mače je uvek bilo u njegovoj blizini.

Volela bi da Žoel nije onako rekao Dejvidu da je baštovan. Sigurno je sebe smatrao pre svega njenim prijateljem? Znala je da ga ona smatra – i to dobrim prijateljem.

– Izvoli, mama, jedna čaša mehurića – Ed joj je pružio čašu roze šampanjca. – Tvoj podstanar je fin čovek – rekao je, prateći njen pogled.

Karla je klimnula glavom, i dalje posmatrajući Žoela dok je palio sijalice na drveću. – Jeste. Dobar je prijatelj.

– Ništa više? – upita Ed tiho. – Čini se da si mu veoma draga.

Karla se okrenula ka njemu. – Ne. Tek što sam se razvela od tvog oca i uživam u samačkom životu. *Santé.* – Ed ju je upitno pogledao, ali dolazak suseda, Helen i njenog muža, sprečio ga je da nastavi o toj temi, na Karlino olakšanje. Dejvid je stigao ubrzo posle toga, noseći veliku flašu šampanjca.

– U hotelu su ga držali u frižideru za mene, pa ga stavi u svoj još pola sata i moći ćemo da ga pijemo kasnije. Uzgred, srećan rođendan.

Karla je uradila kako joj je rekao. Vrativši se u baštu, nasmešila se Žozet i Gordonu, krenuvši ka njima kako bi se pozdravila i postarala da i oni dobiju čašu šampanjca.

Žozet je pogledala ka roštilju, gde je Sem okretao meso. – Ko to razgovara sa Semom i Žoelom?

– To je... – Karla je zastala. – Naravno, nikada ga nisi upoznala, zar ne? To je Dejvid. Dođi, upoznaću te.

– Tvoj bivši muž Dejvid? Šta on radi ovde?

Karla slegnu ramenima. – Rekao je kako je želeo da mi čestita rođendan, ali mislim da zapravo želi da popravi stvari – najviše s blizancima. – Dok mu je prilazila, doviknula je: – Dejvide, dođi da upoznaš... – Na trenutak je poželela da kaže „da upoznaš moju majku“, ali znala je da bi Dejvid pomislio da je poludela i tražio objašnjenje. Objašnjenje koje će mu dati drugi put, ne večeras. – Upoznaj Žozet. I ovo je njen prijatelj, Gordon.

– Zdravo, tetka Žozet, misteriozna nepoznata tetko – rekao je Dejvid, pruživši ruku. – Lepo je upoznati vas posle svih ovih godina. Gordone, takođe mi je drago.

Karla uzdahnu. – Oh, upravo sam shvatila. I Ed je ovde. Danas ćeš upoznati celu moju porodicu. Dođi i sedi na terasu, pa ću ga dovesti. – Karla je zgrabila Žozet za ruku i brzo pošla prema terasi, ostavivši Gordona da razgovara s Dejvidom. – Dejvid ne zna da si ti zapravo njegova svekrva – sada bivša svekrva. Radije ne bih večeras da mu kažem novosti, stoga, molim te, obećaj da nećeš ništa reći?

– Obećavam – rekla je Žozet. – Bolje reci i blizancima da paze da im ne izleti.

– Gordon neće ništa reći, zar ne? – pitala je Karla, nervozno pogledavši u dvojicu muškaraca.

– *Non*. Gordon je vrlo diskretan čovek – Žozet ju je uverila. – A sada, gde je moj – spustila je glas do šapata – unuk?

Dok je Karla upoznala Žozet i Eda i naterala oboje blizanaca da obećaju da neće Dejvidu ništa reći o Žozetinoj priči, stigli su ostali susedi i Bruno. Pet minuta kasnije, Sem i Žoel su doviknuli: – Hrana je spremna.

Bio je sumrak kad je Medi došla noseći rođendansku tortu sa upaljenim svećicama. Nakon što su otpevali rođendansku pesmicu i nakon što je Karla uspela da ugasi sve svećice, Medi je odnela tortu nazad u kuhinju kako bi je isekla. U tišini koja je nastala pre nego što je torta podeljena svima, Karla je čula kako Bruno tiho pita Žozet zašto nije odgovorila na pismo njegovog strica.

Žozet ga je pogledala i odgovorila podjednako tiho: – Zato što nisam sigurna šta da mu kažem posle sveg ovog vremena. – Približila se Gordonu i uhvatila ga za ruku. Bruno ju je zamišljeno posmatrao pre nego što je prihvatio parče torte na tanjiru koje mu je Medi ponudila. Deset minuta kasnije došao je do Karle kako bi se pozdravio.

– Žao mi je što odlazim, ali sutra imam let rano ujutru. – Izvinio se. – Mogu li da te pozovem kada se vratim sledeće nedelje? Možda možemo ponovo da izađemo na večeru.

Smešeći se, Karla je prihvatila. – To bi bilo divno.

Oko sat vremena kasnije, sedeći pored Žoela na terasi, ispijajući poslednju čašu šampanjca, Karla srećno uzdahnu. Bilo je to lepo veče. Brunov odlazak je bio znak za ostale da krenu, uključujući i Dejvida, koji je rekao da će se videti ujutru pre nego što krene na aerodrom. Karla se oduprla porivu da ga pita „a zašto?“. Ed je pošao u krevet, mrmljajući nešto o džet-legu, ali Žozet i Gordon su rekli da im se ne žuri kući.

Sada, kada je pao mrak, bašta je bila okupana romantičnim sjajem sveća i sijalica. Neko je – sumnjala je na Medi – pustio „muziku za ljubakanje“, i ona i Sem su se nežno njihali pored bazena. Kao i Žozet i Gordon, Karla je primetila zadovoljno.

Zatvorila je oči i slušala nežnu muziku. Prošla godina je bila puna problema i stresa, ali stvari su sada dolazile u ravnotežu, uprkos svemu. Nova godina se pružala pred njom. Godina koju je nameravala da iskoristi. Osetila je da neko stoji ispred nje. Otvorila je oči i videla Žoela kako je posmatra.

– Da li bi želela da plešeš sa mnom? – Ispružio je ruke ka njoj i nežno je podigao na noge kada se uhvatila za njih.

Stojeći obavijena Žoelovim rukama, s glavom na njegovom ramenu, dok su se polako njihali u ritmu muzike, Karla je pomislila samo – *Ovo je savršen završetak mog rođendana* – i nesvesno se privila bliže uz Žoela.

37.

Sledećeg jutra, Karla i Ed su kasno doručkovali na terasi kad je Dejvid došao da se pozdravi pre odlaska na aerodrom.

– Sjajna zabava sinoć – rekao je. – Baš sam uživao. Medi još nije ustala? Nadao sam se da ću je videti pre odlaska.

Karla odmahnu glavom. – Bojim se da nije.

– Je li ostalo nešto kafe? Imam vremena za jednu brzu kafu – pogledao je u Karlu, pun nade.

– Doneću još jednu šolju – rekao je Ed pre nego što je Karla stigla da se ponudi.

– Nisam stigao juče da te pitam, ali Medi je pomenula nešto o „svemu sa Žozet“? Nadam se da nije reč o problemima sa ovim mestom?

Karla odmahnu glavom. – Ne. Nešto potpuno drugačije.

– Reći ćeš mi? – Dejvid ju je pogledao sa očekivanjem.

Karla je uzdahnula. Morala je nekad da kaže Dejvidu i, budući da je uskoro imao let, neće moći da ostane i zasipa je pitanjima. – Žozet mi je rekla da je ona, a ne Amelija, moja majka – rekla je tiho.

Dejvid je zurio u nju, jednom u životu bez reči.

– Što je bio veliki šok, kao što možeš da zamisliš.

Dejvid još nije progovorio kad se Ed vratio sa šoljom, sipao mu kafu i pružio mu je. – Hvala. – Dugo je pio. – Rekla si blizancima, a meni nisi?

– Rekla bih ti uskoro – rekla je Karla. – Ali, iskreno, trebalo mi je vremena dok sam se sabrala. Pored razvoda i prilagođavanja životu ovde, reći tebi za Žozet palo je veoma nisko na spisku. I to zaista na tebe ne utiče na isti način.

– Zna li ko je otac? Mislim, prema Amelijinim rečima, Žozet je uvek pomalo bila hipi. Slobodna ljubav i sve to tokom šezdesetih.

– Potpuno si prešao granicu s tim komentarom – odbrusila mu je Karla. – Pretpostavila sam da ćeš odmah naprečac zaključivati uz grube insinuacije. Žozet mi je rekla ko mi je otac. To je čovek koga sam celog života nazivala tatom.

– Robert?

– Da. – Karla je podigla ruku. – Danas nemam vremena da ti ispričam celu priču, ali Medi i Ed je znaju i imaju moju dozvolu da ti ispričaju više o tome. Sada moraš da ideš na avion. – Ustala je.

– Srećan put kući. – I Karla je uzela ostatak doručka i uputila se u vilu, ostavivši Eda da isprati oca.

Bila je zauzeta brisanjem radnih površina u kuhinji kada se Ed vratio.

– Tata je rekao da se izvinjava. Zvaće te kasnije.

– Ovog vikenda je mnogo morao da se izvinjava – rekla je Karla. – I zaista se nadam da će zaboraviti da me pozove.

– Verovatno ne želiš ovo da čuješ, ali juče je delovao zaista tužno, priznao je da je sve njegova krivica i kazao da zna da je on sve upropastio. Nikada nije želeo razvod.

– Naravno da nije. Želeo je i jare i pare. Nadao se da ću mu oprostiti i da će se vratiti status kvo.

– Znači, ne postoji šansa da ćete se ponovo pomiriti? – rekao je Ed. – Tata je juče meni i Medi nagoveštavao da bi to voleo.

– NE. Ta mala epizoda jutros mi je potvrdila da sam uradila ispravnu stvar za sebe. Vraćanje braku koji je zapravo umro pre mnogo godina na mnogo načina bi bio korak unazad. To bi značilo i odricanje od života koji sam ovde sebi stvorila, i nisam spremna to da uradim.

Žozet je u dvorištu uklanjala uvenulo cveće i sređivala žbunje i saksije kad je čula kucanje na vratima.

Otvorivši vrata, očekujući da će ugledati Gordona, šokirano je zurila u čoveka koji joj je stajao na pragu i držala se za vrata kako bi pokušala da ostane uspravna.

– Mogu li da uđem, Žozi?

Ćutke, stala je u stranu, i prvi put posle pedeset godina, ona i Mario Grimo bili su dovoljno blizu da bi se dodirnuli. Pratio ju je u dnevni boravak, u kom ga je Žozet posmatrala, pokušavajući da shvati ogromnu važnost njegove pojave i ove situacije. Zašto li je došao ovamo? To je bilo glupo pitanje. Znala je zašto je došao. Želeo je zaključak, da sazna istinu o prošlosti, i znala je da mu makar to duguje.

– Lepo je videti te ponovo – rekao je Mario. – Kada mi je Bruno rekao da te je upoznao i da je bio siguran da si ti moja izgubljena Žozi, nisam mogao da verujem. Divno je videti te ponovo, posle svih ovih godina. Izgledaš...

– Mnogo starije – prekinu ga Žozet.

– I dalje imaš te predivne oči. Znam da će, kada te prođe šok i konačno mi se ponovo nasmešiš, od tvog osmeha moje srce zaigrati isto kao i nekada. I sviđa mi se tvoja bela kosa.

Iako to nije očekivala, Žozet se nasmejala i nasmešila mu se. – Uvek si umeo da me nasmeješ.

– Mislio sam da smo planirali da provedemo ostatak života nasmejavajući jedno drugo – reče Mario tiho. – Toliko godina sam želeo da te pitam – zašto si me napustila?

Žozet odmahnu glavom, očiju punih suza zbog ozbiljnosti u njegovom glasu. – Morala sam da odem. Nisam imala izbora.

Mario ju je gledao, čekajući da nastavi.

Žozet je zatvorila oči. Ovo je bilo teže nego što je ikada zamišljala da će biti. Duboko je udahnula, otvorila oči i, gledajući u Marija, rekla: – Istina je da sam bila trudna s detetom drugog muškarca.

Posle njenih reči je nastala tišina koja je slamala srce. Prošlo je dugo vremena pre nego što je Mario rekao: – Čija je bila beba?

Žozet je uspela da slegne ramenima pre nego što je rekla: – Zar je važno?

– Da, jeste – odgovorio je Mario, oštrim glasom.

– Robertovo, mog zeta.

Žozet mu je videla šokiranost u govoru tela i bol u očima kada je upio njene reči.

– Da nam skuvam kafu? – Ne sačekavši odgovor, otišla je u kuhinju. Stavljajući kafu kašičicom u aparat, dobacila je: – Jesi li se ženio? Imaš li dece? Unučad? – Bila su to pitanja na koja nije bila sigurna da želi odgovore, kad bi bila iskrena. Samo bi ponovo širom otvorili rane kojima su bile potrebne godine da zacele. Ali morala je da preusmeri razgovor na Marija, daleko od sopstvenog bola. Da ga zaustavi u postavljanju pitanja na koja nije želela da odgovori.

Mario ju je pratio u kuhinju. – Godinu dana nakon što si otišla, upoznao sam Končetu. Antoan je rođen godinu dana kasnije. – Zastao je pre nego što je nastavio. – Sada je Antoan oženjen i ima ćerku, Stefani, koja je na univerzitetu u Rimu. A Končeta... – uzdahnuo je. – Umrla je prošle godine.

– Tako mi je žao – rekla je Žozet. – Sigurna sam da ti nedostaje.

Mario je polako klimnuo glavom dok ju je gledao. – Skoro onoliko koliko si mi ti nedostajala u početku. Nikada se nisi udala?

– Ne. Izgleda da mi nije bilo suđeno.

– Šta se desilo s Robertovim detetom?

– Robert i Amelija su je usvojili.

– Je li ona ta „sestričina" za koju mi je Bruno rekao da živi ovde?

Žozet klimnu glavom, posmatrajući Marija kako rasejano provlači ruku kroz sedu kosu. I dalje je bio lep muškarac, koji se pretvorio u zgodnog matorca.

– Dakle, celog života te je smatrala – znala te je kao – svoju tetku. Zar nisi zbog toga bila tužna i želela da joj kažeš istinu?

– Karlu sam upoznala bolje tek kada je Amelija umrla. Nikada mi nije bio dozvoljen pristup njoj. Tokom godina me je Amelija pretvorila u tetku skitnicu. – Sipala je kafu i pružila šolju Mariju. – Karla sada zna istinu. Popila sam nekoliko čaša šampanjca na njenom rođendanu i nisam mogla da se zaustavim. I dalje pokušava da dođe sebi od šoka da sam joj ja majka.

Mario je pio svoju kafu. – Jesi li gajila osećanja prema Robertu? – upitao je, drhtavim glasom. – Žao mi je što pitam, ali mislio sam da sam ja bio jedini... – Zastao je i pogledao u nju neočekivanog i uznemirenog izraza na licu. – Nije te prisilio na nešto, zar ne?

Žozet odmahnu glavom. – Ne je odgovor na oba tvoja pitanja. Bila sam naivna i želela sam da ga utešim, zbog čega je sve pošlo po zlu. Iako su me roditelji optužili da sam ga tada izazivala, zaista nisam. Oni su bili ti koji su smislili plan o usvajanju kako bi pomogli Ameliji da se oporavi od Bobijeve smrti – sećaš se koliko je bila bolesna – i kako bi sačuvali ugled porodice, naravno. Nisu mogli da podnesu pomisao o skandalu povezanom s njima. Nebitno koliko je mene to koštalo.

– Dugo sam mrzeo tvoje roditelje – rekao je Mario. – Mislim da ih i dalje mrzim, sada kada sam ovo čuo. Ali nakon što si rodila bebu, zašto se nisi vratila u Antib? Meni?

– Žudela sam da upravo to uradim, ali znala sam da nije bilo moguće. Nisam mogla da te vidim znajući da je s nama gotovo. Znaš kako je ovde bilo kasnih šezdesetih godina. Bila sam oštećena roba, i ubedila sam samu sebe da me ti nećeš više želeti. Osim toga, moji roditelji nisu želeli da se vratim.

– Kako si preživela? I gde?

Žozet ga je pogledala pre nego što je rekla: – Pođi sa mnom. Želim nešto da ti pokažem. – Na vrhu stepeništa je stala i pokazala na uramljene fotografije. – Postala sam fotograf slobodnjak. Proputovala sam svet. Ovo su neke od mojih najpoznatijih fotografija.

– Zaista si bila dobra – rekao je Mario. – Mada, nisam iznenađen, uvek si imala foto-aparat u ruci.

– Hvala ti.

– Zašto si se vratila kući posle svih ovih godina?

Žozet slegnu ramenima. – Tada mi je to delovalo kao dobra ideja. Antib je uvek imao posebno mesto u mom srcu.

Mario je posegnuo za njenom rukom i uhvatio je. – Imam li i ja i dalje posebno mesto u tvom srcu? – pitao je, gledajući u nju.

Ugrizla se za usnu i klimnula glavom. – Da. Uvek. – Polako je odmakla ruku i krenula niza stepenice. – Šta si radio ovih pedeset godina? Jesi li ikada stekao neki od onih turističkih brodova? Bio si skroz u pravu u vezi s napredovanjem turističke industrije ovde. U poređenju s nekada, sada je neverovatna gužva.

Mario ju je pratio niza stepenice. – Ne, nisam. Ušao sam u porodični biznis. Znam, znam, posle svega što sam rekao, ali na kraju nisam imao mnogo izbora. Doduše, uspeo sam da dam svoj pečat. Posle nekog vremena sam ostavio Alesandru da vodi picerije i otvorio sam nekoliko radnji sa sladoledom. Jesi li čula za njih? – I naveo je ime jedne od najpoznatijih *glacé*[63] radnji na obali.

– To je tvoje? Obožavam sladoled odatle.

– Prodao sam je prošle godine međunarodnom konglomeratu – rekao je Mario. – I konačno imam svoj brod iz snova. Moraš da dođeš na njega. Možemo da idemo na Korziku. Svidela bi ti se Korzika.

– *Peut-être* – reče Žozet.

– Bruno mi kaže da imaš prijatelja, Gordona? Je li vaša veza ozbiljna?

– Mislim da može biti ozbiljna, što nisam očekivala da će mi se ikada više desiti – reče Žozet tiho. – Ali u našim godinama... – slegnula je ramenima. – Bile nove ili stare, veze mogu biti podjednako teške.

– Kada bismo započeli novu vezu, bila bi čvrsto utemeljena na starim Mariju i Žozi. – Mario ju je uhvatio za ruku. – Oduvek sam te voleo. Planirao sam da te pronađem kada mi je Bruno rekao da je upoznao moju Žozi.

Žozet je gledala u njega. Osećala se kao da sanja. Posle sveg ovog vremena, da li je bilo moguće da ona i Mario ponovo uđu u život jedno drugom?

– Jesi li nameravala da mi odgovoriš na pismo? – pitao je Mario.

– Da, kada skupim hrabrost. Želela sam da se izvinim što sam ti uništila život i da ti kažem da bi bilo divno da ponovo budemo prijatelji.

– Dobro. Hajde da počnemo ručkom danas. Može?

Žozet se nasmešila i klimnula glavom, ne mogavši da progovori.

– I, uzgred, nemaš zbog čega da se izvinjavaš. Nisi mi uništila život. – Mario je rekao nežno. – Nisam imao loš život – samo sam živeo drugačiji život od onog kojem sam se nadao. Ako si nečiji život uništila, to je bio tvoj, ali sudeći po onim fotografijama na spratu, ni tvoj život nije bio uništen. Kao i ja, samo nisi živela onaj život koji si mislila da hoćeš.

Žozet napravi grimasu. – Definitivno sam živela drugačiji život od onog kakav sam očekivala. Da li je bio gori od onog za kojim sam

---

[63] Fr.: sladoledžinica. (Prim. prev.)

žudela – slegnula je ramenima. – Ko zna. Ali žalim što se nisam udala i imala pravu porodicu. – Reči „s tobom" visile su u vazduhu između njih, neizgovorene.

– Prekasno je da imamo decu zajedno, ali možemo zajedno da uživamo u svojim porodicama. Možda dobijamo drugu priliku za sreću u poznim godinama? – reče Mario. – Ti si moja prva ljubav, i videti te, biti s tobom, nadati se da ću te imati ponovo u svom životu kao prijateljicu ako ne ljubavnicu apsolutno je predivno, draga moja Žozi. Nadam se da se ti osećaš isto sada kada smo se ponovo našli.

Žozet ga je posmatrala, ćutke, ne želeći da govori. Da li je zaista mislio da će to biti tako lako?

38.

Žozet se nije sećala detalja ručka koji je tog dana jela s Mariom, čak ni restorana u koji ju je odveo. Te detalje zamenile su joj misli o događajima koji su usledili nakon toga.

Mario joj je za ručkom ponovo rekao koliko mu je drago što je ona ponovo u njegovom životu. Sada kad je prošao prvobitni šok zbog njegovog dolaska, kao i udar euforije koji je osetila kad ga je ugledala, Žozet je čekala da se pojave sreća i zadovoljstvo koje je uvek osećala u Mariovom društvu. Ali nisu se pojavili. Bila je puna pomešanih osećanja, uza sve što joj se vrtelo po mislima. Gledajući u njega, shvatila je da je ova verzija Marija sasvim odrasla i sofisticirana. Momak kojeg je volela svim srcem je nestao.

Kada je Mario predložio da razmisli o tome da dođe u Italiju kako bi im bilo lakše da se viđaju, rečima: – Tebi je lakše da se preseliš, budući da nemaš pravu porodicu – brzo se usprotivila.

– Ne, ne mogu to da uradim. Sada je Karla moja porodica. Blizanci su moja unučad. Moram bolje da ih upoznam. Osim toga, Antib je moj dom.

– Bila je to samo ideja – rekao je Mario. – Uvek možemo o tome da razgovaramo kasnije. Kada budemo pravi par.

Zamišljena, Žozet je pijuckala vino. Mario je zaključio da će se ubrzo vratiti staroj vezi. Da li je uvek bio tako nametljiv? Ili je ranije prosto bila toliko zaljubljena da je uvek sledila njegove planove? Doduše, pedeset godina samostalnosti je to promenilo. Ta blaga, pokorna mlada devojka više nije postojala.

Kada ju je Mario ispratio kući, Gordon joj je pokucao na vrata. Žozet, iznenađena koliko joj je drago što ga vidi, ubrzo ga je upoznala s Mariom. Dva muškarca su se ljubazno rukovala i promrmljala reči pozdrava pre nego što se Mario okrenuo ka Žozet.

– Hvala ti za danas. Pozovi me kasnije? Sada imaš moj broj.

Žozet klimnu glavom. – Hoću. I hvala ti na ručku.

Mario se okrenuo prema Gordonu. – Drago mi je što smo se upoznali. – I otišao je, ostavivši njih dvoje da stoje na kućnom pragu.

Žozet je bez reči otključala vrata i otvorila ih.

– Nisi mi rekla da ćeš ići na ručak s Mariom – rekao je Gordon.

– Nisam znala da hoću. Samo se pojavio ovde jutros, želeći da razgovaramo, i predložio je ručak – objasnila je Žozet. – Imamo o mnogo toga da razgovaramo.

– Je li oženjen?

– Udovac je... žena mu je umrla prošle godine. Ima sina i unuku. Odmahnula je glavom i uzdahnula. – Bilo je veoma čudno. Godinama sam se pitala šta je moglo da bude, kriveći sebe za to što sam mu uništila život otišavši. Ispostavilo se da mu nisam uništila život, i sada me želi ponovo u njemu. Videvši ga ponovo, ja nisam sigurna želim li to ili ne. Mislim, čini mi se da ispod svega naslućujem i dalje Marija kog sam poznavala, ali oboje su nas promenile stvari koje nam je život doneo. Glava mi govori jedno, a srce drugo. *Je ne sais pas* – ne znam šta da radim.

Bio je red na Gordona da uzdahne. – Žozet, mislim da nisam najbolja osoba za savete o vezama. Sukob interesa, što bi se reklo.

– Žao mi je. Navikla sam da se tebi obraćam za savet. Nisam razmišljala – rekla je Žozet. – Smatraj ovaj slučaj završenim.

– Pre nego što to budem mogao, moram nešto da kažem – reče Gordon. – Siguran sam da znaš šta osećam prema tebi – prema ovome između nas. Ali moraš da odlučiš šta je ono što želiš za ostatak života. S kim želiš da ga provedeš. Znam šta je ono što ja mislim da treba da uradiš – i što želim da uradiš – ali samo ti možeš da doneseš tu odluku. Javi mi kada odlučiš. Ćao. – I na Žozetino zaprepašćenje, otvorio je ulazna vrata i otišao, a vrata iza njega su se zatvorila uz jedno konačno *škljoc*.

Žozet je čvrsto zatvorila oči kako bi zaustavila suze koje su navirale. Poslednje što je želela da uradi jeste da povredi Gordona. On je u poslednje vreme bio više od njenog najboljeg prijatelja. Bio je njena stena. Tresući se, uspela je da dođe do kuhinje i sedne.

Toliko godina je u sebi nosila veru da je jedina stvar koja bi je zaista usrećila veza s Mariom. Sada, kada su ponovo pronašli jedno drugo, bila je puna sumnji. Povredilo ju je saznanje da se oženio i gotovo odmah osnovao porodicu, samo godinu dana nakon njenog odlaska. Ako ju je zaista voleo, zasigurno je to bilo previše brzo? Ona se, kao budala, celog života držala za uspomenu na izgubljenu ljubav. Da su se venčali kao što su planirali, da li bi sada, u poznim godinama, i dalje bili zajedno?

Kada je videla Marija danas, nije istog trenutka doživela udar emocija koje je godinama čuvala u sebi, čak ni kada joj je rekao koliko je voli. Umesto toga, predivan osećaj bliskosti koji je pre neko veče osetila plešući s Gordonom, jak osećaj pripadanja u njegovom naručju pojavio joj se u mislima i dominirao njima, govoreći joj da je to osećaj prave ljubavi. Ne stari, detinjasti snovi. Žozet je uzdahnula. Nekada se, čak i sa sedamdeset četiri godine, nije osećala sposobnom da donosi odluke odrasle osobe.

Takođe je počela da se pita da li su odluke koje je donela ranije u životu bile zaista promišljene. Svi oni sati koje je u životu provela mučeći se oko toga kuda da krene, pre nego što je popustila i dozvolila zastrašujućim događajima da je prosto obuhvate i promene joj život.

Doduše, instinktivno je znala da bi stupanje u vezu s Mariom označilo kraj veze s Gordonom. Nije mogla da podnese pomisao na to. Nije mogla da izgubi Gordona. Bilo je vreme da se otarasi prošlosti i zaista živi u sadašnjosti. Pisaće Mariju i pokušati da objasni kako se oseća i zašto je nemoguće da ponovo imaju ono što su imali nekada. I moliće se da će razumeti.

Otvorivši fioku radnog stola u kuhinji, pronašla je blok i olovku ispod Mariovog pisma i prvog paketa koji joj je Karla donela. Možda je bilo vreme da otvori taj paket. Odnevši sve te stvari u dvorište, sela je za mali sto i razmišljala šta će reći Mariju. Prvo će naglasiti činjenicu da povratak staroj vezi retko kada uspe. Često obe strane nose previše tereta i dok glavni učesnici u njoj mogu da objasne, izvine se i čak razumeju počinjene greške, drugi ljudi, koji su po obodu te veze, često ne mogu da ne budu iznervirani i povređeni.

Reći će mu da nije sigurna da njihova zajednička prošlost može da izdrži pritisak sadašnjosti i budućnosti. Oboje su se promenili – bolje je pamtiti ono što su imali, nego pokušavati to da ponove. Godine razdvojenosti uzele su danak. Pokušaće sve da iznese onoliko diplomatski koliko može.

Bilo je toliko razloga koje je trebalo navesti, ali dok ih je u sebi nabrajala, shvatila je da je najvažniji razlog činjenica da više nije bila zaljubljena u Marija. Rado će biti deo njegovog života kao prijatelj, ali ponovo biti par? Ne, to je nemoguće. Zamišljena, uzela je pismo i ponovo ga pročitala. Jedna rečenica joj je ostavila najjači utisak: *Ali život se nastavlja i čovek nauči da prihvati određene stvari kojima nije bilo suđeno.* Citiraće te reči na kraju svog pisma.

Spremna da počne da piše sada kad se sabrala, posegla je za blokom. Rukom je udarila u „privatan i poverljiv" paket koji joj je Karla donela početkom leta. Podigla ga je, oklevajući. Ako je u njemu Karlin originalni izvod iz matične knjige rođenih, kao što je pretpostavljala, moraće da ga dâ Karli.

Zaista, unutra se jeste nalazio izvod, ali i još jedna koverta, sa rečima „Istina", praćenim velikim uzvičnikom. Zaintrigirana, Žozet ju je otvorila i izvadila dva papira. Pismo od Amelije. I potvrdu koja je delovala zvanično.

Sedeći i čitajući poslednje pismo od Amelije, ne videći od suza i jecajući, Žozet se trudila da se ne sruši na pod. Volela bi da je uradila ono što je nameravala pre nekoliko meseci i spalila paket, ne otvorivši ga. Sada je bilo prekasno. Reči koje je upravo pročitala nikada neće moći da zaboravi – niti da oprosti. I nikada, nikada, NIKADA, nije trebalo da kaže Karli istinu o njenom rođenju.

Pismo je ispalo Žozet iz ruku na drugi papir na stolu kad je ustala u uzaludnom pokušaju da se smiri i umiri lupanje srca. Amelijino pismo je otvorilo Pandorinu kutiju punu tužnih, nesrećnih misli, koje će zauvek ostati u Žozetinoj glavi, blokirajući sve drugo. Sada nije bilo načina da zaboravi na prošlost i tu kutiju zatvori, nikada više.

TREĆI DEO

39.

Žozet je ukucala Gordonov broj i molila se dok je telefon zvonio. – Molim te, molim te, javi se. – Ali poziv je odmah preusmeren na govornu poštu. Duboko je udahnula. – Moram da te vidim i popričam s tobom, očajnički. Desilo se nešto užasno. Molim te, dođi.

Posle dva minuta, stigla joj je poruka:

Stižem.

Žozet je uzdahnula uz olakšanje. Sledećih pola sata provela je šetajući po kući, čitajući pismo i trudeći se da ne plače. Želeći da Gordon što pre stigne, potrčala je da otvori ulazna vrata istog trenutka kada je čula kucanje.

– Došao bih i ranije, ali bio sam u Vilnev Lubeu – rekao je Gordon. – Šta se desilo? Nije u pitanju Karla, zar ne?

Žozet odmahnu glavom. – Ne. Spremala sam se da napišem Mariju pismo i navedem mu nekoliko razloga zašto ne možemo da se vratimo pedeset godina unazad. Da mu kažem da ne mogu da budem u njegovom životu na način na koji želi. I onda. – Duboko je udahnula. – Otvorila sam paket koji mi je Karla donela nakon Amelijine smrti. Ovo sam pronašla. – I pružila mu je pismo. – Pročitaj ga i molim te mi reci šta sada da radim.

Žozet,
Žao mi je, ne mogu da ti se obraćam s draga moja sestro, zato što, iskreno, dugo godina nisam tako razmišljala o tebi.

Bila sam tako srećna kada si nam dala Karlu na usvajanje i kada smo na nekoliko godina postali prava porodica. Silno sam je volela, kao i Robert (Robert nikada nije izgubio tu ljubav, što je ironično). Doduše, kako je odrastala počeli smo da se raspravljamo oko toga kada da joj kažemo da je usvojena i da si joj ti prava majka, kao što smo ti obećali. Robert se tome protivio godinama, govoreći da će zbog toga pitati ko joj je otac, a on nije želeo da se to desi, rekavši da ne znamo odgovor na to pitanje. Ali on ga je znao, zar ne? Svađe su postajale sve gore, dok Robert nije jedne užasne večeri rekao istinu, da je on Karlin otac, zato što ste ti i on jednom spavali zajedno.

U početku mu nisam verovala. Ubeđivala sam ga da me moja sestra nikada ne bi izdala na taj način. Rekao je da nikada nije imao nameru da se to desi, ali činilo mu se da je ispalo pogodno kada si ostala trudna pošto ja nisam više mogla da imam dece, a ti nisi bila u poziciji da imaš i dete. To što je Karla bila Robertova značilo je da bismo makar imali dete koje je bilo u krvnom srodstvu s jednim od nas. Postepeno sam prihvatila njegovo objašnjenje, ali nikada nisam mogla da vam oprostim. Ta izdaja me je godinama mučila, dok jednog dana nisam odlučila da uradim test očinstva. Nikome dosad nisam otkrila rezultate testa.

Gola istina je to da (vidiš šta sam ovde uradila), dok Robert možda jeste spavao s tobom, on nije Karlin otac. Nemam ideju ko je otac, ali pretpostavljam da je u pitanju onaj Italijan u kog si bila zaljubljena u to vreme, Mario nešto, zaboravila sam kako se prezivao.

Ti, moj muž i, pretpostavljam, naši roditelji skovali ste zaveru da uništite moj život time što ste me naterali da odgajim dete koje nije bilo Robertovo, kako bi ti sačuvala svoj ugled. Znam da si volela Karlu od trenutka kad si se porodila, na isti način na koji sam ja volela Bobija. Time što sam prekinula kontakt između nje i „tetke" i što sam ti oduzela pravo na učešće u našem životu želela sam da osetiš makar deo bola koji se oseti kada umre dete koje voliš.

Nikada ti nisam oprostila obmanu i namerno ti ostavljam ovo pismo na čitanje nakon svoje smrti – konačno ćeš morati da se nosiš s posledicama svojih postupaka kad kažeš Karli istinu da nijedno od ljudi za koje veruje da su joj roditelji *zapravo to nisu, kao i da joj se ceo život zasniva na laži. Pitam se kako će reagovati na to. Nadam se da će te mrzeti onoliko koliko sam i ja.*

Amelija

Gordon je pogledao u Žozet. – Bila je to jedna ogorčena i zla žena – rekao je, spustivši pismo na sto i privukavši Žozet u čvrst zagrljaj.

– Kada smo pričale o tome da sam joj ja majka, Karla mi je rekla da je jedina konstanta u njenom životu to što joj je Robert, koga je obožavala, i dalje otac. I sada moram da joj kažem da nije. Biće slomljena.

Žozet je zatvorila oči i trudila se da prestane da se trese. Naravno, Amelija je bila u pravu. Mora da je Mario Karlin otac – on je bio jedini muškarac s kojim je u to vreme spavala. Slika mladog Marija pojavila joj se u mislima. Kako sada da ne dozvoli starijem Mariju da se vrati u život? Ne samo da ga je napustila već mu je i oduzela dete.

– Jesi li ikada pomislila da Mario može biti otac deteta? – Gordon nežno upita.

– Ne – odmahnu glavom Žozet. Nikada joj nije palo na pamet da dete može biti Mariovo – uvek su vodili računa, jer je bila odlučna u tome da ne završi kao Amelija, trudna pre braka. U to vreme je podrazumevala da je Robert otac deteta zbog te jedne jedine nezaštićene greške. Saznati istinu posle svih ovih godina, znajući da je mogla da zadrži dete, sigurna u to da bi Mario bio uz nju, slamalo joj je srce. Zbog svih umešanih.

– Ne samo da ću morati da kažem Karli da joj Robert ipak nije otac, već moram da kažem i Mariju za nju. I znajući Marija, sigurno će želeti da je upozna.

– Karla bi morala da pristane na to. Možda odluči da to ne želi – rekao je Gordon. – Prvo reci Karli, pa onda, u zavisnosti od njene reakcije, reci Mariju, ili ne. Makar zasad.

– Zar ne misliš da ima pravo da zna, isto kao Karla?

– Da, u nekom trenutku, ali trenutno je Karla ranjivija. Već je imala tešku godinu. Žena koju je pedeset godina smatrala majkom je umrla, brak joj se raspao, ispostavilo se da joj je tetka biološka majka i preselila se u drugu državu – reče Gordon nežno. – Treba joj još vremena da se prilagodi na novitete. Nemoj zaboraviti ni na blizance.

– Naravno, mogu da ćutim o ovome – rekla je Žozet. – Da napišem pismo i ostavim im ga na čitanje kada me više ne bude. Ili bi me to učinilo kukavicom?

– Da, bi, i znaš da to nije rešenje. Kad pominjemo pisma, jesi li rekla da si pisala Mariju kako bi mu rekla da ne želiš da se vraćaš u prošlost?

Žozet klimnu glavom. – Mario me je pitao da li mislim da je naša veza ozbiljna i rekla sam mu da može biti. Nisam želela da ugrozim ono što nas dvoje imamo zbog starog sna koji je možda stvaran, a možda i nije. Definitivno živim u sadašnjosti. Čak i ako je trenutno jedna velika noćna mora. – Pogledala je u njega, i dalje bezbedna u njegovom naručju. – Najiskrenije, ne mogu da zamislim ostatak života bez tebe u njemu.

– I ne moraš. Nameravam da budem uz tebe.

– Hoćeš li poći sa mnom kad budem razgovarala s Karlom?

– Ako to želiš – rekao je Gordon, bez oklevanja. – Kada želiš da idemo?

Žozet se ugrizla za usnu. – Ne postoji bolji trenutak od sadašnjosti.

40.

Rođendanski vikend je u Karli probudio zbunjujuća osećanja prema Žoelu. Veoma retko ga je viđala od „onog plesa", budući da je bio obuzet poslom, ali rekao je da će večeras doći kući ranije, i radovala se večeri na terasi s njim. Bilo joj je drago što je pronašao još klijenata za baštovanstvo sada kad je odlučio da to radi sâm, ali nedostajao joj je kada je radio dokasno.

Postao je sastavni deo njenog novog početka u Francuskoj, nenametljivo joj se uvukavši u život. Znala je da bi život u vili bez Žoela bio mnogo usamljeniji tokom poslednjih nekoliko meseci. Bilo je nemoguće zamisliti vilu u budućnosti bez njegovog prisustva u bašti ili u kuhinji. Shvatila je da se, na sebičan način, nadala da zadugo neće naći novi smeštaj i iseliti se.

Karla je sipala sebi čašu rozea da malo uživa na terasi pre nego što počne da priprema večeru, kada su došli Žozet i Gordon. Izraz na Žozetinom licu govorio joj je da to nije obična poseta i brzo je ustala.

– Šta se desilo? Jesi li bolesna? Izgledaš užasno – rekla je, izvukavši stolicu za Žozet. – Sedi. Reci mi šta nije u redu. – Uputila je zabrinut pogled Gordonu. – Dok god niko nije umro, možemo sve da podnesemo.

– Mario Grimo je danas došao da me vidi. Želeo je da zna zašto nisam odgovorila na pismo koje si mi donela.

Karla je klimnula glavom. – Sećam se.

– Otišla sam na ručak s njim. Pričali smo o svemu što smo propustili. Kada sam došla kući, znala sam šta ću mu reći. U suštini, da za nas nema povratka i koji su razlozi za to. Ali onda... – Žozet je duboko udahnula pre nego što je izvadila kovertu iz tašne i pružila je Karli. – Sećaš li se paketa koji si mi donela? Danas sam ga konač-no otvorila i unutra je bilo poslednje pismo od Amelije. Tako mi je žao – zajecala je. – Pismo je užasno, ali moraš da ga pročitaš.

Karla je uzela kovertu i izvukla pismo. I ponovo je osetila kako joj se svet ruši dok ga je čitala. Progutavši osećaj mučnine u grlu, prebledela je i ruka joj se tresla dok je vraćala pismo Žozet.

Uzela je čašu vina i celu je ispila. – Dakle, reci mi – je li bila u pravu? Mario Grimo je moj otac? Ili je to neko drugi? – pitala je Karla, polako odmahujući glavom u očaju.

– Mario je bio moja prva ljubav. U to vreme nije postojao drugi muškarac u mom životu. – Žozet je jedva izgovorila reči. – Planirali smo da se venčamo.

– I on ne zna?

– Ne. Mislili smo da ti imaš pravo prva da saznaš.

– Mi?

– Gordon i ja – reče Žozet. – Ne moramo da kažemo Mariju ako to ne želiš.

– Zašto ne bismo? Misliš li da bi porekao?

Žozet odmahnu glavom. – Ne, ali i više je nego verovatno da bi želeo da te upozna, kao i svoje unuke. Da bude deo tvog života od sada pa nadalje.

– A šta ako ga ne želim u svom životu?

– Sumnjam da bi to bila opcija ako Mario sazna za vašu poveza-nost. Insistiraće da upozna tebe i blizance.

Karla je pogledala u Žozet pa u Gordona, pa ponovo u Žozet. – Mislim da bih sada želela da budem sama. Možete li, molim vas, da odete?

– Karla, molim te, moramo da razgovaramo o ovome – Žozet se pobunila, ali Gordon ju je uhvatio za ruku.

– Mislim da je Karli potrebno malo vremena da svari ove vesti – nežno je rekao. – Možete da razgovarate nekog drugog dana. Hajde, treba da uradimo ono što nas je Karla zamolila.

Žozet uzdahnu. – *D'accord*, ostavićemo te, ali, molim te, veruj mi kada ti kažem koliko mi je žao zbog sveg bola koju sam ti pri-redila i nastavljam da ti priređujem. Veruj mi, da sam pre svih tih godina znala da je Mario otac mog deteta, život svih nas bio bi toliko drugačiji. Toliko drugačiji.

Gordon joj je, bez reči, dao maramicu dok su joj suze lile niz lice, pre nego što je obavio ruku oko njenih ramena. Pogled koji je uputio Karli dok je odvodio Žozet bio je pun razumevanja i saosećanja.

Karla ih je ispratila pogledom kako odlaze pre nego što je ispustila krik istinskog očaja i u suzama se srušila na pod. Brak joj je bio gotov, ljudi koje je smatrala roditeljima su umrli, tetka joj je zapravo majka i sada se ispostavilo da joj je neki nepoznati Italijan otac. Blizanci su jedine osobe koje je s potpunom sigurnošću mogla da smatra svojom porodicom. Sve drugo što je toliko godina volela bilo je uništeno.

I dalje je sedela na terasi, odsutno mazeći Liroja, koji se nepozvan ugnezdio u njenom krilu, kada je Žoel dotrčao do terase nekih dvadeset minuta kasnije.

– Karla, jesi li dobro? Žozet me je zvala.

Karla je ustuknula. – Nisam očekivala da ćeš doći kući tako rano. – Pažljivo je podigla Liroja i držala ga u naručju dok je ustajala. – Kako to misliš Žozet te je zvala?

– Rekla je da imaš užasne vesti i da se brine za tebe.

– Onda ti je rekla istinu – rekla je Karla, spustivši mačku na pod i zakoračivši u vilu. Žoel ju je uhvatio za ruku. – Nisam još počela da spremam večeru.

– Večera može da sačeka. – Žoel ju je čvrsto zagrlio. – Šta se desilo? Pričaj sa mnom.

– Hoću. Ali moram nečim da se bavim. I treba mi još jedno piće. – Karla se udaljila iz njegovog zagrljaja i nastavila ka kući.

Žoel ju je pratio u kuhinju, posmatrao je dok je sipala još jednu čašu rozea i odmahnuo glavom kad ga je ponudila.

Karla je dugo ispijala vino i osetila je kako alkohol počinje da deluje. Pažljivo je spustila čašu na radnu površinu. Izvadivši nekoliko glavica crnog luka i paprika iz korpe za povrće, uzela je nož i počela da ih seče.

– Je li u redu pasta sa sosom od povrća? Zaboravila sam da izvučem mleveno meso iz zamrzivača. – Dok je Žoel klimao glavom, rekla je: – Amelija je Žozet ostavila odvratno pismo, koje je ona tek danas pročitala. Ja sam to prokleto pismo dostavila pre nekoliko meseci kada sam prvi put došla ovamo. – Uzdahnula je. – Već znaš da je Žozet moja majka, a ne Amelija. Sada se ispostavilo da ni Robert nije moj pravi otac, što je, prema pismu, razlog što je Amelija bila tako grozna prema Žozet. I prema meni, zapravo, većinu mog života.

– Pa ko je tvoj biološki otac?

– Brunov stric. Mario Grimo. Ali on ne zna.

– Žozetina prva ljubav?

Karla klimnu glavom. – Da. Danas je došao da je vidi, što ju je podstaklo da otvori Amelijino pismo. Molim te, dodaj mi nekoliko šargarepa.

– Kako je Žozet? – pitao je Žoel tiho kada joj je pružio šargarepe.

– Šokirana je i uznemirena. – Karla slegnu ramenima. – Kako da bude? Zna da je za sve krivo njeno ponašanje pre pedeset godina kada je uradila nešto što je promenilo tok života nekoliko ljudi. Kao i činjenica da su svi zaboravili na istinu – dosad. Govorimo o prošlosti koja se vratila da je proganja.

– Des souvenirs chuchotés – promrmlja Žoel.

– Izvini, moj francuski nije toliko dobar. Šta to znači? – Karla je upitala, gledajući u njega.

– Šaputavi suveniri. Šapnute uspomene iz prošlosti, da tako kažem.

Karla klimnu glavom. – Bilo bi bolje da su ostale skrivene, ako mene pitaš. – Dok je sekla šargarepe na male komadiće, Karla je rekla: – Godinama sam svoju porodicu smatrala najdosadnijom zajednicom na svetu. Pogledaj nas sada. Sada smo poput napuštene zgrade čiji su se temelji urušili i sve mane izašle na videlo.

– Mnoge porodice imaju klimav temelj – rekao je Žoel tiho. – Danas je gotovo nemoguće pronaći porodicu koja nema crnu ovcu, ili istoriju svađanja, neslaganja ili sitničave ljubomore.

– Pretpostavljam da si u pravu. Kao što je neko poznat nekada rekao, sve je to deo bogate tapiserije života. Doduše, nemam pojma ko je to bio. Siguran si da ne želiš piće dok se večera kuva?

– Ne, hvala. Hoćeš li upoznati Marija?

Karla slegnu ramenima. – Pretpostavljam da hoću. Nisu mu još rekli za mene. Žozet kaže da od mene zavisi kada – *da li* će mu reći. Trenutno ne mogu ni da razmišljam o svim komplikacijama koje će to izazvati. Ali mora da mu kaže – kao što ću ja morati da kažem blizancima i Dejvidu. Mogu da zamislim Dejvidovu uzvišenu reakciju na vesti – zato što, naravno, u njegovoj porodici nikada nije bilo skandala. – Bacila je pogled na konzervu paradajza koju je otvarala kako bi je dodala sosu. – Kad već pričamo o Dejvidu, zašto si mu rekao da si baštovan, a ne moj prijatelj?

– Nisam želeo da glupo komentariše to što stanujem ovde i da zaključi nešto o nama i uznemiri te, ali svejedno je uspeo to da uradi.

– Zapravo sam bila ljuta zbog tebe – rekla je Karla. – Ne zbog sebe. Nisam želela da tebe uznemiri.

Žoel joj se nasmešio. – Nije.

41.

U pet sati sledećeg jutra, Karla se išunjala iz kuće kako ne bi probudila Žoela i uputila se prema bazenu. Gotovo da nije spavala, jer je noć bila vrela i puna vlage. Nadala se da će joj nekoliko krugova po bazenu odagnati glavobolju i razbistriti misli. Meteo-Frans je već danima najavljivao oluju, i iako je čula gromove u planinama iza Antiba, još ništa nije stiglo do obale. Pažljivo je ušla u plitak ugao bazena i koračala dok nije ušla dovoljno duboko kako bi mogla da zapliva.

Dok se vrtela po krevetu tokom noći, uporno su joj se u mislima javljale rečenice iz Amelijinog osvetoljubivog pisma. Kakva to žena namerno želi drugoj ženi da nanese bol koji se oseća kada umre dete? Sestra bliznakinja, s kojom je nekada bila bliska. Amelija je, znajući istinu godinama, okrutno odlučila da čuva tajnu od svog muža, sestre i Karle, s namerom da izazove što više bola Žozet kada istina izađe na videlo. Da je to bila skorija odluka, čovek bi možda mogao da bude milosrdan, da pretpostavi da je poludela i da nije znala šta radi. Ali očigledno je znala.

Sada su sve one godine kada nije mogla da gleda u Karlu, a kamoli da se prema njoj ophodi kao prema voljenoj ćerki, imale više smisla. Kao i način na koji se Robert trudio da joj nadoknadi za majčinu ravnodušnost. Njihova bliskost je ostala jaka. Koliko god da je bilo teško, bilo joj je drago što je on umro pre Amelije i propustio ovo katastrofalno otkrivanje istine. To bi ga uništilo. Makar je imala srećne uspomene na tatu. Zato što je on bio njen tata na sve načine koji su bili važni. Niko ne može da zauzme njegovo mesto u njenom srcu.

Ni na sekund nije verovala da je Žozet planirala da uništi Amelijin život kako bi sačuvala svoj ugled. Da je znala da je Mario otac deteta, sigurno bi se borila da ga zadrži i uda se za njega umesto da posluša oca i preda bebu Ameliji i Robertu. Iz ono malo što je Žozet rekla, on ju je prisilio da se odrekne deteta i postavio toliko uslova ukoliko je želela da se vrati kući, da ju je maltene naterao da ode u izgnanstvo.

Okrenuvši se na leđa i plutajući na površini, Karla je razmišljala o Žozet i Mariju. Koliko bi joj život bio drugačiji da je bila njihova ćerka. Da li bi postala ista osoba kakva je sad da je živela u drugom okruženju? Umesto u Engleskoj, odrasla bi u Francuskoj – ili možda Italiji – uživala bi u mediteranskom načinu života, ispunjenom sunčevom svetlošću. Budući da su Italijani poznati po ljubavi prema porodici, verovatno bi imala i nekoliko sestara ili braće. Engleski bi joj bio drugi jezik, ne bi se udala za Dejvida i blizanci ne bi postojali. Blizanci.

Karla je uzdahnula. Kako li će oni reagovati na najnovije vesti? Dobro su podneli vest da im Amelija nije prava baka i počeli su da uspostavljaju prijateljski odnos sa Žozet, ako ne onaj nalik odnosu s bakom. Medi je priznala da je lakše slagati se s njom nego sa Amelijom. Makar su sada odrasli ljudi, mogu racionalno da razgovaraju o svemu i razumeju situaciju, čak i ako su potpuno potreseni, kao što je ona bila.

Sama Žozet je bila velika briga. Uradila je ono što je mislila da je ispravno pre pedeset godina, naučila da živi s tugom koju joj je to izazvalo, samo da bi posle pola veka saznala da je to bio prazan gest. Nepotrebno je izgubila sve do čega joj je bilo stalo. Hoće li ići Amelijinim stopama i postati ogorčena i osvetoljubiva?

Polako se okrenuvši na stomak, Karla je otplivala do plitkog dela bazena i izašla iz njega. Amelija je bila neverovatno surova u svojim postupcima. Bilo je vreme da pokuša da nadoknadi za to. Nije bilo šanse da odreaguje s mržnjom kao što je Amelija želela. Žozet je napravila ogromnu grešku, ali nije zaslužila mržnju koju je Amelija gajila prema njoj. Žena s kojom je trebalo obe da imaju odnos pun ljubavi lagala ju je i manupulisala njenim životom na sličan način kao što je to radila Karli. Ogrnuvši se peškirom, Karla je odlučila da ode da vidi Žozet i popriča s njom. Uveriće je da su ona i blizanci njena porodica, i da joj to niko ne može oduzeti, čak i da želi. Biće teško prilagoditi se novim životnim ulogama, ali neće biti nemoguće.

Karla je odagnala misao o tome kako će Mario Grimo reagovati kada mu kaže istinu. To je bilo potpuno drugo pitanje. I nije se radovala odgovoru na njega.

Kasnije tog jutra, nije bilo odgovora kad je Karla kucala na vrata Žozetine kuće. Stajala je ispred njih, ne znajući šta da radi. Deo nje se bojao da je Žozet unutra i da namerno ne otvara vrata. Drugi deo se brinuo da je pala, da leži negde povređena, i da joj je potrebna pomoć. Karla je rekla sebi da se sabere. Sigurno postoji potpuno razumno objašnjenje, kao na primer da je Žozet izašla s Gordonom. To je to. Gordon pazi na nju. Karla je za svaki slučaj ponovo pokucala na vrata, pre nego što se okrenula i bila licem u lice sa Žozet.

– Hvala nebesima. Zabrinula sam se da si unutra, povređena ili tako nešto – rekla je.

– Prespavala sam kod Gordona sinoć – rekla je Žozet, otključavši vrata. – Nije želeo da budem sama.

– To je baš pažljivo od njega. Mogu li da uđem? – upitala je Karla. – Želim da razgovaram s tobom.

Žozet klimnu glavom i otvori vrata. Hodale su do dvorišta, gde je Žozet pogledala u Karlu i čekala da počne da govori.

– Mogu li da te zagrlim? – tiho je pitala Karla, krenuvši prema Žozet. Kada je iznenađena Žozet klimnula glavom, Karla je obavila ruke oko nje i čvrsto je zagrlila. – Ne mogu ni da zamislim kroz kakav si pakao prošla u životu. Žao mi je što je moj dolazak u Francusku izazvao za tebe tako uznemirujuća otkrića. – Grleći je, Karla je shvatila koliko je Žozet mršava. Bila je vitka početkom godine, ali sada je bila toliko mršava da je Karla mogla da joj oseti kosti. – Skoro pa te nema – rekla je zabrinuto. – Ješeš li?

Žozet slegnu ramenima. – Gordon insistira na doručku i ponovo jedem uveče, ali moram priznati da mi nije bilo do jela u poslednje vreme. – Pogledala je u Karlu. – O čemu si želela da razgovaramo?

– O nama. Porodici. I o tome kako da je održimo. – Karla je oklevala. – Ono što ti je Amelija uradila, što je nama uradila, okrutno je. A što se tiče onog osvetoljubivog pisma... – Ugrizla se za usnu. – Činjenica da sam ti ga ja dostavila sve čini još gorim. Volela bih da sam ga bacila, neotvorenog.

– Ja sam želela da ga spalim umesto da ga otvorim – priznala je Žozet. – Ali pogodila sam da je unutra bio tvoj originalni izvod iz matične knjige rođenih, i znala sam da to ne mogu da bacim.

– Bilo je šokantno saznati da si mi ti majka, ali toliko mi je drago što sam imala vremena da se priviknem na to pre jučerašnjeg otkrića – rekla je Karla.

Žozet je zatvorila oči i duboko udahnula. – Meni je i dalje teško da prihvatim Mariovo ponovno pojavljivanje u mom životu, a kamoli te vesti.

– Mogu li da te pitam zašto moje ime zvuči tako italijanski? – pitala je Karla. To pitanje je bilo jedno od mnogih koja su joj se satima vrtela po glavi. – Deluje kao neobična slučajnost.

– Amelija i Robert su se složili da ti ja dam ime, a to ime mi se uvek sviđalo.

Karla ju je pogledala, nadajući se da ono što će reći, pitanja koja će postaviti, neće dodatno uznemiriti Žozet, ali morala je da pita: – Nisi podsvesno pomislila da si trudna s Mariovim detetom, a ne s Robertovim? Jesu li jučerašnje vesti samo potvrdile nešto na šta si duboko u sebi sumnjala pre pedeset godina?

Žozet je zurila u nju. – *Mon dieu, non.*[64] Ne smeš to da misliš. Da sam makar mrvicu sumnjala da si Mariova, nikad te se ne bih odrekla. *Jamais*, nikada, nikada. Moraš da veruješ u to. – Čvrsto je držala Karlinu ruku. – Moraš.

Karla klimnu glavom. – Verujem.

– A što se tiče tvog imena – rekla je Žozet. – Prosto mi se sviđalo – i dalje mi se sviđa. Svidelo se i Ameliji i Robertu. Nije bilo često u Engleskoj u to vreme, što im se dopalo.

– Znam da misliš da će Mario želeti da upozna mene i blizance kad čuje za ovo, ali možda ne mora odmah da sazna? – rekla je

---

[64] Fr.: Moj bože, ne. (Prim. prev.)

Karla. – Obećavam da mu neću istog trena pokucati na vrata i reći: „Zdravo tata.“

Žozet je uzdahnula. – Koliko god ne želim da mu kažem, mislim da mu treba reći istinu što pre. Što duže to budem odlagala, to će me više gristi savest. Nisam napisala pismo koje sam planirala da mu pošaljem, i zasigurno ne mogu na taj način da mu kažem za tebe. Moram da se vidim s njim licem u lice. Pozvaću ga i dogovoriti sastanak. – Žozet je nervozno trljala čelo. – Doduše, to nije sastanak kome se radujem.

– Pozovi ga sad i dogovori za neki dan sledeće nedelje – rekla je Karla. – Osećaćeš se bolje ako uradiš nešto konkretno i time osiguraš da ćeš mu uskoro reći.

Pet minuta kasnije Žozet se okrenula prema Karli. – Mario je oduševljen što želim da ga vidim. Insistira da je sledeća nedelja previše daleko i stoga idemo prekosutra na ručak u Ventimilju. Oduševljenje nije reč kojom bih opisala kako se ja osećam. Bilo bi bliže reći da mi je muka i da sam prestravljena.

– Želiš li da pođem s tobom kao moralna podrška? – Karla se pitala šta li ju je nateralo da to ponudi još dok je izgovarala te reči. Nimalo se nije radovala ideji da uživo vidi Marija. Ili da vidi njegovu reakciju kada čuje vesti o nepoznatoj ćerki.

Žozet klimnu glavom. – Jesi li sigurna? Nije ti prebrzo? To bi bilo divno.

– Kao što si rekla, što duže budemo odlagale, to će biti teže kada mu kažemo – rekla je Karla. Ali nije se radovala tom sastanku – niti je za njega bila spremna.

42.

Sledeće večeri, Karla i Žoel su sedeli na terasi, uživajući u toploj letnjoj večeri.

Karla je uzdahnula kada je čula da joj zvoni mobilni telefon u kuhinji. Nevoljno je ustala. – Treba da se javim. Možda Žozet zove zbog sutrašnjeg dana.

Bacivši pogled na ekran, ugledala je Brunovo ime, a ne Žozetino.

– Jesi li slobodna u subotu? – pitao je. – Imam karte za koncert u Nici i nadao sam se da ćeš ići sa mnom? Ako te pokupim u sedam, možemo prvo da odemo na večeru.

– Žao mi je, Bruno, ali nisam slobodna u subotu – rekla je Karla.

– Šteta.

Karla je čula razočaranje u Brunovom glasu.

– Jesi li sigurna da ne možeš da otkažeš šta god da si isplanirala? – nastavio je.

– Poprilično sam sigurna – rekla je Karla. – Osim toga, mislim da nije dobra ideja da se sada viđamo. Veoma mi je žao zbog... zbog svega. – I brzo je prekinula poziv pre nego što je mogao da pita na šta misli.

Posle sutrašnjeg dana znaće istinu kada mu stric Mario kaže da mu je ona ćerka. Što njih čini bliskim rođacima, tako da, od sada, između njih ne može postojati ništa drugo osim prijateljstva. Mada, kada njen odnos s Mariom bude izašao na videlo, možda će moći da postanu prijatelji.

Žoel ju je upitno pogledao kada je ponovo sela. – Bruno?

Karla klimnu glavom. – Želeo je da idem na koncert s njim. Jako mi je neobična pomisao da smo u srodstvu.

– Jesi li mu rekla?

– Ne, naravno da nisam. Prvo moramo reći Mariju. – Uzdahnula je. – Sutra uveče u ovo vreme, Bruno će znati i razumeti zašto nisam mogla da prihvatim poziv.

– Da se nije ispostavilo da ste u srodstvu, da li bi...?

– Bila u vezi s njim? – Karla ga je prekinula, želela je da Žoel zna kako se oseća prema Brunu – prema njemu. – Ne. Zabavan je. Dopada mi se kao prijatelj i odveo me je u restoran u kome sam mogla samo da sanjam da ću jesti, ali ne bih mogla za stalno da živim u njegovom svetu. – Liroj joj je upravo tad skočio u krilo i mazila ga je, srećna zbog diverzije i prilike da sakrije lice od Žoela.

Čak i ako je bilo previše brzo posle Dejvida da se oseća onako kako se osećala za rođendan kad su Žoel i ona plesali, znala je da je Žoel sve više privlači i mogla je samo da se nada da će on s vremenom početi da oseća isto prema njoj. Želela je da mu bude potpuno jasno kako stvari stoje između nje i Bruna.

– Bruno i ja nikada ne bismo bili u ozbiljnoj vezi – rekla je. – On je previše bogat za mene. Ali drag mi je. Nadam se da ćemo biti i prijatelji, a ne samo rođaci, kada se stvari slegnu i život se vrati u normalu.

Žoel joj se nasmešio. – To je dobar plan. Kako se osećaš povodom sutrašnjeg dana?

– Iskreno, imam tremu – rekla je Karla. – Više zbog Žozet nego zbog sebe. Nije mi previše važno da li će me Mario prihvatiti, ali povrediće Žozet ako tako odreaguje, a ona ne zaslužuje da bude više kažnjavana. Užasno je osetljiva trenutno.

– Misliš li da bi Mario odbio da te prihvati za ćerku?

Karla slegnu ramenima. – Ko zna? Prema onome što Žozet kaže, deluje da mu je jako stalo do toga da se ponovo povežu u životu, pa se nadam da je neće uznemiriti negativnom reakcijom na vesti o meni. Lično me nimalo nije briga da li ću ga videti ikada više posle sutrašnjeg dana. Ne treba mi niti želim još jednog oca. I sigurna sam da blizanci mogu da žive bez novog, ostarelog, dede koji bi im se sad pojavio u životu.

43.

Sledećeg dana, činilo se da Žozet ne želi da razgovara dok se voz kretao duž obale prema Ventimilji, i Karla je rado sedela u tišini, uživajući u prizorima koji su se menjali dok su išli od stanice do stanice. Biot. Kanj sur mer. Sen Loren de Var. Ez. Vilfranš sur mer. Monako. Menton. Imena stanica mestâ koja još nije posetila i koja su zvučala egzotično njenom engleskom uhu. Povremeno bi pogledala u Žozet, brinući se da je pod stresom zbog toga kako će Mario reagovati, ali delovala je opušteno, možda zamišljeno. Voz je konačno stao u Ventimilji i svi su se iskrcali.

Gradić na moru bio je pun ljudi i bilo im je teško da se proguraju kroz masu prema putu uz obalu i restoranu koji je Mario predložio za ručak. Srećom, Žozet je rekla da je jednom jela tamo i da zna gde se nalazi.

– Makar ćemo lepo ručati – rekla je. Kada su ušli unutra, Žozet je menadžeru rekla Mariovo ime i odveo ih je do stola na balkonu u prednjem delu restorana. Budući da još nije bilo dvanaest sati, vreme ručka tek što je počelo i bilo je ljudi samo za jednim ili dva stola.

Mario je video da prilaze i osmeh mu je nestao s lica kada je video da Žozet nije sama. Karla se stresla kada je osetila njegov ozbiljan pogled na svom licu pre nego što se setio pravila lepog ponašanja i ustao da ih pozdravi.

– Žozet, nadam se da si dobro? Nisam znao da ćeš povesti prijateljicu. – Pružio je ruku Karli. – Drago mi je, Žozetina prijateljice. Molim vas, sedite. Brzo će doneti aperitive koje sam poručio.

Karla je sela kada joj je konobar vešto izvukao stolicu. Talas šoka joj je prolazio telom. Osećala se kao da poznaje ovog čoveka. Delovao joj je tako poznato. Kako je to bilo moguće? Pogledala je u

Žozet. Hoće li je predstaviti? Ili nastaviti da se pretvara da joj je ona prijateljica? Nakratko je vladala tišina dok je Žozet sedala na stolicu, pre nego što je pogledala pravo u Marija.

– Mario, ona je više od prijateljice. Ovo je Karla, moja ćerka – reče Žozet nežno.

Mario klimnu glavom. – Pretpostavio sam da si više od prijateljice – konačno je rekao, osmehujući se Karli i zamišljeno gledajući u nju. – Nasledila si majčine oči, ali podsećaš me na... – Odmahnuo je glavom. – Ne mogu tačno da se setim na koga. Ah, evo ih aperitivi.

Žozet je sačekala da konobar ode pre nego što mu je dodirnula ruku. – Moram da dovršim predstavljanje. Mario, ona nije samo moja ćerka – i tvoja je. Možda te podseća na sebe – dodala je tiho.

Mario je zastao. Telo mu se ukočilo. – Pre neki dan si mi rekla da je Robert otac. Jesi li me lagala tada? – Zurio je u Žozet čvrstog i nepraštajućeg pogleda.

Karla je primetila da je rukama čvrsto držao ivicu stola, prsti su mu bili pobeleli, i nadala se da stvari neće izmaći kontroli. Da li je pogrešila što je pošla sa Žozet danas? Možda bi bilo bolje da je Žozet bila sama kada mu je rekla vesti. Da upozna Marija malo kasnije.

– Ne. Nikada te nisam lagala. Mislila sam da je to istina – kada sam te napustila pre svih onih godina, kao i prošle nedelje kada sam ti konačno priznala zašto sam morala da odem. – Žozet je duboko udahnula. – Poslednjih pedeset godina živela sam verujući da je Karla Robertovo dete. Ove nedelje je to verovanje okrutno opovrgnuto. Amelija mi je ostavila pismo i rezultate testa očinstva, koji ubedljivo dokazuju da Robert nije otac mog deteta. Čuvala je tu tajnu kako bi me kaznila.

Mario ju je nekoliko sekundi posmatrao u tišini. – Ne samo tebe, Žozi. Kaznila je nas troje – kao i Roberta. Prema sve četvoro se okrutno ponela i uskratila nam život kakav je trebalo da imamo.

Žozet mu je tužno uzvratila pogled. – Tako mi je žao. Kada bih mogla magičnim stapićem da promenim stvari, bih. – Bespomoćno je slegnula ramenima.

Tada je došao konobar kako bi ih pitao šta žele da naruče i prošlo je nekoliko minuta dok nisu odlučili koju vrstu paste svako od njih želi.

Kada je konobar otišao da prenese narudžbinu kuvaru, Mario se okrenuo prema Karli, a prethodno ozbiljan pogled je zamenila nežnost u očima dok ju je gledao. – Dakle, imam ćerku. Žao mi je što te nisam upoznao ranije. Jesi li imala lepo detinjstvo, uprkos svim tajnama? Je li Robert bio dobar prema tebi?

– Robert je bio više nego dobar. Što se mene tiče, on je bio najbolji tata na svetu – rekla je Karla. – Užasno mi nedostaje.

Mario ju je samo gledao, nedokučivog pogleda u očima, pre nego što je rekao: – Iz tvog odgovora zaključujem da Amelija nije bila najbolja mama na svetu?

– Mislim da je dugo vremena davala sve od sebe – reče Karla. – Ali sada, kad znam više detalja o svom rođenju, više razumem zašto je bila onakva kakva je bila prema meni.

– A što se tiče tebe i Žozi? – Mario je rukom pokazao na obe. – Jeste li se odmah povezale?

Karla i Žozet su pogledale jedna u drugu i nasmešile se. Karla je bila ona koja je odgovorila. – Ne, ne odmah. Ali radimo na tome.

– A ti i ja? Kako se osećaš povodom toga da ja budem u tvom životu? – pitao je Mario, gledajući u Karlu.

– Iskreno? Juče me nije bilo briga da li ćeš biti u mom životu ili ne. Danas osećam da postoji veza između nas, ali ne mogu da zamislim da ću ikada moći da te smatram nečim više od prijatelja – ili možda čike. Moraš da znaš – Karla je zastala – Robert će uvek biti moj tata. Žao mi je.

Mario je klimnuo glavom. – Nemoj da ti bude. Razumem kako se osećaš. Samo sam nekoliko puta video Roberta, ali lepo smo se slagali. Srećan sam i drago mi je što je bio otac pun ljubavi kakav bih ja bio, da su okolnosti bile drugačije. Sada se samo nadam da ću ti postati dobar, blizak prijatelj. Kome ćeš moći da se obratiš u slučaju bilo kakve nužde, i znati da bih za tren oka bio tu za tebe. – Mario je podigao netaknutu čašu vina koju je somelije sipao ranije pored aperitiva. – Za stare i nove prijatelje. I zajedničku budućnost – dodao je.

Sledećih sat vremena prošlo je brzo dok su pričali jedni drugima o svojim različitim životima i bolje se upoznavali. Karla je osećala da Žozet postaje sve opuštenija kako je ručak prolazio. Dok su čekali desert, Karla je podigla svoju čašu vina i zamišljeno pogledala u Marija i Žozet – i osetila trzaj kada joj je misao „to su moji roditelji" nepozvana prošla kroz glavu. Biće joj potrebno dosta vremena da prihvati tu novu realnost.

Karla se nasmejala kad je Brunovo ime pomenuto u razgovoru.

– Ne mogu da verujem da se ispostavilo da mi je čovek koji me je spasao od pada pod točkove automobile zapravo rođak.

– Moraću najiskrenije da mu se zahvalim za taj junački čin – rekao je Mario. – Da tada nije uspeo da te spase, nikada te ne bih upoznao. A sada, kada ćeš doći u Italiju da upoznaš ostatak svoje italijanske porodice?

– Kako će se tvoja porodica osećati povodom pojavljivanja izgubljene ćerke?

– Biće oduševljeni da te upoznaju. Kao što ću ja biti oduševljen kada upoznam svoje engleske unuke – rekao je Mario. – I jedva čekam Alesandrovu reakciju kad ponovo vidi Žozi. Seća se koliko sam bio skrhan kad sam je izgubio.

– Obećavam da ću reći blizancima za tebe i pitati ih da uskoro ponovo dođu u posetu. – Karla je ustala. – Izvinite me na trenutak, moram da odem do toaleta.

Mario je posmatrao Karlu kako hoda kroz restoran prema toaletu pre nego što je uhvatio Žozetinu ruku dok je posezala za svojom čašom.

– Žozi, *mia cara*, hvala ti što si mi dala Karlu. – Nežno joj je milovao prste nekoliko sekundi, očiju punih neprolivenih suza. – Znam da si rekla da može biti ozbiljno između tebe i tvog prijatelja Gordona, ali to je bilo pre nego što sam saznao da je Karla moja ćerka. Znam da ovo nije dobro mesto da ovo kažem, ali želim da zaboraviš na Gordona i udaš se za mene. Nije prekasno da nas troje budemo prava porodica ostatak naših života. Obećavam da ću dati sve od sebe da te učinim srećnom i želim da se od sada brinem o obe. Molim te reci da i udaj se za mene, Žozi.

44.

Žozet je znala da je Karla bila iznenađena kad se vratila iz toaleta i ugledala je u suzama, i Marija kako mrzovoljno zuri u jednu tačku.

– Šta se desilo? – rekla je Karla, nesigurno stojeći i gledajući u oboje. – Niste se valjda već posvađali?

Mario ju je pogledao i odmahnuo glavom. – Ne, nismo se posvađali. Upravo sam pitao tvoju majku da se uda za mene... i odbila me je.

Odgurnuvši stolicu i ustavši, Žozet je šapnula: – Tako mi je žao, Mario. Mislim da je bolje da sada odemo. Mogu li da te pozovem kasnije? Želim da pokušam da ti bolje objasnim razloge zašto.

Mario je umorno klimnuo glavom. – Molim te. – Ustao je i poljubio Žozet u oba obraza pre nego što se okrenuo prema Karli i, na njeno iznenađenje, čvrsto je zagrlio umesto poljupca u obraz. – Vidi možeš li da je nateraš da se predomisli, hoćeš li? – šapnuo joj je u uvo. – Molim te, zamoli blizance da dođu što pre. Neophodno je da se uskoro sastane cela porodica Grimo.

Dok su odlazile iz restorana, Žozet je rekla: – Možemo li da prošetamo pored šetališta pre nego što odemo na voz? Treba mi malo morskog povetarca. – Ne sačekavši odgovor, nastavila je odlučnim korakom.

– Jesi li dobro? – Karla ju je pitala nekoliko minuta kasnije, mučeći se da je sustigne.

– *Oui merci* – rekla je Žozet pre nego što je neočekivano zastala i okrenula se prema Karli. – Dakle, jel' ti se dopada otac?

– To pitanje nije fer – pobunila se Karla. – Tek sam ga upoznala, ali da, dopada mi se. Mislim da se i ja njemu dopadam. Da li ćemo se zbližiti i biti porodica koju toliko želi kada upozna blizance...

– slegnula je ramenima i pogledala Žozet. – Zar nisi oduvek maštala o tome da se udaš za Marija? – pitala je tiho. – Zašto si ga onda odbila?

– Zato što... zato što smo se oboje promenili i zato što je prošlo pedeset godina i sada je kasno, jer sam shvatila da brak s Mariom nije najvažnija stvar na svetu. Misliš li da je trebalo da kažem da i pristanem da se udam za njega?

– Ne, ako to ne želiš – rekla je Karla. – Misliš li da se toliko promenio?

– I dalje je impulsivan kao i uvek – rekla je Žozet. – Kao danas kada me je pitao da se udam za njega. Isuviše je rano da bismo razgovarali o braku. Treba nam vremena da se priviknemo jedno na drugo. Da se priviknemo na to da smo se ponovo našli, i da njegova porodica prihvati vesti.

– Deluje da veoma želi da se svi upoznamo – rekla je Karla. – Da bude okružen velikom, srećnom porodicom. Možda je to Italijan u njemu?

Žozet se nasmejala. – *Peut-être*. Sada kada zna za tebe previše je uzbuđen i misli da se podrazumeva da treba ponovo da budemo zajedno. – Zabrinuto je pogledala u Karlu. – Svesna sam da bi time sve bilo onako kako je trebalo da bude. Ali brak neće obrisati sve godine koje smo izgubili. Svakako nas neće preko noći pretvoriti u pravu porodicu. Ljudi će samo videti stari par koji se prekasno pronašao, nazvati to romantičnim, i zaboraviti na nas. – Uzdahnula je. – Ono što znam jeste da ne mogu tek tako da se vratim vezi koju nisam više sigurna da želim. – Eto, izgovorila je ono čega se plašila.

– Onda nemoj – rekla je Karla, uhvativši je za ruku. – Ovog puta ti donosiš sve odluke – niko te ne primorava ni na šta. Ako želiš da budete samo prijatelji, onda je to tvoj izbor.

Žozet se osmehnula očiju punih suza. – Uvek sam sanjala o ovakvim razgovorima između majke i ćerke, i sada to radimo – osim što si ti ona koja je razumna. Hajde idemo na stanicu, i da se vratimo kući. – Ruku podruku, okrenule su se i krenule nazad duž šetališta.

Tokom vožnje nazad u Antib, obe su sedele i gledale u predeo koji promiče, zadubljene u misli. Kada su izašle iz voza u Antibu, Karla je rekla: – Dođi sa mnom u vilu na čaj?

Žozet odmahnu glavom. – To je divna ideja, ali obećala sam Gordonu da ću doći kod njega čim se vratim i ispričati mu o ručku i kako je sve prošlo.

– U redu. Možda oboje dođite sutra uveče na večeru?

– Već se radujem tome – rekla je Žozet. – *Ciao.*

Pet minuta kasnije, pritisla je dugme na Gordonovom interfonu u ulazu zgrade i ušla kada su se vrata otvorila. Penjući se uza stepenice do Gordonovog stana, Žozet je u sebi osetila snagu koju je zaboravila da ju je ikad posedovala. Dobila je drugu šansu za sreću, i bila je odlučna u tome da je bezrezervno iskoristi. Nikako neće napraviti istu grešku koju je napravila pre pedeset godina i prihvatiti stvari. Karla je bila u pravu. Ona je sada donosila odluke, i time što je odbila Marija donela je jednu od najvažnijih odluka u životu. To je takođe značilo da je sve što se desilo između njih sada tačno tamo gde i pripada – u toj stranoj zemlji koja se zove prošlost.

Gordon je stajao raširenih ruku na vratima svog stana, spreman da je čvrsto zagrli kad je stigla do poslednjeg sprata. – Dođi na terasu, ima blagog povetarca. Želiš li piće?

– Čaša hladne vode bila bi super – rekla je Žozet.

Dvadeset sekundi kasnije, Gordon joj je pružio vodu i zabrinuto je pogledao. – Kako je Mario odreagovao?

Žozet je Gordonu brzo opisala sastanak. – U početku me je optužio da sam ga lagala, ali smirio se kad sam mu objasnila. I više je nego srećan da prihvati prisustvo Karle i blizanaca u svom životu. Planira veliko porodično okupljanje. – Ispila je malo vode. – Desilo se nešto interesantno kada smo završili ručak. Mario me je zaprosio. Rekao je da bismo nas troje konačno mogli biti prava porodica.

Žozet je osetila da se Gordon ukočio pored nje dok je pažljivo zurio u nju i čekao je da završi.

– Na Mariovu žalost, ta prosidba je zakasnila pedeset godina. Odbila sam ga jer više ne želim da se udam za njega. – Žozet je pogledala u Gordona i zadržala pogled na njemu.

Nekoliko sekundi su prosto gledali jedno u drugo pre nego što se Gordon široko nasmešio, i Žozet mu je uzvratila osmeh.

– Karla i ja smo se prošetale nakon što smo otišle iz restorana. Jedna od stvari koje mi je rekla jeste da me ovoga puta niko neće naterati da uradim nešto što ne želim.

Žozet je zastao dah dok je posmatrala kako Gordon stavlja ruku u džep svog šortsa i izvlači kutijicu. Sigurno neće reći, ili uraditi, ono što odjednom misli da hoće?

– Video sam ovo na štandu sa antikvitetima na pijaci pre neki dan i pomislio sam – nadao sam se – da bi ti se svidelo. – Nežno ju je uhvatio za levu ruku i pažljivo joj je na srednji prst stavio starinski, širok zlatan prsten s tri granitna kamena. – Star je, kao i mi, i nije tradicionalni verenički prsten, ali mislio sam da je tako nešto više za tebe, nego što su dijamanti. Ne moramo da se venčamo ako ne želiš, ali nadam se da želiš.

– Prelep je – rekla je Žozet, gledajući u prsten. – I ako taj mali govor koji si održao znači da si me upravo zaprosio – odgovor je da.

Gordon ju je privukao u zagrljaj, gledajući u nju dok ju je čvrsto držao. – Toliko sam se bojao da ćeš izabrati Marija umesto mene.

– Već sam ti rekla da više ne mogu da zamislim život bez tebe – rekla je Žozet. – Ali... – dodala je.

– Oh, uvek postoji „ali" – rekao je Gordon. – Nisam siguran da želim da ga čujem.

– Ali – nastavila je Žozet. – Ostaću u kontaktu s njim, zbog Karle i blizanaca – kao s porodičnim prijateljem. Nisam mogla baš najbolje sve da mu objasnim za ručkom, pa sam mu rekla da ću ga zvati večeras. Takođe ću mu napisati ono pismo koje sam prošle nedelje pokušala da napišem. – Upitno je pogledala Gordona. – D'accord? On će biti u mom životu kao prijatelj. Molim te reci da je to u redu? Ponekad ćemo se viđati na nekim događajima i ne mogu da podnesem pomisao da između nas bude loša atmosfera.

– Bićete samo prijatelji? Ne nešto više od prijatelja?

– Obećavam... ništa više – rekla je Žozet.

– Dobro. Sada kad smo to rešili, treba mi piće. Idem po šampanjac, pa možemo da proslavimo – rekao je Gordon, uputivši se prema kuhinji.

Žozet je ostala tamo gde je bila, zamišljena. Dve prosidbe u jednom danu. Ko bi rekao? I ko bi rekao da će neobični Škot koji ju je gađao grudvama biti muškarac u koga će se zaljubiti u ovo doba svog života?

– Za budućnost i za nas – Gordon je rekao, pruzavši joj čašu šampanjca.

– Za budućnost i za nas – rekla je Žozet, ponovivši njegove reči.

45.

Kada su Žozet i Gordon sledeće večeri došli na večeru držeći se za ruke i noseći flašu šampanjca, Karla i Žoel su ih dočekali na terasu.

– Slavimo li nešto? – rekla je Karla.

– Definitivno – rekla je Žozet, smešeći se, i ispružila levu ruku.

Karla je pogledala u prsten, a zatim u njih dvoje. – Opa. Čestitam. Veoma sam srećna zbog vas. Doneću čaše i nešto za grickanje.

Žozet ju je pratila u kuhinju, ostavivši Gordona i Žoela da razgovaraju.

Karla ju je pogledala. – Posle jučerašnje Mariove prosidbe, nisam očekivala ove vesti.

– *Quelle surprise*[65] i za mene – reče Žozet. – Ali osećam da je to to. Tako sam srećna.

– Zar se ne brineš kako će Mario reagovati? Jesi li mu rekla?

– Juče sam ga pozvala kao što sam i obećala, ali nisam mu rekla za Gordona i mene – rekla je Žozet. – Fokusirala sam se na objašnjavanje zašto nisam mogla da se vratim staroj vezi s njim posle svih ovih godina. Mislila sam da ne bi bilo pošteno da mu tek tako kažem da sam se upravo verila s Gordonom. – Već mu je nanela dovoljno bola. Pokušaće na nežan način da mu saopšti za veridbu s Gordonom.

– To je verovatno bilo pametnije – rekla je Karla. – Ali, moraćeš da mu kažeš pre nego što blizanci dođu zbog tog porodičnog okupljanja koje želi.

– Onda imam još vremena – rekla je Žozet. – Ne? – rekla je kada je Karla odmahnula glavom i pružila joj tanjir grickalica da odnese na terasu.

---

[65] Fr.: Kakvo iznenađenje. (prim. prev.)

– Mario me je zvao i insistirao da što pre ugovorimo viđanje. Oni dolaze ovog vikenda. Rekla sam im da moraju da dođu na hitan porodični sastanak. Morala sam da ih uverim da nisam bolesna, što su prvo pomislili, već da je u pitanju nešto ozbiljno o čemu moramo da razgovaramo. Verovatno je zvučalo malo tajnovito, ali želela sam da ih ubedim da dođu.

– Gde i kada će se održati to porodično okupljanje? – rekla je Žozet.

– U subotu popodne. Još nisam sigurna gde. Nadam se ovde, ali Mario je rekao da bi voleo svima da pokaže svoj stan u San Remu. Dobro, to je sve, hajde da proslavimo tvoje vesti. Oh, imam nešto da ti pokažem u bašti.

Nakon što je Gordon svima sipao šampanjac i nakon što su održali zdravicu za sreću u budućnosti, Karla je odvela Žozet do divljeg dela bašte pored kućice za bazen. Bele ruže su uvenule, ali pčele i leptiri su i dalje leteli oko budleja, a plavi aster se pojavio na mestu belih rada. Karla je čekala da Žozet primeti urnu postavljenu u sredini prostora.

– Amelija? – Žozet je tiho pitala.

Karla klimnu glavom. – Šta misliš? Znam da ti se u početku nije svidela ideja o tome da bude ovde, ali nisam znala šta drugo da radim s njom.

– Kao što si rekla ranije, pretvorila se u neshvaćenu dušu, zar ne? – rekla je Žozet. – Sve bih dala da mogu na pet minuta da popričam s divnom sestrom koju sam davno znala i da ispravim sve između nas. Ali nje više nema i ostavila mi je osvetoljubivo pismo u kome mi je rekla koliko me je mrzela. Nisam sigurna da ću ikada moći to da joj oprostim, ali ne mogu da je bacim u kantu za smeće kao što sam želela. Takođe ne mogu da joj kažem koliko mi je žao zbog posledica greške koju sam napravila pre svih onih godina. – Žozet se okrenula prema Karli. – Ako ti želiš da urna bude ovde, onda je to savršeno mesto. Čak i neshvaćene duše zaslužuju da pronađu mir. – Žozet se ponovo okrenula prema urni. – Počivaj u miru, Amelija. – Nagnula se i šapnula: – Ali ako počneš da nas opsedaš, kunem se da ću te posuti negde daleko u Sredozemnom moru.

Karla se nasmejala. – Volela bih da sam provela vreme s vama dok ste se još volele. Kladim se da je bilo zabavno biti u vašem društvu i da ste se stalno zadirkivale.

– Moram priznati da smo imale takve trenutke – rekla je Žozet. – Imaj u vidu da smo se često svađale, ali nikada nisam očekivala da će naša poslednja svađa trajati zauvek. – Okrenula se, nadajući se da Karla neće primetiti da su joj oči pune suza.

Oko sat vremena nakon što su se pozdravili s Gordonom i Žozet, Karla i Žoel su ostali na terasi, sedeći i razgovarajući. Liroj je spavao na parčetu tople zemlje ispred njih.

– Mnogo mi se sviđa što je ovde jelo na otvorenom deo načina života – rekla je Karla. – U Engleskoj je to retkost, ali ovde je to moguće gotovo svakog dana.

– Mada, vrućina i nedostatak kiše mi otežavaju posao – rekao je Žoel. – Pogotovo s travnjacima. Oni uvek prvi požute kad su vrućine. Skoro sam prihvatio novog klijenta koji ima novu kuću i baštu u haosu. Želi da travnjak bude spreman za igranje kroketa do sledećeg leta. Rekao sam mu koji su problemi, ali on misli da ja mogu da učinim čudo.

– Kako ti ide potpuno slobodnjački rad? – pitala je Karla. – Jesi li pronašao dovoljno klijenata?

Žoel klimnu glavom. – Potpisao sam ugovore s troje ove nedelje – od kojih je dvoma potrebno i ozelenjavanje, a ne samo plevljenje korova, što je odlično za mene. – Bacio je pogled na Karlu pre nego što je skrenuo pogled i rekao: – U jednoj od bašti postoji mala koliba koja se renovira. Vlasnici su ponudili da mi je izdaju kad bude gotova.

Karla je pokušala da prikrije svoju užasnutost. Naravno da je soba u vili Žoelu bila samo privremeno mesto za život dok ne pronađe novo. Znala je to, ali saznanje da je ono Žoelu samo privremeno rešenje gurnula je u neki skriveni kutak u glavi. Toliko se navikla da je on tu da je počela da misli kako će ostati zauvek.

– Kada će biti gotova?

– Misle da će biti potrebno još oko šest nedelja. Vreme je da uštedim nešto novca za stanarinu.

Vreme je da pokušam da te nateram da se predomisliš i da ne odeš, pomislila je Karla.

– Nedostajaćeš mi kad odeš. A Liroj će misliti da ga napuštaš. Oh – nisi mislio da ga povedeš sa sobom, zar ne?

Žoel odmahnu glavom. – Ne. Nadam se da ćeš mi dati prava na posete. Da vas oboje vidim – tiho je dodao.

Karla je osetila da joj je srce zaigralo. – Dobrodošao si uvek. Znam da jedna soba i – prstima je pravila znakove navodnika – deljenje „prostora" sa mnom nije idealno, ali uopšte ne moraš da se iseliš ako ne želiš. Zaista mi je lepo s tobom ovde – odličan si cimer.

– Reči: *Mislila sam da ti se sviđam isto koliko počinjem da shvatam da se ti meni sviđaš* nije izgovorila.

– Kada otvoriš pansion, biće ti potrebna ta soba kad Medi i Ed budu dolazili u posetu.

– Sumnjam da će se to desiti ove godine – rekla je Karla. – Pored svega što se desilo... svakako, mislim da trenutno ne bih mogla da se nosim sa strancima u kući. Volela bih... – oklevala je. – Veoma bih volela da ostaneš, Žoele.

Žoel je nekoliko sekundi ćutao. – Bolje je da se iselim – da ti dam prostora da neko vreme uživaš u životu slobodne žene, ali to ne znači da mi nije stalo do tebe –rekao je Žoel tiho. – Ali tvoj život se potpuno promenio ove godine, i mislim da ti je potrebno neko vreme za sebe.

Karla se, setivši se kako je Žoel zatvorio vrata one večeri kad je kasno došla kući posle večere s Brunom, nadala da je dobro tumačila značenje iza njegovih reči. Sviđala mu se, ali želeo je da joj dâ vremena da se oporavi od razvoda.

– Imaš moj broj – rekao je Žoel. – Znaš da bih bio ovde kroz nekoliko minuta kad bih ti bio potreban. Takođe se radujem da provodim vreme s tobom u mom novom domu. – Pogledao je u nju. – Kad god ti budem potreban biću tu, u redu?

Karla klimnu glavom. – U redu. – Nasmešila se. – Šta misliš o ovom vikendu? Definitivno si mi potreban ovde kao moralna podrška. Molim se da upoznavanje Marija s blizancima ne bude previše teško.

– Biću tu – obećao je Žoel.

46.

Karla je shvatila da je nemoguće dogovoriti se bilo šta kako se vikend bližio. Mario je ponovo zvao, pokušavajući da je ubedi da sve dovede u San Remo, ali Karla nije odustajala od toga da prvi sastanak treba da se održi u *Vili Mimoza*. To je bio njen dom, i želela je da blizanci makar budu u poznatom okruženju kad prvi put vide Marija, a ne u nepoznatoj kući u nekoj trećoj državi.

– Biće to veliki šok za njih, kad saznaju da imaju novog dedu – rekla je. – Obećavam da ćemo svi doći neki drugi put u San Remo na porodično okupljanje. – Držala je fige dok je izgovarala to obećanje. Šta bi se desilo ako blizanci odbiju da prihvate Marija kao svog dedu? Obožavali su deku Roberta, i Karla je sumnjala da će oni odreagovati kao ona kad je čula da su u srodstvu s Mariom. Robert je bio nezamenjiv i kao otac i kao deka.

U rano subotnje popodne, Karla je u kuhinji pravila kolače i keks tortu za uz čaj kojim je planirala da ponudi Marija i svakog člana porodice koga bude doveo. Možda će dovesti svog brata Alesandra, koji je znao Žozet pre mnogo godina? Hoće li doći Bruno?

Žoel je otišao do grada, ali je obećao da će se vratiti pre nego što svi stignu. Karla je sve više i više bila pod stresom kako se bližilo vreme dolaska Medi i Eda. Nadala se da će Sem doći s Medi. Znao je kako da je smiri kada je nervozna ili tužna zbog nečega, iako je i Ed bio dobar u tome. Sâm Ed je prihvatao sve što mu je život donosio i Karla se nadala da najnovije otkriće neće biti izuzetak.

Upravo kada je Karla izvlačila keks tortu iz rerne, stigla je Žozet, sama.

– Gde je Gordon? Mislila sam da on dolazi kao tvoja moralna podrška – rekla je Karla, pogledavši u Žozetinu levu ruku. – Skinula si prsten.

Žozet je podigla desnu ruku. – Stavila sam ga na drugu ruku samo za ovo popodne. Gordon će doći kasnije. Rekla sam mu da ću mu poslati poruku kada... kada kažem Mariju za nas.

Karla je zurila u nju. – Želiš da kažeš da on još ne zna da si njega odbila i prihvatila Gordonovu prosidbu istog dana?

Žozet je klimnula glavom, očajna. – Napisala sam mu pismo, kao što sam obećala, u kome sam ponovila zašto iz više razloga ne možemo ponovo da budemo zajedno. Ali delovalo mi je previše grubo reći u pismu da sam verena za Gordona. Bolje je da mu kažem u lice.

– A ja sam mislila da će upoznavanje Marija s blizancima biti dovoljno stresno – rekla je Karla, odmahujući glavom.

– Ko je Mario? – pitala je Medi, koja je ulazila u kuhinju.

– Dušo, nisam čula da ste stigli – reče Karla, okrenuvši se i zagrlivši je. – Gde je Ed?

– Uzima naše torbe iz prtljažnika pošto je dobar brat – rekla je Medi. – Pa hajde, odgovori mi na pitanje. – Gledala je u majku i baku sa iščekivanjem.

– Staviću vodu za čaj da se kuva i sačekati Eda – rekla je Karla. – To je deo razloga zašto sam vas zvala da dođete ovog vikenda.

– U redu. Idem na brzinu da otplivam nekoliko krugova u bazenu dok čekamo – rekla je Medi.

– Bilo bi bolje da to ostaviš za posle razgovora, molim te – reče Karla.

Medi je zurila u nju i krenula je da otvori usta kako bi nešto rekla, kad je ušao Ed.

– Zdravo mama, bako Žozet, o čemu je taj hitan sastanak?

Žozet mu je odgovorila: – Hajde da sednemo na terasu pa ću početi da vam objašnjavam dok vam majka sprema čaj. Mada, kada čujete ono što ću vam reći, možda ćete želeti nešto jače.

Karla namerno nije žurila u kuhinji, misleći da je objašnjenje o tome kako blizanci sada imaju novog dedu Italijana i drugu rodbinu u svom životu priča koju Žozet treba da ispriča. Jedan ili više članova te rodbine dolazilo je tog popodneva da ih upozna.

Kada je Karla iznela poslužavnik na terasu, oboje blizanca su sedeli i slušali svoju baku iznenađenih izraza lica.

– Mogu samo da ponavljam koliko mi je žao što je ono što sam učinila tako davno izazvalo toliko nesreće ljudima koje volim. Sada je istina izašla na videlo i svi moramo da joj se prilagodimo – rekla je Žozet. – Tužna je to priča, ali nadam se da smo na početku srećnijeg perioda za našu porodicu. – Duboko je udahnula. – Moja sestra je većinu života provela mrzeći me, želeći da mi se osveti, i osvetila se, što je, nažalost, osim mene, povredilo i druge nedužne ljude. Vaspitali su me tako da ne govorim loše o mrtvima, ali to što je Amelija krila rezultate testa očinstva bio je nameran i neoprostiv čin okrutnosti. Mogu samo da nagađam koliko joj je um bio poremećen. Da mi je samo rekla rezultate testa kada ih je dobila, ne bismo danas bili ovde. Svi biste mnogo ranije znali istinu. Život je mogao da nam bude veoma drugačiji.

– Mislim da ste u svemu ovome najviše propatile ti i mama – reče Ed tiho. – Drago mi je što sada imate priliku da se bolje upoznate. – Okrenuo se prema Karli. – Mislim da ti je bilo lakše da prihvatiš šokantnu vest da ti je Žozet majka zbog načina na koji se Amelija ponašala prema tebi, ali ti i deka ste bili tako bliski. Mora da je saznanje o Mariju još veći šok.

Karla je klimnula glavom. – Jeste.

– Jesi li upoznala tog Marija? – rekla je Medi.

– Da, išla sam u Ventimilju sa Žozet i upoznala ga. On je... pravi Italijan – rekla je Karla. – Naravno, vest ga je šokirala isto koliko i nas.

– Hoćemo li moći da upoznamo tog novog deku? Ili on ne želi da zna? – pitala je Medi, sa oštrinom u glasu.

– Veoma želi da vas oboje upozna. Doći će za oko sat vremena – rekla je Karla.

47.

Sat vremena kasnije, Karla je sedela na terasi pored Žoela, preplavljena emocijama.

– Jesi li dobro? – pitao je Žoel. – Prošlo je neugodno predstavljanje, sada je vreme da se svi malo bolje upoznaju. Deluje da dobro ide za sada – dodao je, gledajući ka mestu gde su blizanci razgovarali sa Stefani i Brunom, dok je Žozet pričala s Mariom i njegovim sinom Antoanom.

Karla je zamišljeno klimnula glavom. – Samo nisam nimalo razmišljala o sopstvenoj reakciji na Mariovu porodicu. Previše sam se brinula o blizancima i tome kako se oni osećaju. I Žozet, naravno. – Pogledala je u Žoela. – Zaboravila sam da je Mariov sin moj brat – zapravo, polubrat.

– Deluje kao fin čovek – rekao je Žoel. – Oboje ste isuviše odrasli za bilo kakav vid rivalstva i borbe za pažnju, pa očekujem da ćete se lepo slagati – rekao je, zadirkujućim tonom.

– Zaboravila sam da sam postala i tetka – rekla je Karla, čuvši Stefani, Antoanovu ćerku, kako se smeje nečemu što je Ed rekao. – Da blizanci imaju sestru od ujaka. Odjednom imam i preveliku porodicu. Porodicu punu stranaca, uz istoriju o kojoj ne znam ništa – nimalo više od onoga koliko oni znaju o mojoj. Sve se to može katastrofalno završiti.

Žoel ju je uhvatio za ruku. – Prestani da brineš. *Comme une famille* – kao porodica – izgledaju dobro. Za godinu ili dve, posle nekoliko ručkova i večera s njima, proslava rođendana, Božića i raznih drugih stvari, pitaćeš se zašto si se toliko brinula zbog svega. Zato prestani da se stresiraš. Odnosi će se izgladiti. – Ustao je. – Idem da malo radim u bašti. Mislim da treba da razgovaraš sa svojom rodbinom. Vratiću se na vreme za čaj i parče torte koju sam video u kuhinji. Ako ti zatrebam, nađi me.

Gledajući ga kako odlazi, Karla je shvatila da je bio u pravu. Jeste morala da razgovara sa svojom novom porodicom. Pre nego što je uspela da krene ka nekome, videla je Bruna kako na brzinu nešto govori ostalima i kreće prema njoj. Nasmešila mu se kada je stao pored nje.

– Hteo sam da te zovem, ali kada me je Mario pozvao da dođem s njim danas, odlučio sam da bih te radije video. Ne mogu da verujem da sam u srodstvu s prelepom ženom koju sam spasao početkom godine. Moj stric je ponosan i drago mi je što sam bio tu, ali sada jako želim da nismo u srodstvu.

Karla se nasmejala. – Dobro je što tada nisi znao, inače bi bio u nedoumici – spasiti me ili me ostaviti.

– Nema tu nedoumice. Uvek bih odlučio da te spasem. – Bruno je ozbiljno rekao. – Postoji li šansa da budemo rođaci koji se ljube? – Dodao je, smejući se.

Karla se nasmešila. – Koliko god mi bio drag, bojim se da ne. Ali nadam se da možemo biti prijatelji?

– Naravno. Makar ću moći da te viđam na porodičnim okupljanjima. – Bruno joj se nasmešio.

Karla je bacila pogled na Marija, Antoana i Žozet, koji su se pridružili blizancima i Stefani. – Kako je Mario podneo vesti o neočekivanoj porodici?

– S jedne strane, presrećan je zbog tebe i blizanaca, ali sa druge je uznemiren zbog nesreće koju je Amelija svima izazvala, kao i sebi.

– Mislim da svi možemo da se složimo s tim – rekla je Karla.

Bruno ju je pogledao. – Znaš, Žozet je bila ljubav njegovog života. Znam da je voleo svoju ženu, Končetu, ali nikada nije zaboravio Žozet. Jedina stvar koju je želeo kad je saznao da se Žozet vratila u Antib jeste da je vidi, da je slobodna i da ponovo budu zajedno.

Karla je tužno uzdahnula i odmahnula glavom. – Znam da se to neće desiti i žao mi je i zbog toga, na neki način. Bio bi to divan i vrlo zadovoljavajući kraj njihove ljubavi iz mladosti.

Bruno klimnu glavom. – Pokazao mi je njeno pismo u kojem je objasnila zašto nije moguće da ponovo budu zajedno. Rekao mi je da ima protivargument za svaki razlog koji je navela, ali mislio je da treba da prihvati njenu odluku.

– Veoma je intuitivan – rekla je Karla. – I nadam se da će podjednako imati razumevanja kada... – zaustavila se. – Izvini, trčim pred rudu.

Bruno ju je upitno pogledao, ali odmahnula je glavom i, nakon nekoliko sekundi čekanja, ponovo je progovorio. – Doduše, odlučan je u tome da prihvati tebe i blizance kao porodicu. Sada kada zna za vas, pokušaće da nadoknadi za sve godine koje ste izgubili. Nadam se da ste spremni na Italijana koji je vrlo odlučan da okupi porodicu.

– Upozoriću blizance – reče Karla, smešeći se toj pomisli. – Dobro, mislim da je vreme da se svi okupimo oko stola za tortu i čaj. Idem da stavim čajnik na ringlu.

– Pomoći ću ti – rekao je Bruno.

Žozet je, videvši kako Karla i Bruno ulaze unutra, pretpostavila da ubrzo stiže čaj i poželela je da može Gordonu da pošalje poruku da im se pridruži. Ali morala je da razgovara s Mariom pre nego što to uradi. Pogledala je oko sebe. Blizanci i Stefani su se lepo slagali, Antoan je otišao u pravcu Žoela, a Mario je... išao prema njoj. Stomak joj se stegao i bilo joj je muka. Bilo je vreme da se suoči s tim i kaže Mariju poslednji bolni razlog zašto ne može da se uda za njega.

– Žozi *amore mio* – rekao je Mario. – Zar ovo nije divno? Dve polovine naše porodice se prvi put upoznaju. Kada bi se samo ti predomislila i udala se za mene, život bi bio savršen. Možda ću jednog dana moći da te ubedim da se predomisliš? – Rečenica je lebdela u vazduhu. – Dugo ću čekati, ako budem morao – dodao je tiho, gledajući u nju.

Žozet je grizla usnu. – Već sam ti preko telefona i u pismu rekla glavne razloge zašto ne mogu da se udam za tebe, ali postoji još jedan razlog – rekla je. – A taj razlog je drugi muškarac.

Mario se ukočio. – Gordon?

– Da. On me je takođe pitao da se udam za njega i... pristala sam.

Mario se blago okrenuo dalje od nje, ali ne pre nego što je videla osećanja na njegovom licu.

– Žao mi je ako ti je ovo bolno. Nikada nisam upoznala nekoga za koga sam želela da se udam osim tebe, dosad. Nažalost, pravo vreme za naše venčanje je odavno prošlo. I dok si ti imao lep porodični život s Končetom i Antoanom, ja nisam bila te sreće. Doduše, moje vreme za udaju je konačno došlo sada kada sam upoznala Gordona. – Žozet je duboko udahnula. – Objasnila sam mu da ćemo ti i ja zauvek biti povezani Karlom i blizancima. Zna da će morati da prihvati i mene i sav teret koji nosim sa sobom kada se udam za njega, kao i da će morati rado da bude deo moje nove porodice. Porodice koja će uvek uključivati tebe. – Zabrinuto je pogledala u Marija i posegla za njegovom rukom. Njegovi prsti su uhvatili njene. – Gordonu ništa od ovoga nije problem. Nadam se da nije ni tebi, za mene?

Mario je odmahivao glavom dok ju je gledao. – Kad pomislim da smo se konačno ponovo našli u životu, samo da bi bilo prekasno i da bih saznao da ne postoji nada za nas u budućnosti. Ne mogu reći da nisam povređen zbog toga što ćeš se udati za nekog drugog, jer jesam. Ali želim ti svu sreću s Gordonom. Ako iko zaslužuje da bude srećan, onda je to moja Žozi. – Čvrsto joj je stegao ruku.

Žozi je čvrsto zatvorila oči. – Hvala ti. Mnogo mi to znači.

Mario ju je uhvatio za drugu ruku i, privukavši je sebi, na nekoliko sekundi nežno pritisnuo usne o njeno čelo pre nego što se odmakao i rekao: – Ali želim da mi obećaš nekoliko stvari.

Žozet ga je gledala i čekala.

– Ako ti ikada zatreba bilo kakva pomoć, reći ćeš mi. Obećavaš? Dobro. Druga stvar je – reći ćeš mi ako se taj Gordon ne bude dobro ophodio prema tebi. Imam prijatelje koji bi ga isuviše rado naučili kako se ponaša prema dami.

Žozet se nasmejala. – Mario Grimo... samo bi se pravi Italijan usudio da ponudi tako nešto!

48.

Dok je Karla davala svima tortu i čaj, Žozet je brzo otišla do bašte kako bi poslala poruku Gordonu.

Sve sam objasnila. Služe čaj. Vidimo se uskoro.

Pritisla je *slanje.*
– Nadam se da je to bio znak da dođem – rekao je Gordon, idući niz prilaz ka njoj. – Izvini. Već dugo sam bio ispred i čekao tvoju poruku. – Upitno ju je pogledao. – Kako ide?
Žozet slegnu ramenima. – *D'accord*, mislim. Moći ćeš sâm da proceniš kada sve upoznaš. Ali moram da te upozorim da ti je Mario pretio „određenim" prijateljima Italijanima ako se ne budeš dobro ophodio prema meni.
– Ništa ne brini, mala – rekao je Gordon, s groznim lažnim škotskim naglaskom, obavivši ruku oko njenih ramena. – Reći ću mu da ću mu dati glazgovski poljubac ako mi startuje devojku. A sada – rekao je normalnim glasom – mogu li, molim te, da ti vratim prsten na pravi prst?

Na terasi, Karla je odlučila da zaboravi na čaj i umesto njega je otvorila veliku flašu proseka koju je Mario doneo. Dok su svi dizali čaše, Mario je ustao i počeo zdravicu.
– Za proširenje porodice i još puno srećnih okupljanja u budućnosti. *Saluti!*[66]

---

[66] It.: Živeli! (Prim. prev.)

Sa Žoelom s jedne strane, novim polubratom Antoanom s druge i ostatkom porodice oko sebe, stare i nove, Karla je osetila nalet sreće. Prošla godina je bila u najmanju ruka traumatična, ali stvari su se sada smirile na načine koje nikada ne bi ni pretpostavila. Kada je Mario predložio da sledeće okupljanje treba da se održi u San Remu, rado je pristala. Već je čula Medi i Stefani kako planiraju šoping u Londonu.

Kada se Gordon pomerio kako bi popričao s Mariom, Karla se zapitala kako se Žozet osećala gledajući ih zajedno. Sigurno nije bilo lako znati da je obojica vole i da je morala da izabere jednog. Karla se ukočila kada ih je videla kako bacaju kosku – ali pesnicama, umesto dlanova. Ali to je očito bila neka muška stvar, budući da su nastavili da se smeju i razgovaraju.

Nedugo zatim, Mario je rekao da je vreme da idu i razmenili su pozdrave i obećanja da će se ponovo videti.

Kada su Mario i njegova porodica otišli, Žozet je insistirala da ona, Gordon i blizanci sve počiste i da Karla treba da se odmori. Kada je htela da se pobuni, Žoel je rekao: – To je dobra ideja. Moraš da pođeš sa mnom na pet minuta. Želim nešto da ti pokažem. – Pružio je ruku. – Sećaš se da sam nešto radio u bašti? Nisam ti samo davao prostora da razgovaraš s rodbinom.

Karla je prihvatila njegovu ruku i odveo ju je do divljeg dela bašte iza kućice za bazen, gde je postavila Amelijinu urnu. Pravo u sredini u tek sređenom delu zemlje, bila je postavljena ploča.

Dok je Karla čitala reči ugravirane na kamenoj ploči, Žoel je prebacio ruku preko njenih ramenâ i čvrsto je stegao. – Našao sam je na pijaci i pomislio da bi ovo bilo dobro mesto za tako nešto. I – oklevao je. – *C'est* savršena izreka koju treba da pamtimo u budućnosti.

Početkom od danas,
Moram da zaboravim na ono čega više nema, cenim ono što je
i dalje tu,
i radujem se onome što dolazi.
(anon.)

Karla se okrenula prema njemu, i kada je obavio ruke oko nje dok je podizala lice prema njegovom, bila je spremna za poljubac za koji je znala da će označiti početak njihove budućnosti.

Izjava zahvalnosti

Hvala timu *Boldvud*, koji mi je pomogao da ovu knjigu učinim najboljom što je mogla biti. Hvala mojoj onlajn grupi za pisanje koja mi održava zdrav razum i uzdiže me kada mi je to potrebno – znate ko ste. Takođe hvala Lindi Mičelmor i Džen Rajt – jedna je dugogodišnja prijateljica iz pravog života, a druga prijateljica koju nikada nisam upoznala uživo, ali obe me toliko podržavate. I za kraj, moja iskrena zahvalnost čitaocima – ne bih radila posao koji volim bez vas, stoga, velika HVALA svima.

Beleška o autoru

Dženifer Bonet je autorka preko dvadeset bestselera. Poreklom je sa zapada Engleske, ali sad živi u divljinama seoske Bretanje u Francuskoj.

Knjige Dženifer Bonet
u izdanju Izdavačke kuće TEA BOOKS d.o.o.
(digitalna i/ili štampana izdanja)

Leto na Francuskoj rivijeri
Vila sunca i tajni
Jedno leto u Monte Karlu
Randevu u Kanu